板橋上的鄉愁

劉鴻伏文集

劉鴻伏——著

目次

父親

這許多年來，試著寫了些東西，遠在鄉下的老父親為此很是自豪。父親只能寫寫簡單的家書，並不懂得文章，但他向來很迷信那些能寫會算的文化人，他把他們與舊時的舉人、秀才一併稱之為「文曲星」。因此，父親常常在喝醉了酒的時候，喜歡拿著我的文章誇耀於那些鄉鄰朋友，希望從那些做陽春的農夫、打魚蝦的漁人或瓦匠木匠們豔慕又敬畏的眼神裡獲得一種安慰。哦，我那鄉下的老父親，我那瓜棚柳巷總愛說說樹精狐仙的老父親。其實，我那些拙劣的文字，在面對土地一樣寬厚純樸的你的一生時，它們又算得了什麼呢？你因它們而感到欣慰，我卻如此深刻地感到一種悲哀。寫了那麼些自己也覺寡味的東西，為什麼偏偏就沒有想到也應該寫一寫你呢？你是這樣崇拜土地與文化，我也一樣的崇拜文字和父親。其實，我並沒有一時一刻忘記。這十多年來，在許多落寞失意的時刻，在客地清涼的笛聲中，父親一生中許多的片段和故事，總是那樣苦澀而溫馨地演繹在我的心靈深處，讓我獨自一遍遍地體驗人生的凝重，生命的悲苦歡愉以及至善至美的人間親情。那些時候總是想著回歸父親的懷抱，重溫往日的田園夢境。但不能。

一雙赤腳在山地的大雪裡跋涉，那是父親；一把斧頭舞出清寒的月色在貓頭鷹的啼叫裡荷薪而歸，那是父親；一支青籬逼開一條莽闊大江，那是父親；一犁風雨陣陣野謠披蓑戴笠的，那是父親。父親哦，即使我手中的筆使得如你那根肉紅的扁擔一樣得心應手，面對故鄉蒼涼的山影裡你漸漸凋謝的白髮，我又能寫些什麼呢？

父親說過，人是土物，離不開泥土的。而我卻離開了土地，那是十年前。當時一個算命的瞎子預言我將來一定會客死他鄉。父親便戚然，說：「鴻兒，有朝一日你也像父親這般老時，就回鄉下住吧，一方水土養一方人，老了，就會想念故鄉呢。」我黯然。那時我十六歲。

記得是一個炎熱的夏日中午，那是我和父親最後一次頂牛強嘴，也是最後一閃參予務農並從此改變了我的命運的時刻。

當那位趕十幾里山路送錄取通知書的李老師站在綠森森的包穀林裡大聲叫著我的名字時，我正扛著沉重的禾桶牛一樣喘氣著踉蹌前行，父親黑紅著臉在背後氣咻咻地數落我對於農事的愚笨。並大發感慨：「將來弄得不文不武，只怕連討米都沒人給囉。」我便由委屈而痛苦而憤怒，開始和父親頂牛。也在這時，李老師卻笑呵呵地將薄薄的一張紙遞過來，那是大學錄取通知書。扔了木桶，接了通知書，淚便不知不覺地湧了出來。一時無語，只望了遠處黛綠的山色和清涼的河水發癡。鷓鴣在深山裡叫著，半是悽惶半是欣喜。發怒的父親依然黑著臉，沒有一句表示高興或者祝福的話，只說：「崽，你命好。」轉過身扛了禾桶匆匆遠去，獨我在無言的田野，感受一種無法言喻的別樣的滋味。

山裡的暮色升起來，村莊裡傳來親切的犬吠聲，還有晚風裡斜飄漫逸的山歌子，還有河水和搗土築屋的聲音。我忽然感到這種聲音的另一種韻致，它們不再有從前的沉重憂鬱。那個夜晚，我的聞訊而來的眾多鄉親，將祝福、羨慕、誇獎的話語連同爆響的鞭炮一古腦兒傾在我洋溢吉祥和喜氣的老屋。那一夜，父親喝得大醉，看我的時候，一臉的愧色。

人生的偶然就是命運，而命運絕不僅僅只是偶然，崇拜泥土或許崇拜書本，在某種意義上是一樣的，但泥土與書本所涵括的內容卻往往若我與父親命運的內容，迥然不同又有許多相同，這也是偶然麼。

那一夜，我失眠了。

從未出過遠門、在泥土裡勞作了一生的老父親，終於決定送我去千里之外的高等學府。平時父親很嚴厲，很勞累，脾氣很大，我幾乎很少感受過別人有過的那種父子深情。我受了很大的感動，我終於體味到父親心中那份深藏的愛意。父親要送我，並不因為我是個那個山鄉解放後幾十年來第一名大學生，僅僅因為我是他的兒子，僅僅因為十六歲的我連縣城也沒有去過。父親離土地很近而離繁雜的都市很遠，他只想再做一次保護神，為著那份殷殷的父愛，為著那份飽經滄桑的心情。當時父親什麼也沒有說，我卻感覺到了。

臨行的那天，母親、弟妹、鄉鄰以及我的那些好夥伴都來送行。父親頭上裹著青頭巾，腰間圍著黑包袱，一身只有走親戚才穿的灰布衣，肩上挑著我的一隻古舊的木箱和一捲舖蓋走在前面。

母親傷心地哭了，我也哭了，我的弟妹和那些好夥伴都哭了。最後一次嗅著故鄉的泥土、牛糞和稻草混和的氣息，走下清涼的霧氣瀰漫的河岸，我和父親坐了一隻小小的烏蓬船，開始了我一生中最難忘的旅程。別了，我的曾經患難與共的親人和夥伴；別了，我的貧瘠卻慷慨的黑土地以及土地上那些金黃的麥穗和草垛，我只是你永遠的莽蒼裡最孤獨也最野性的那一株，我只是你渾厚博大的血管裡最熾熱也最痛苦的那一滴。別了，那些忠厚的牛群，那些河岸上的風車和美麗蒼涼的木屋；別了，我的多夢多歌謠的童年和少年歲月呵。淚眼朦朧中，我向故鄉揮一揮手，在越來越響的灘聲中離去。

黃昏的時候，我和父親終於到達縣城，買好去長沙的車票，便在就近車站的一個旅店住了下來。縣城其實很小，那時卻覺得很大很大，我的心裡充滿離別的傷感也同時生出一種對外面世界的恐懼。父親讓我去外面買點零食，他守著行李。我知道家裡很窮，便只在地攤上買了幾個涼薯抱回去，何況那時一點食慾也沒有。回旅店的時候，我發現父親兩眼紅紅的，正和一位中年服務員說著什麼，服務員真誠地安慰著父親。我想父親一定是哭了，在我的記憶中父親是從來沒有流過淚的，我的心陡然沉重起來。後來父親告訴我，服務員看他一個人默默流淚，便關切地詢問，父親告訴她兒子考取大學的事，並說，兒子還小，又是鄉里人，窮，怕將來受人欺侮。想起這些，便不由得落淚。

第二日乘長途汽車往長沙，在車上整整顛簸了一天，窗外的山峰由大到小，由小到一望無垠，漸漸接近比縣城大很多倍的都市。

好不容易找到火車站，在一位好心人的引領下在售票處買了去武漢的車票，是當晚九點的。我和父親疲憊不堪地坐在候車室的長條椅上，不敢挪動半步，唯恐走失。默默地等待，望著來來去去的紅男綠女，望著窗外拔地倚雲的建築物，有如夢幻一般，不知是羨慕還是自悲？說不出，心裡酸澀而茫然。

終於到了上車的時候，我和父親隨了奔跑的人群，包著行李惶惑地向前衝去，夜色昏朦中，燈火裡，第一次看到了那鋼鐵的龐然大物，心中充滿驚懼和壓抑感。車上人太多，擠得厲害，又值酷暑，在各種令人窒息的氣味圍困中我和父親被擠站在車廂的尾部，將身體縮了又縮，依然被人群擠過來擠過去。從那個時候起，我開始深深地懷念那寬廣的綠野和清新的晨風，那只能在故鄉才有。

站了整整一夜，次日早晨八點車到武漢，一個比長沙還要大得多的古老美麗江城。在那浩蕩東去的長江之濱，在白雲黃鶴的故鄉，在生長著滿山桂樹的校園，從此開始我的四載寒窗苦讀，也開始了一種與父親以及鄉下夥伴們完全不同的奮鬥之路。

十年前父親擔著行李，和我一起踏入那座輝煌而莊嚴的學府，作為莊稼人，布衣草履的父親在看到從校門口走出的一群群風采翩翩、氣宇軒昂的大學生時，悄悄地對我說：「崽，我不圖你有什麼大出息，將來混得如他們一般人模人樣兒，我就滿足了。」父親陡然有了一種巨大的自卑感，在充滿富貴豪華氣派的人和城市面前，在他連做夢也想像不出的這偌大的學府面前，父親作為一個山裡人幾十年造就的倔強和自信心，徹底崩潰了。他已預知作為山裡人的兒子的將來當會充滿坎坷和憂患，在這樣的世界，混成人模人樣已是僥倖，他的希望也僅止於此了。

父親在我的大學住了一日，中文系的一位朱老師對我和父親懷著一種好奇和驚訝，也懷著一種憐憫和感動，她細心地安排了我們的住宿，並帶了我和我父親用了一天時間走遍了琉璃碧瓦、綠樹披拂的美麗校園。父親試圖用他的方言與朱老師交談點什麼，但朱老師不懂，父親便怏怏。

父親要走了，我去送他，父親反反覆覆地叮囑著已經重複了無數遍的話語，我說我都背得出了，父親便努力笑一笑，用他粗糙的大手撫了撫我的頭，沉默了。到校門口，父親不讓再送了，臨上公共汽車的時候，父親忽然站住，用顫抖的手解開外衣紐扣，從貼肉的襯衣裡撕開密密縫住的小口袋，那裡藏著五十元錢，父親抽出三十元，說，「崽，家裡窮，這點錢你拿著，莫餓壞了肚子。」我的眼淚唰地流了下來，在這天地間有什麼比這種深情更珍貴呢？我會活得很幸福也很體面的，我的父親！我不肯要，父親眼紅紅的，卻一副要發脾氣的樣子，我愛父親，也怕父親，只好從那佈滿老繭的大手裡接過二張薄薄的紙幣，那是二十元，卻彷彿接過一座山，沉甸甸的。父親不再勉強，把剩下的三十元重新放回原處，低了頭，慢慢轉過身去。在那一刻，我分明看見父親的兩鬢已鑽出絲絲白髮，而他曾經扛過竹木、扛過岩石也挑過生活重荷的挺直的背，此時已顯得佝僂了。望著青頭巾、黑包袱、灰布衣的父親的背影，我的心一陣顫慄。

父親登上公共汽車，只把那背影留給我。就在車子啟動的那一剎那，父親猛地轉過身來，深深地看了我一眼。啊，父親，他在流淚！我分明看見兩道晶亮的淚泉從父親古銅色的臉上流過！不流淚的父親流淚了，不是因為悲哀。

十年後，那背影依然如此清晰地呈現在我的心中。十年前，我還沒有讀過朱自清的《背影》，後來讀了，我感到一種震撼，但並不如何感動。朱先生雖然把父親的背影寫得沉重、深情，但他的父親畢竟不如我父親苦難，活得比我那與泥土，風雨結緣的父親輕鬆快樂，我的父親，我永遠像山一樣堅強挺立的父親的背影，是我生命的路碑。

為父親，為自己，也為那片養育過我的故土，我把所有翻開的日曆都當作奮進的風帆。

板橋上的鄉愁

鄭板橋這名字很有意味。正如徐青藤、倪雲林一樣，讓人遐想。鄭板橋一生愛竹，他不取一個與竹有關的字或號，卻獨獨鍾情於「板橋」，這是一件很有意思的事情。在他的意識深處，「板橋」即是鄉野或田園，板橋的田園情結與田園理想，包含了許多人生的意蘊和詩與哲學的意蘊。板橋做過官，官是小官，小官難做，何況板橋又是陶淵明一類人，見了官家的欺詐，也見了百姓的憂苦，在板橋的意識裡就生出一種對現實的逆反與逃避。心中嚮往的是那種漁樵互答、衰柳斜陽的田園的寧靜悠遠，那裡才是他棲憩靈魂的所在。板橋在他許多書信裡就反覆表達過對於田園生活的設想與神往。

「板橋」兩個字，不知為什麼總讓人起一種鄉愁。

板橋上的鄉愁。

鄭板橋的田園情結是一種泛鄉愁。而板橋上的鄉愁卻彷彿從很遠的鄉野或者一些懷鄉的古書裡悄然流來，有如月影簫聲，讓心輕輕顫慄。

即使鄉愁的詩寫得再好，分明不如一座板橋那麼震撼心靈。旅途駐足時，驀然望見板橋就那麼靜穆真切地橫在逝波上，橫在兩岸紛紛飄落的野花或款款飛揚的雪花中。讓人感動流淚，想起遠處某片熟悉的田園。

板橋永遠與流水連在一起。

板橋永遠和匆匆來去的人生的影像連在一起；和一些斷斷續續的記憶連在一起；和一些鳥聲、月色連在一起。它那麼沉靜地橫在流水上和無邊際的歲月之中，恍如一個夢的影像，充滿憂傷的詩意。一個恒久的人生的場景，一種闊大深遠的文化遺存。

如鄉愁的象徵物，流水上的板橋在炊煙中若隱若現，在古舊的書頁裡橫斜又橫斜。

於是想起故鄉的某處也有這麼一座老舊的木板橋。在田壟和村舍之間它存在了許多年月。夏夜有人坐在上面乘涼，聽橋下的水聲，看頭頂上的月亮；春天來了，油菜花遍地金黃，那板橋上停滿蜜蜂和紅色的蜻蜓，年輕的女人走過去，身上必粘滿了菜花和蜜蜂，板橋和女人就讓心酥酥麻麻地感動。恨不得自己就是女人腳下的板橋，女人身上的蜜蜂了。冬天裡的板橋最美，雪花覆蓋在橋面上，上面印著黑犬梅花形的腳痕或雀鳥的爪印，雀鳥爪印如「個」字，斜斜地寫出野趣。

但板橋卻是送別的所在，正如古詩裡的長亭和短亭。

板橋是一種很特別的從鄉野生長出來的文化，是屬於古典和田園的美好事物。想起溫庭筠「雞聲茅店月，人跡板橋霜」的句子，體味到一種淒迷的離情與遠遊的蕭索艱辛，蒼涼的心緒彷彿深秋的風掠過胸臆。月和鋪霜的板橋是兩件傷情之物，舊時的讀書人總是把它們認作鄉愁的根源，發出最深切的人生感喟。今人為紅塵所累，板橋或月光已失去了原有的意蘊，大抵無動於衷，就是我寫這個題目，未免顯得迂闊和陳腐，失去了血脈裡一份古典的文化情結，今人才顯出心中的空落和人生的了無趣味。說讀書，說詩酒，說月色裡的板橋，彷彿都是離紅塵很遠的東西，離紅塵很遠的東西卻往往讓我們真切地感動，讓心中充滿溫情。

身居鬧市，板橋離我們很遙遠。遙遠的便總讓人懷念。板橋是一種意念，它離人生很遠卻離夢境很近。那是來自古老田園的誘惑和召喚，把都市和鄉野連結起來，把古典和現代連結起來，把人生的失意和得意連結起來，甚至生老病死、愛怨悲歡。那是遙遠的關於生命的夢痕，那是你偶爾的一聲喟歎，流水上的板橋，雪裡的板橋，橫在我們看不見的遠方。在獨飲時，在惆悵落寞時，在讀一本前人的筆記時，你會忽然想起它，在很遠的地方它充滿悠遠而又迷人的情意。

馬致遠的小令幾乎凡讀過書的都會背誦：「枯藤。老樹，昏鴉。小橋。流水。人家。夕陽西下，斷腸人在天涯。」許多人都說寫得好，說好在以景抒情。尤其「小橋流水人家」六字，幾乎便成為寫江南田園景觀的絕唱。根據我的經驗，這首小令其實寫盡了一種闊大蒼茫的無望的鄉愁。身在旅途，天色向晚，正欲駐足，驀然見眼前板橋橫溪上，橋邊是陌生的不知姓名的某個人家。心中陡然生出不知身在何處的痛切傷感，想起故鄉正隔萬水千山，難免茫然惶惑，惆悵莫名。對了斜陽下孑然身影，佇立橋上，真要「雙袖龍鍾淚闌干」了。

馬致遠的小令是絕響，是關於板橋上的鄉愁的絕響。

鄉愁是中國文化最深厚也最動人的一部分，甚至可以說是中國文化的根。倘若沒有鄉愁，就構建不出中國的人文，至少是一種殘缺的人文。而板橋，作為文化人（尤其是舊式鄉村才子）鄉愁最典型的象徵物，它的意義遠遠超過了這種象徵意味的本身。它是鄉愁，同樣是一種久遠的具有不衰魅力的文化。許多時候甚至是一種生命的召喚。文化的背景總是充滿誘惑力的田園，城市或眾生的背景也是田園。多少年來，我們置身喧囂的都市忙碌於生計煩憂於得失，城市彷彿美麗陷阱也彷彿一座衝不出去的心的圍城，把我們的肉體和靈魂與田園文化分隔開來，我們的情感和血脈裡流淌的已是與文化相去甚遠的東西。我們一直失去了那種「泛鄉愁」的意識，失去了根的意識，失去了對於文化的熱衷。遺忘了那種滋補身心的寧靜悠遠，遺忘了不該遺忘的一切。我們遺忘了鄭板橋，鄭板橋是從名利場衝出去的智者，而我們只記住了他的「難得糊塗」。我們進入不了鄭板橋的境界，卻很輕易地背叛了我們自己創造並曾鍾情的文化。這是不是也算一種悲哀？

馬致遠、溫庭筠、鄭板橋，已在這個星球上消失了許多年，但他們卻把板橋上的鄉愁留在了我們的書本和血脈裡；田園已遙不可及，板橋又在哪裡呢？鋼筋水泥的罅隙間產生的另一種鄉愁，正如一陣微風，在城市的上空悄然掠過。

懷念是一種情感，更多的時候是一種智慧；板橋是一種氛圍，更是一種逝去。

寒鳥

冷而犀利的風颳過天空。雲層彷彿越積越厚的冰凌，凝重、灰暗，無有涯際。土地裡微微的暖氣被樹尖草梢的冰凌凍住，就如凍住一個季節。

一聲歎息，起自渺遠的空中。也許那不是歎息，是鳥翅劃動空氣時疲累的聲音。是啊，那翅聲彷彿是一聲歎息，從灰暗的寒空滑落。一隻鳥從遠處現出飛的輪廓，如一片瑟瑟發抖的枯葉。一隻鳥，又一隻鳥……漸漸越聚越多，翅聲越來越沉，不知名的小鳥，在天空密密地集結在一起，被風狂暴地推擁著、撕扯著，不辨東西。它們是一群疲累而且饑寒的鳥，漂泊在無路的天空，或停落在冰冷的大地。野草上一粒草籽或土地裡凍住的一枚麥穗，都被空中饑餓的眼睛無限放大。

天空模糊了鳥影，風聲湮沒了鳥聲。當高樓某個視窗的某個人偶然望見幾乎遮住了半個天空的鳥群，驀地吃了一驚：怎麼會有這麼多流浪的鳥啊，它們能到哪裡去呢？

那麼多的鳥，一陣陣地起落，鼓起勇氣飛行。遠處是結冰的河流，近處是白皚皚的叢林，天地之間只有風聲。它們曾經飛過了流沙一樣多的日子，飛過了樹葉一樣多的城鎮和村舍。大地上沒有巢，飛不動了，找一片樹林和淺崗停落，互相挨擠著度過寒冷的黑夜。但樹林外，是網罟；淺崗下，是獵槍。它們或許能挺過饑寒，但往往逃不出陷阱。

誰也不知道它們從哪裡來，我想有一些鳥兒，一定來自老家的某片某垛或炊煙下的屋頂。而此時，它們在寂寞中飛行。冰雪滿途時尋找溫暖，饑餓時尋找食物，它們是寒鳥，翅膀在天地間劃出堅忍。也曾優雅地飛翔，快樂地追逐著花朵和流雲。它們的啼鳴曾經是世間最悅耳的樂音。

南方，北方，寒冰如鐵，雪滿山川。那是大片大片的寒鳥！像灰暗的雲，被大風吹散又聚攏。它們分散時，讓人幾乎忽視了它們的存在；聚攏時，人們感到了震驚。一些最羸弱的小鳥不斷墜落空中，一些孤單的鳥不斷地加入隊伍，它們從不同的草叢和丘岡頑強地飛上半空。那是生的陣容，或許也是死的佇列。如是生便是最壯麗的生，如是死便是最悲壯的死。

遮住了半個天空，起落抑揚的鳥群啊，大地白茫茫真乾淨。分散了抑或才有存活的希望，但那是寂寞的生吧？鳥的生存法則和人的生存法則是如此不同。

讀懂鳥的，只有天空。但大地被凍住的時候，天空也被凍住了，凍不住的只有翅膀。

會有花朵在遙遠的地方開放，會有豐收在饑寒之後閃爍金黃。在視線裡漸行漸遠的寒鳥啊，傳說在天的那邊，每棵根芽都能長出一個春天。

鶴

寫下這個字，身邊便有一聲長唳來自曠野，讓心陡然一震。久違了的生物，瀟灑出塵與水天渾融一體的美麗生物，一聲長唳，便破開塵世的煙雲，現出極澄沏的世界。

鶴，從仙與佛的虛空馭風而來，丹頂、白羽；鶴，從詩與畫的紙上寂然升起，超然、炫目；鶴，從隱士文豪的無弦琴裡，從「梅妻鶴子」的往事以及月夜的水浦曳翅而來，不染一點塵埃。

我默坐在東洞庭湖一個小小草亭之上，四圍有望不斷的碧如湖水的蘆葦和艾蒲。一壺酒，已飲了過半，湖上煙雲也彷彿帶著微醺。風聲細細密密的在水天之間，如遙遠的簫聲。孤獨的蓬船泊在草亭不遠處，隨水浪起伏抑揚，篷頂翠羽的水鳥不時啼一、兩聲，悠長且銳利。好渾融遼闊的靜呵。

我在草亭，凝望無有際涯的湖水，期望某種奇蹟的降臨。

鳥類學教授拔弄著她的二胡，斷斷續續、悠悠蕩蕩地從弦索上滑落《平沙落雁》的曲調，那曲調因了風和水浪的作用而傳得很遠。

當一切歸於寧靜時，蘆葦蕩已升起銀白渾圓的月亮了。

年輕且美貌的女教授忽然輕聲說：「鶴要現身了！」

鶴真的要出現了嗎？像故友或紅顏知己一樣驀然出現在我的期待裡？

一盞茶功夫，月色中果然有一隻潔白的大鶴，優雅且神秘地飛落在薄霧瀰漫的洲渚上。那洲渚，在湖水與蘆蕩之間恍如一彎玲瓏的月牙。

鶴，輕輕拍打著大翅，在月光的湖邊幽幽地照自己的影子。她用喙啄了一下水中的月亮，月亮便柔柔細細地盪開、盪開，直至於無……

望著沙渚上悄然徘徊的鶴影，鳥類學教授的眼裡竟盈滿淚水，露珠一樣滴落在小亭的欄杆上。微涼的湖風吹拂著她的長髮，她像個孩子。

我的心裡忽然有了一種感動。因了月下美麗的鳥類學教授和她的鶴。

「鶴就是我的情人。」她握著我的手喃喃自語：「我從少女時代就開始愛戀它了。」

我在心裡發一聲感歎：能讓這麼美麗且聰慧的女人癡迷的，竟然只有鶴呵。

也許鶴不會明白的，雖然牠們是天地間最有靈性的生物。牠們離人類很遠，離自然很近，流雲有牠們的路，水澤有它的影。牠們永遠都在朝溫暖、和平的地方飛翔。

「只有人才懂得愛戀。」我有些悵惘地說。女教授卻告訴我：「鶴比人更懂得愛戀的。牠們不喜歡群居，平常彷彿獨往獨來的樣子，其實牠們終其一生都和伴侶形影不離，直至生命結束為止。」

望著不遠處依然在徘徊的大鶴，我有點擔心起來：這隻鶴為什麼會形單影隻呵？

「牠有伴的。牠的伴侶很快就會到了。」飽含淚水的女人忽然燦爛、嫵媚地笑了。

鶴為什麼是長壽、吉祥的象徵？

鶴為什麼是神仙、菩薩的坐騎？

鶴為什麼總是在紅塵與仙佛兩界優遊？

鶴是美麗高雅的，卻也是超凡脫俗的。

我把對鶴的理解告訴女教授，希望從她謎一樣的眼波裡讀出讚賞來。然而她的眼睛正凝視著晶藍的天空，彷彿在解讀或溝通某種神秘的資訊。我覺得女人和天空都像一個謎團。

草亭上已有了涼意。草亭的燈是粉紅的，在瑩白的月光裡，草亭就像開放在天地間的一朵紅色花蕾，抑或就像一顆心。

我獨自飲著壺中的殘酒，讓教授輕拔弦索，忽然就有了想哭的感覺。我想告訴教授：許多時候，人是不如鶴的。鶴是優雅的，人是世俗的：鶴是自在的，人是疲累的；鶴是相知相守的，人心卻是寂寞狐獨的；鶴是有情的，人有時是無情的。我還想說，鶴總是飛向溫暖、美麗的地方，而人卻經常身不由己地迷失方向。

「快看呵，鶴的愛侶來了呢！」女教授拍著我的肩，激動得滿臉緋紅。

月色朦朧的洲渚上，一雙鶴影正頭頸相交，纏綿不已，不時發出歡快的鳴叫。

癡癡地望著不遠處的雙鶴，她的臉上幻起一片近乎聖潔的光輝，美得讓人心痛。

此時，寧靜柔和的湖上夜色，瀰漫在人與鶴之間，彷彿詩與音樂的韻律，水乳交融。

夜漸漸黑了，鶴影已經朦朧了。我在想：是什麼力量讓鶴的愛侶憑著神秘的感應，即使身在千里之外，也能如約而來，生死相守？我想請教年輕的女教授，但她似乎很累了。宇空有微風拂過，一切都已安睡。只有心還醒著，醒在花蕾一樣開放的草亭以及草亭以外的世界。

在流雲中安睡——澧陽平原城頭山古城址思緒

一

這裡古稱雲夢澤。

是一片望不到涯際的大水，是雲和夢的故鄉。

水退走之後便留下沃野千里，留下一個魚米之鄉的澧陽平原。這裡的歷史很古老，它遍地的菜花令人憂傷。這裡的女人很美麗，大平原是她們鋪開的豔情和夢想。

她多年過去了，歲月像一股風，吹白了蘆叢和積雪的山頭。

城頭山很矮，但城頭山卻很老了，城頭山上籠蓋的白雲也很老了。城頭山在漠漠的平源如凸起的女人的乳峰，像一個永不可解的謎。城頭山是一個漁夫和農夫看淡了看膩了的平平常常的大土丘，但城頭山的的確確隱藏著人間最深奧的謎底。

古老的木犁犁開風雨；

古老的鐮鋤斫開風雨；

古老的笞笠開成不謝的花；

歲月鳥影一樣嘩嘩啦啦滑過去。

城頭山呵城頭山，風景有幾分古樸也有幾分憂鬱。

憂鬱的遠古和飛揚的白雲，都凝聚在城頭山上。

一千年又一千年。一千年只是一片菜花或一片蘆花。一片雪花，從天空飄落下來。嗞的一聲融進了肥得流油的平原深處。

人們睡在夢裡，不知不覺就過去了六千年。

二

有一個隱秘的傳說，風一樣刮過澧陽平原的瓦舍和高樓。

那是在某個黃昏或某人上雪天的早晨，平原的魚化石和龍的化石以及蝴蝶的化石，被一位披蓑衣的農夫不經意地挖出來。農夫很驚訝，噫，這是很好的平原呀，不僅長得出碩大的稻穗、棉果和麥穗，不僅長得出香豔的花朵和美麗的草木，還可以長出一種叫化石的古文明。

千里沃野上生滿肥茂的莊稼和花朵，飛翔著魚和流雲，飛翔著鳥和蛙蜒，也飛翔著人類的夢想。

在泥土裡埋藏著人類生命的密碼。埋藏著一座原始的古城。

一個世界上最古老最龐大的古城遺址。

歲月在泥土的深處凝固了。

在遍地菜花和稻浪中，所有的根須都伸向一個遠古的夢。只有根鬚，才觸到了一個最偉大的奇蹟和一個千古之謎的謎底。

可是根須不是人類的脈胳和神經。

人類不如植物那麼敏感，許多時候，人類是麻木的。

宇宙中的流雲安睡了。

一座古城安睡在流雲中。

那電風扇人不可企及的故鄉呵。

那是神仙居住的故鄉呵。

大平原是一個迷夢，沉睡了沙粒一樣多的世紀了。

沙粒一樣多的世紀堆積起來，凸現成一座六千年的城頭山。城頭山就那麼無聲無息地安睡在歲月的深處和泥土的深處，安睡在一個叫雲夢澤的邊緣。

魚的骨頭、豬、羊和鹿的骨頭，都睡在那座地下的古城。

水稻、瓜果的籽實及一些其他植物的籽實，都睡在那座地下的古城。

大溪文化的陶器作坊、陶窯群及屈家嶺文化的五百多座公共墓地，都一一沉睡在那座六千年的古城裡。

它的護城河、夯土城牆、殘缺的城門和一些漁獵用的木柴和梢，都和那些輝煌的莊稼的根須在地下的深處交談。

一座把人類文明推進了兩千年的原始社會古城址。

就沉默在澧陽平原肥沃深密的泥土中，如一枚高僧的舍利子，在地下放發了遠不止六千年的光華，那是黑暗深處人類文明的佛光，在長江岸邊，與北方的黃河文明交相輝映。

澧陽平原，是人類最先伸出的一隻盜火者的手掌呵。

城頭山的先祖的骨殖，自燃了六千年，那是無聲無息的智慧的火種。在白雲籠蓋的雲夢邊緣，燒出一個璀璨的古文明胚胎。

三

歷史總被掩埋在地下。

最古老的歷史總被淹沒在地下。

在我們無意中發覺時，它已殘缺。

殘缺是一種永遠的遺憾，卻也是一種無言的大美。殘缺就是謎。就是誘惑。就是最高的想像。

文明永遠是從黑暗中走出來的。

文明永遠是有令人遺憾的殘缺。

而文明永遠與泥土有關，只有與泥土結合在一起的文明才是不朽的。

不朽的澧陽平原，不朽的城頭山古城址，是在風花雪月的牧歌與田園曲中凸現的人類的夢幻故鄉。

白雲老去了，月色老去了，最初的文明卻如一枚青果，懸掛在天和地的罅隙間，讓所有回望它的眼睛，充滿淚水。

詩人說：為什麼我的眼裡常含淚水。

平原上的鳥巢

在北方的平原上駕車經過，很少看見山或河流，坦蕩如坻，像一張大紙，那麼舒展地鋪開在淡灰色的天穹下，一點阻隔也沒有，一點起伏也沒有，你在感受它的闊大沉靜的同時，也感受到一種無奈和況味。道路又直又寬，比南方的好走，但很快的，你的雙眼會因為缺少新的刺激而疲憊，在平原的落日下打一個盹，還會夢見家鄉。南方人的眼睛習慣了阻隔、曲折、色彩和驚奇，他們從這些阻隔、曲折、色彩與驚奇中會變得神彩飛揚。煙雨落花裡的南方是散文和詩，北方如一篇無頭無尾的論文。

懶懶地駕著車，閒閒地抽著煙，從安陽南陽信陽，一路走走停停，心情時好時壞。在沒有平仄凹凸、線條模糊的大平原上，只有歲月裡不動聲色的連綿不斷的屋舍，讓它有了一種視覺上的跌宕和愉悅。渾然一體的平原，渾然一體的人間城廓。嘌風颭過，油黑的土地上掀起一茬又一茬綠浪，弄不清那是些什麼作物。除了大塊大塊的綠，大平原居然不著一點色彩，讓人好生懊惱。

忽然想起有許多史書記載過這些平原。

它們彷彿是紙上的故鄉。

紙上的明月照著冷兵器時代的一樁樁史實。照著陌生的淡得像煙又像霧的人和事，風一樣從眼前飄過。

沃野千里。一切生長的節律在天地間愜意地響起，盈耳是生命的樂音。

看不見的泥土深處，根須正在織著一張碩大無朋的網。古今都在這張網裡。生死愛恨都在這張網裡。但是這一張強悍的大網，是織在早春的泥土下，也織在滄桑裡的。

駕車，在渾融的平原上經過。感受露珠、草葉和泥土的氣息，心緒低徊。默想流雲在天際，花朵在枝頭，簫聲在月下，故人在天涯。人和車只是一種符號，在渾融的平原和渾融的靜默中，一如某卷哲學書的一個標點和眉批。天地如拱呼。我心悠悠哦。

驀然，一種景象讓旅人疲憊的雙眼一亮。

那是一個懸在樹梢的碩大的鳥巢。

是的，鳥巢就那麼突兀地出現在視野，而且，高高的懸浮在不遠處那株千年老樹上，沒有一片葉子也沒有一個花苞將它遮攔。

看到它的一剎那，忽然有了一種想哭的感覺。平原上的鳥巢，鳥巢下飄著炊煙的瓦屋，彷彿闊別已久的故鄉的景象。

平原上是大樹，大樹上是鳥巢，鳥巢下是炊煙。一株大樹連著又一株大樹，一個鳥巢連著又一個鳥巢，彷彿是一個奇蹟。這個發現，讓人有了意外的驚喜。

綿延不絕的大權，用它們虯曲交錯的枝柯，捧護著平原的精靈。不知道蒼茫的大平原上為什麼會有這麼多鳥巢，十里、百里、千里，鳥巢，大樹；大樹，鳥巢……鳥巢如大平原活鮮的詩眼。

鳥巢是單調得讓人懊惱的大平原的驚奇。抑揚飛鳴的鳥，美羽的鳥，在流雲上音符一樣滑動的鳥，無有牽掛無有憂煩的鳥，在紅塵世界悠游自在的鳥。把巢結在天與地之間，結在人類不可企及的所在。當人類一次次把愛撫的目光投向那些鳥巢時，心裡使有了無來由的快樂和感動。

家是人大在大地上築的巢，一個連一個，萬家煙火就是千萬個溫馨的小巢。天地如巢，人在巢中，只有鳥在巢外，月在巢外，往事在巢外。

懶懶地駕車在北方的平原上經過，向車窗外呵一口長氣，凝成一團早春的嫩綠落在油黑的平原的泥土上。懷著愉悅，用目光輕撫大樹上那綿延不絕的美麗的鳥巢，讓人生一種感喟：生生不息的無處不在的生命，正在春的原野排列幸福的陣容，彷彿一根萬古不滅的長鏈。

凝望田園

很久以前讀林語堂先生《吾土吾民》，很驚訝於他對中國田園文化的獨到領悟。他把我們民族那種新奇的、超自然的非凡活力，歸結於人與自然合一的思想力量：「寧願生活在曠野，曬曬太陽，觀賞夕陽的餘輝，觸摸清晨甘露，吸收乾草和濕潤的大地的芳香；從自己的詩歌（生活習慣的詩歌和寫在紙上的詩歌）中，學會了如何使自己的靈魂——那個經常受傷的靈魂——振作起來。」我不知道一代代人繁衍生息下來是否真的與這片黑土地所具有的那種清新曠達與生意盎然有內在關聯，但我卻清楚「田園」這兩個字在我們的思想情感與文化積澱中的特殊意蘊。

在讀過大量中國古典的哲學和詩文之後，我便很深切地感覺到那種眷戀田園的情緒是如何牢固地將人的情感、智慧和理想納入一片寧靜和平的境界中去，從而讓有著共同傳統文化的人們一次次神往和感動。倘若認為這是哲學和詩歌的力量，倒不如說是寧靜美好的田園的吸力。田園是一個磁場，我們一生在引力裡跋涉，跋涉得好疲憊好憂傷。田園，是可以讓我們進入魂天歸一之境的。

想起田園，我們的思想中便會很自然地呈現出小橋流水，村舍牛羊，以及鶺鴒水車，還有漁樵互答的種種情景。那是一種悠遠、寧靜、溫柔的感覺。在這種感覺中我們便設想自己是那生活的一分子，因而便有靈悟，便有詩酒，心中便生了一種超脫、平和的愉悅。人們往往忽略了黑土地另一層實質性的內涵，那就是由旱澇、瘟疫、蝗蟲和戰爭所沉澱下來的苦難。我們把田園想像成自己設計的模式，只有牧歌，只有悠遠平和，那是因為我們的心靈需要有一片淨土來撫慰，我們的生命和心靈與這片土地是如此緊緊地聯結一起，總是從田園走出來又想回到田園中去，那種深刻的眷戀心情所涵括的種種人生滋味，沒有誰能表達。在失意、深泊，在老病憂患、死生契闊之際，在我們情感的最深處總很遠地湧來「關山」、「明月」、「鄉音」這類字眼，遺憾中便有了溫暖和親切。這是渴愛自然麼？或許在這個意義上還掩藏著別的什麼？只有飽經滄桑的心才能體會。

我們不會忘記《詩經》中的「國風」來自田野村謠俚諺，也不會忽略老、莊思想中「歸隱」與「出世」，這或許應歸結到對理想田園生活的癡迷。迷戀田園，有這麼深的哲學意味與人生意味，是我們始料不及的。此時，我想起居住在大都市中的人們原本都來自某片田野，因此我們在喧囂擁擠中便時時升起一種田園心情。中國的科舉使一代代的鄉村才子踏上仕途，進入都市，並在我們的文化遺留中融入田園牧歌情感的精髓，這種影響，早已深入我們的血脈之中。陶潛是田園生活和田園詩歌的最有力的宣導者和實踐者，他的桃花源式的生活理想，他的「採菊東籬下，悠然見南山」和「荷鋤帶月」的怡然與悠閒，令人神往。在一片稻麥青青、炊煙嫋嫋的田園裡耕作、飲酒、讀書，那當然是一種極美好的事。在田園以外的世界歷經了種種憂患不平與挫折之後，驀然想起應該歸去，把情感與思想都寄託到田頭壟上與山水明月之中，是一種覺悟，也是一種解脫，而人，是常常需要覺悟與解脫的。忽然想起十年前自己居的村莊。那是很古典的南方田園式樣。房子是木板房，橋是石拱橋，極精巧地臥聽一泓溪聲；那縱橫的阡陌印滿了牛蹄印，田野瀰漫著青草的氣息。而那些常常「帶月荷鋤歸」的鄉親是不會有心情去欣賞江岸上的明月以及月色裡眾多的山影與山影中傳出的貓頭鷹的啼聲的，他們只知道很平靜地生活著，沒有人會寫詩，沒有人會寫對聯，但卻嗜酒。在禾場上擺一碟苦瓜、空心菜、一壺米酒，就可以沉醉整整一個黃昏。這是我所生活過的田園，於今想起，便很遙遠，夢幻一般了。記得與我相識的一位新派詩人，某日忽然寫了一首田園詩，中有「村姑」「寡婦」「茅屋」字眼，並竭力想從這三者之間發現一點可供遐想的浪漫來，他告訴我，都市的生活太壓抑太虛偽，內心很孤獨也很累，只想歸隱山林呢。其時我便想，這位新派詩人其實並不真愛田園，他只在失意和頹廢時才想到它。內心閒適與寧靜的人才會真正和純淨的田園牧歌默契，這無疑是一種與內在情感有關的境界。眷戀田園正如眷戀這世上一切美好的人和事一樣，需一份極真誠敦樸的愛心。現代的所謂鄉土詩人，往往將村舍放在樹葉或麥穗上，彷彿村舍只是露珠一類的東西，卻不知道田野上的村舍是何等古老沉重。

人要獲得一種無形的信心和勇氣，往往只有貼近自然的時候，我們之於田野，正如土地與安泰。那麥浪起伏、菜花吐香的沉沉黑土和歲月裡靜穆如畫的村莊，給我們以哲學和詩歌，也給我們傷感或美好的心情。我們離不開糧食因而也離不開土地，這或許也是我們的命運與情感最易與田園切入的焦點所在。我們曾一次次從土地上遷徙，漂泊他鄉，想看看田園以外的世界是什麼樣子，但我們每次都在異鄉的屋簷下流淚，並把異鄉的月亮認做故鄉的那一輪。我們便在感覺中永遠也走不出故鄉的村舍，而徒添加如芳草如雨煙的鄉愁。在這個意義上，我們便有了許多懷念故國田園的詩歌。「鄉音無改鬢毛衰」是，「每逢佳節人倍思親」是，余光中〈鄉愁〉更是。離開故園的人便常常被這種浩翰、稠粘的濃烈鄉情詩句所包圍、感染，由是，在心中次第呈現芭蕉夜雨，明月青山，壟頭荷鋤，茅舍吟詩和種種，讓寂寞的心感覺那一份溫馨和怡靜。生命方始有了活力，復蘇起原本凋謝的希望之花。而田園，永遠在很遠的地方，散發出生命最初的氣息，讓我們無端地感動。

記得鄭板橋曾給他的胞弟寫過一封家書，表達老邁後的願望，其中云：「若得制錢五千，便可買地一大段，他日結茅有在矣。吾意欲築一土牆院子，門內多栽竹樹草花，用碎磚鋪曲徑一條，以達二門。其內茅屋二間，一間坐客，一間作房，貯圖書史籍、筆墨硯瓦酒董茶具其中……清晨日尚未出，望東海一片紅霞，薄暮斜陽滿樹，立院中高處，便見煙水平橋。家中宴客，牆外人亦望見燈火。」鄭板橋的這種理想是建立在對田無詩一般的情感上的，大抵我們每個人多少都有過這種願望，這種願望，或許就是深藏在我們心靈深處的田園情結。有了這種願望，我們往往可以超脫悲苦，使心靈得到昇華。許多時候，我們可以向鄉間小徑朵朵雪白的百合要親切要溫柔，向小橋茅屋要閒適要靜遠。面對「雞聲茅店月」想像離愁，面對牧童短笛想起往事。總之，田園在我們的感覺中，任何時候都籠罩著一種近乎憂傷的詩意。它是肉體的歸宿，也是靈魂的歸宿。

我們是如此執著地眷戀母親一樣眷戀田園那佈滿草垛和月光的村落，那彌漠著莊稼成熟氣味的田壟，那河岸上的水車和歌謠，還有那泥土中凋謝的生命……有些蒼老卻風韻猶存的田園，或許只是應該裝在心裡的，影子一樣伴我們生命的旅程。此時，我坐在城市十二層樓的窗下，驀然想起陶潛、鄭板橋俱作了塵土，只餘那些詩句，只餘明月照著的幽靜的田園，惹人情愫。

凝望田園，凝望美麗卻飽經滄桑的田園，很想下輩子變一隻鳥，選一枝花樹或者明月下的哪個屋頂，就那麼安祥地斂翅棲息，無欲無悔。

讀書的心情

煩惱時讀書，書便如一把梳子，把你從頭到腳渾身梳理一次，在一種痲痲癢癢之中，心情就好起來，漸漸就進了忘憂之境，忘了面對的煩惱，進入書中鋪陳構織的風景裡去。所以書是可以助人遺忘眼前的不快和逆境，獲得扶慰（一種來自前人的慈愛的輕撫），獲得梳理之效的。人生需要常常梳理，人的心情更需在讀書的忘憂中得到一種超脫，否則，人的心情往往難得平衡與平和。人的煩惱總是來自現實生活，而作為高於生活的書本，它是可以將人的靈魂提升到一定高度的，書可以將你的心境與現實用一道智慧抑或超常美麗的籬笆隔開，是一種緩衝，更是一種無聲的溫暖的安撫，撫平心上的皺折。

落寞時讀書，便如面對一位不期而遇的故人。最好是冷寒的冬天，窗外雪滿草樹，無酒無客人，心情無聊到極限，便隨便從書架上抽一本書來讀讀，最好讀的是野史或浪漫又帶點傷感的東西，當然那些明清的筆記也好，蒲松齡的故事也頂好。喝著有些苦味的綠茶，一個人袖了手，把書攤開在小几上，看一頁，有手指粘一頁，一頁頁翻過去，漸漸就忘形，就要讀出聲來，或者就自己以掌擊案，口裡喊一個「好！」字。陶陶然如對久別知交，不知不覺間窗外雪已無聲，偶爾抬起眼睛賞一下雪景，心從書裡游離出來，想起一些關於雪的詩句，心情便很愉快，甚至有些興奮，免不了在攤開的書頁的空白處，寫下張打油的詠雪詩，詩曰：「天地一籠統，井上黑窟窿；黑狗身上白，白狗身上腫。」並在詩旁留一行感歎：「若以野趣與氣韻生動論之，張打油的詩為千古第一等詠雪詩也，文人墨客之詠，較之張打油，未免有做作之嫌。」雪天讀書，書是故人，心情先是落寞無聊，不久就沉醉忘形，豈不快哉？

失意時讀書，書便是一劑療治心病的好藥。一個人難免得失揪心，難免失意時多而快活得意時少。我從來就不相信除了和尚或智慧家之外的凡夫俗子真的能擺脫得失二字。何況人生天地間，大抵不願做平庸之人，不願平庸，心中就占了得失兩字，失意太多，就有了心絞痛，治心絞痛，只有兩味藥，一是忽然就得了意；二是全身心沉醉在書中。選一些輕鬆的書或情節極佳的小說，當然也可以讀點莊子或蔡志忠的漫畫。讀著讀著，漸開三境：第一種境就是達到忘形，忘形就可以忘得失；第二種境就是從書中忽然悟出一些關於人生的哲理，對得失二字驀然有了新的見解，此時心下便釋然，輕輕鬆鬆，如卸重負，有一種豁然開朗之感；第三種境就是從書中找到與自身相類的人物際遇，然後看他是如何面對失意的現實，從中便可以學得反敗為勝的本領。總之書是療心之藥，是完全可以讓失意的人生重新煥發出勇氣和力量的，也是可以讓你明瞭如何超越那份凡俗的痛苦，而昇華靈魂的。名人說書籍是人類前行的金杖，這恐怕是不假的。

在高興愉快時讀書，書便如錦上之花，春天時的風，樽中的酒，箏中的雅曲。愉快是人類的美酒，滋養的人成分很高，於身心大有補益，而在愉悅高興中讀書，更有扶強補賢之功。最好尋一本歸有光的文集來讀讀，讀幾篇他的哀情文字，你在高興時讀到它們，心情激動難抑，正如一川江流，忽遇大石橫空，難免浪花飛揚，作噌闔大響，所以對那份悲涼就有一種往日絕無的感受與震撼，忽然就對人生有了一種穿透或貫通感。當然也可以讀沈夏的《浮生六記》或一些關於秋天的古畫。都帶點悲涼，帶點人生況味，但因為你的心情原是很愉快的，所以絕不會同在悲哀時讀它們一樣，心情反而由愉快興奮轉而平和寧靜，寧靜是可以致遠的。快樂地讀哀情之書，是讀書人至佳之境，正如豪宴之上忽遇一味平日想吃而吃不到的家鄉小菜，所有的滋味都齊全了。悲苦之間，便有悟道的可能。

讀書人不可不讀書。讀書是有癮的，正如煙癮或酒癮一樣。不愛書的人以讀書為苦，愛書的人以讀書為樂，人有不同，境界有異。有了癮，就不可一日或缺，缺則惚惚若有所失，如嗜酒者缺酒喝，嗜煙者缺煙抽，那種煩惱，或許不亞於仕途忽然受挫，買賣忽然虧本，這種體會，不足為外人道。有時也有厭倦之感，彷彿食肉過多難免膩味一樣；有時忽覺天下之書已罕有可讀者，歎滿世界竟未出一本好書來；有時見別人的書室四壁皆書，心中很不以為然，並不覺得架上書多，腹中果就學富五車。凡此種種，是讀書中常出現的心理風景，過後就「柳暗花明又一村」，還是照樣手不釋卷，照樣把眼睛讀成紅燈籠，照樣在讀書中讀出種種應有盡有的心情來。

凝固

有人說這北方大河是一條黃色的龍，也有人說那只是一道很深很長的傷口。古老的羊皮筏子，漂浮在太陽和月亮之間，一生，也難橫渡那一派蒼茫。當渾黃的激流收束、碎裂成雷霆——駭然墜落壺口，天空在搖晃，時空碎屑紛紛。（一匹奔馬，誤落瀑布，瞬間便只剩下森然的骨架。）

但此時，這條大河卻被驟然凍僵，通體透明。它每塊冰凌都印著魚和鷹的眼神。而壺口瀑布每一道翻滾而下的驚濤都被凝固在空中，凝固並且靜默無聲。

是怎樣的嚴寒將咆哮奔騰的巨浪凍成堅冰？

我凝望著忽然沉寂下來的琉璃世界，感知一種叫寒冷的東西，正用它的無形凝固一切的有形。咆哮的已然靜默，奔流的已然靜止。大河凝固了，天和地凝固了，古和今凝固了，有生與無生凝固了。當一切都凝固了的時候，天上的星辰熄滅了，時間荒蕪了。

我看見飛鳥的翅膀被凍住。地下的根芽被凍住。所有水族和陸地生物被凍住。一切聲響都密封了，一切的色彩都改變了。一切髒和醜的東西都覆蓋了。單一卻卻姿態萬千的潔白，讓世界立體地透明。

但在一片驚呼聲中，一條連接大河與蒼穹的彩虹出現了。七種色彩，渾融一體，彷彿無法企及的虛無，又似造物主真切的神啟。彩虹是這潔白的凝固裡一道美麗眉批嗎？

凝固，將一切有形的定格，將一切無形的定形。也許，靜止和靜默才是這世界另一種結構的詮釋。

有一隻由南而北的大鳥，穿過皚皚冰瀑，飛向通體透明的大河。牠翅膀上折射出的一縷陽光，透出金屬的硬度。

境界

此時，我就這樣靜靜地坐在星月照耀的河岸，獨自領受這一份靜穆悠遠的心境，與那些花朵、樹木和岩石一起呼吸這夜的芬芳。不遠處那急管繁弦般的濤聲和懸浮在星月隙罅間的靜止的槳櫓，構成動靜相諧的氛圍將生命與智慧譜成樂曲，正如美麗或苦難將青春歲月譜成樂曲一樣，令人顫慄地愉悅。我知道，這就是境界了，所有的境界都須心靈默默地體驗。

因此我想起，有人的一生中，有許許多多的境界，都如此令人難以忘懷。

比如童年。有那些金黃色的草垛上我們仰望那輪美麗蒼涼的月暈，想像它是一個古老而神秘的巨大的圓，我們的歌謠繞著它飛翔。那時我們想不出山外世界的模樣，卻可以一次次諦聽田埂那邊貓頭鷹由遠而近的啼聲，卻可以一次次設想未來。那時候，我們不知道什麼叫境界，於今知道了，童年金色的歲月卻已不再，因此我們便遺憾，而遺憾也是一種境界。

人生境界是如此美麗，正如花朵、虹及星辰，即使遺憾，我們也一樣熱愛生命；即使苦難，我們也深深眷戀這世界。因為有遺憾，我們才追求完美；因為有苦難，我們才珍惜這有限的年華。面對煙雨落花的美麗的春；面對熱烈的綠葉紛披的夏；面對果實累累的寧靜的秋；面對雪花覆蓋河岸和草木的純淨的冬，我們懷著一種感激，無言地體驗那種超越平凡與生死的無極之境。

遺憾和孤獨是一種境界，苦難和歡愉是一種境界，美是一種境界。在我們的青春歲月中，境界呈現出如此深刻而豐富的姿容，牽動心潮。為追求人生的深刻我們可以經受磨難；為尋求完美的答案我們可以蒙受猜疑；為求得心靈的溝通我們忍受孤獨和誤會；為愛，為希望，我們可以歷盡苦難而甘之如飴，這是境界，它將我們的生命演繹得如此跌宕有致。

在這樣的夜晚，這樣靜美的河岸，我想起一位畫家朋友，他創造的藝術迷醉了眾生，而他卻一無所有，但他活得很幸福，他告訴我，這就是境界，而且是他所獨有。我想起一位作曲家，他創作了許多名曲，卻只有極少的報酬，而且早逝，但我想這是一種境界，他的生命正如不朽的樂章瀰漫在月色之中。

境界其實只屬於敏感的心靈，它是一種存在，但更多的是一種體驗，它被人創造亦創造了人生。無論平凡、超卓；無論一帆風順或坎坷，境界有如月光、花香以及清新的空氣，浸染、瀰漫在人生的旅途中。

此時，我就坐在佈滿濤聲的河岸，頭頂星月的光輝正閃爍如樂章，我的心，漸漸變得透明，彷彿融入那片乳白的光流裡去。天籟和聲正把我演奏成一節深感透明的音符，我感受到世界離我很

筧記

筧是另類生存環境的標誌。它只屬於遙遠而深密的山鄉，以及山鄉平常卻奇異的人與事。筧是山鄉的血管，枝枝枒枒、宛宛曲曲地從山上伸延到村莊的每家屋簷下，在水聲和鳥聲、花影和雲影中將自然造化與人間煙連接，將不變的歲月與變幻的人生連接。所以筧這種東西，實在是很難讓人忘記的。

居住在山區的人，築屋必依山傍水，取其燒柴、擔水的便利，也就是所謂的「柴方水便」。況且，水邊山腳，土地肥沃，灌溉方便；而且冊水靈異，環境優美，符合風水學原理。因此，城裡人往往一到鄉下就會驚訝於鄉間村落如叢生的蘑茹都依偎在山之麓、河之濱，炊煙嫋蕩，雞犬相聞，不由得要生出幾分感喟和羨慕。城裡人從鄉居的瓦屋炊煙間發現詩意，山裡人在瓦屋阡陌間尋求生計，兩種心願望，卻是一般人生。

在水邊山腳這些瓦屋茅簷下，除了少數有財力者自掘水井之外，一般人家都以木桶從河邊擔水回家供人畜飲用。多少年過去了，河邊晨霧與暮靄中，汲水的男女打情罵俏這一道古老的風景重複演繹，不添了些許生存的樂趣。但挑水畢竟是一件很費力的苦活，家裡沒有壯年男子，一般就面臨吃水的難題。加上後來河水水質變壞，污染嚴重，已很難直接飲用。故此，下河挑水的人便日見其少。但在村外月色裡，卻依然如當年一樣響著村姑村婦們的杵聲和嬉笑聲。

河水既難以直接飲用，當然就不能不另想法子解決。鄉人的智慧，最終就體現在「筧」上了。很顯然，筧與竹子有關。在山區常見的筧，都是用很粗壯的楠竹製成。鄉人將大竹剖成兩半，再用鋒利的板鑿打通竹節，使之平滑無礙。然後，在山上找一眼極好的泉水，最好是岩隙中汩汩湧出且終年不斷的「岩漿水」。這種「岩漿水」出自於岩石之中，水質清冽甘甜，冬則暖，夏則涼。煮菜烹茶，味道遠勝城裡人享用的礦泉水。找到了上佳的泉眼之後，鄉人便剖開了的大竹一端埋入岩石下，引接泉水。如泉水離家近，則大竹三五根相接即可引水入廚房水甕中，如城裡自來水一樣，極其便利。但有那水源甚遠的，則需十數根大竹相接，長達數裡的竹筧，穿岩過林而來，很是壯觀。但這種長筧，中途容易在接口處脫落，讓泉水漏掉。而且水源也容易被污染，夏夜長蟲洗澡，春日山蛙棲伏，秋天工少葉堵塞。鄉人為了解決這些問題，就想出了整竹挖通不加鑿打通大竹內節，再一根根連接固定好，如大水管一般從泉眼處連綿延伸至屋簷下，泉水嘩嘩泄出，冒著涼氣，成為山村中獨有的景致。

竹有清香，且可千年不腐，如秦漢的簡牘歷漫長歲月而堅實如新。山間竹筧接引泉水既很衛生，又能保持原有水質和味道，就地取材，不需花費錢財。家家竹筧，戶戶泉聲，清涼歲月在雁聲虹影中緩緩流逝。

在城市久居，先飲自來水，泡切茶則敗了茶葉，煮魚蝦則失其鮮味。後來自來水因了河流污染的加劇，難達衛生飲用標準，水中遂又多了些消毒水及漂白粉的味道，愈發難以下嚥。於是城進而興起了純淨水、礦泉水。牌子挺多、挺雜，到底弄不清哪家是真，哪家是假。但無論真假，城裡人已別人選擇，反正也未聽說哪裡喝死人的事。不過，純淨水或礦泉水，也讓人感覺越喝越不放心了，於今的奸商太多、假冒偽劣商品太多，造假的人膽子比豹子的膽大得多。記得有一家電視臺的記者就偷逝過一家挺知名的純淨水公司將自來水直接灌裝的鏡頭，後來記者還挨了該公司保安人員一頓暴揍。城裡人天天在與「假」的東西為伍，除了吃的蔬菜及其它「進口」的東西很不安全之外，連喝水也成了城裡人的心病。

因為這些緣故，就不能不讓人懷念起山村的家家竹筧、戶戶流泉了。

很長一段時間，城裡人是瞧不起鄉里人的，城裡人有物質上和心理上的優越性。但於今卻有些變化，城裡人很有些嚮往鄉村的生活和生存狀態了。山村的青山綠水，草地叢林以及瓦舍板橋，呈現出一種平和安謐的詩意，容易清新，氧氣充盈，菜蔬沒有公益，雞是土雞，鴨是土鴨，味道絕對比城裡的好。總之，鄉村在城裡人看來，是極有利於身體健康、有利於長壽的。城裡人既已厭惡了污濁的空氣和喧囂的市聲，對飲食又有一種無可奈何的恐慌，所以便對鄉里的一切有了前所未有的興趣。首先是一批大款提了大鈔到鄉下築了鄉間別墅，有人還辦了農莊；後來就發展到大批城裡人在雙休日或假日攜妻挈子、呼朋喚友到鄉間休閒，到「農家樂」吃土菜。再到後來，便成了時尚，農舍田園之間，洶湧起綠裙紅褲，讓人疑惑這些候鳥一樣匆匆來去的城裡人在吃了土菜、吸足了鄉間氧氣之後，是否真的就體健心舒了。

但有一點是可以肯定的，城裡人特別留意和在乎的，還是山間蜿蜒而來的那些響著泉聲的竹筧。他們飲過之後，發覺比自家的純淨水或礦泉水口感好多了，看著鄉里人用這樣好的泉水煮飯炒菜、洗衣洗澡、餵雞餵豬，就既羡慕又嫉妨。筧中的甘泉永遠如琴音一樣響在鄉村，不需錢買，正如清新的空氣一樣。山裡人受了城裡人酸溜溜的讚美之後，就會有人說：我們不僅用礦泉水洗澡，還用礦泉水澆灌田地呢。算你們有福氣，今天就用礦泉水幫你們洗汽車呀。城裡人第一次對鄉間的生活有了新體驗，在心裡跳出兩個字來：奢侈。

礦泉水洗過車之後，城裡人就會煞有介事地在竹筧旁留一個影，將照片拿回家告訴孩子：這叫筧，筧就是這個樣子，筧是把山上的礦泉水引到農家的一種古老而有趣的竹製水管。孩子當然不屑，說：好土！

一枕落花香

如一些美麗的蝴蝶，我用錦囊收留它們，枕我如歌的年華。

我的小小悲歡，只在這枕上——在這些落花上，雖然花朵已不再有昔日的鮮豔和芬芳，我卻如此真切地感覺著它們露水中的一如初生嬰兒的嘴唇。

這些凋零了的花朵，有多少個晨昏，我一一拾起，輕撫那些粉紅、淡黃、紫豔、潔白的生命，如靈盈的蝶，在我掌上顫動。

世界上有些東西彷彿專為我們而存在。枕中的落花，就是一章一節的音樂，欲斷還續的歌謠。

在清涼的秋夜，我就著一枕落花，靜靜體味生命的愉悅與滿足。在某一時刻，甚至會泛起一種異樣的溫情，幻起往事的光輝。

我枕著它們，想著這些被歲月遺棄的精靈，竟為我所鍾，不能不說是一種緣分。它們是我從洞庭蘆蕩收集起來的。在浩淼的水邊，潔白的花瓣強烈地誘惑著我，美麗的生命，曾經與洪水野火以及土地上生生不息的力量糅合一起。另一些不知名的野花，熱烈地開在煙雨和鷓鴣聲裡，也曾是帶雨的詩和動情的謠曲，在夢中為我托起美麗的江南。

我珍愛落花枕，對於我不會有另一種東西能夠取代它，正如不能取代我生命中永遠鮮活的記憶和深情。

風中的紅蜻蜓

案上有一幅畫，友人送的，畫面是一方寒塘，數隻紅蜻蜓停落在秋天的葦杆上，透出蕭索的意味。記得在鄉間居住時，臨村的一片荒野裡也正有這麼一個長滿蘆葦的大塘，春天漲水，便有許多魚蝦和紅顏色的螃蟹爬滿近水的葦叢，只需用竹簞那麼一稻，就能有不錯的收穫。一到夏末秋初，蘆葦漸漸變成青黃，葦塘的上空，有一種極美麗玲瓏的紅晴蜓成群地低飛，那小小的薄翼在風中顫動，很好看，若干年前一曾一個人悄悄坐在塘邊，在黃昏裡看飛動的蜻蜓和雲彩，感受寂寥中的快樂。塘的東岸有一棵很老的樹，孤獨地佇立在歲月中，雀鳥不來，風雨不喧，也沒見它開花，秋風乍來，銅錢似的黃葉便紛紛脫落，如一樹寂寞的樂符。那時候，紅蜻蜓就會靜靜地彷彿一片朝雲升上樹巔。天地間吹動著自然的音符，而蜻蜓卻是無聲的，正如某種寧靜的心緒。在蘆葦、水塘與孤樹之間，美麗的紅晴蜓就那麼款款地飛動。直至許多年後那景象依然鮮明。後來走了許多地方，卻再也沒有見著那樣荒涼卻很美麗的葦塘。

人總是會寂寞的吧？就如那棵樹，直至站得老去，那秋風也依然惱人。而這個時候，便總有那麼美麗的紅蜻蜓從記憶裡款款飛來，心裡便生出愉悅與溫暖。這使我想起，人的一生往往是：不管你經了多少滄桑，不管你旅行到何處，你也走不出故鄉那木枷一樣籠在頭頂的古老月暈，走不出那美麗的紅蜻蜓。那月暈與紅蜻蜓，帶著秋的意味與鄉懷有的意味。所以即使在最寂寞的時刻，我們都會有一種與故鄉有關的讓人眷戀的記憶來撫慰心靈。

風是的紅蜻蜓，在歲月的葦塘那邊，就那麼款款地飛翔。

微醉秋聲

書讀得多了，便很喜歡「秋聲」這兩個字，以為酷暑褪去，於秋風爽然中大地漸漸透出清涼寧靜意味，風的聲音，蟲的聲音，已不復有炎陽下的那種燥。因此秋天便令人愉悅。

在我的印象中，「秋聲」並非全是大自然的聲息，比方秋風的村野犬吠汪汪，野謠陣陣或者搗土築屋的聲音，風車的聲音，豆莢成熟的聲音，這都是很讓人快樂的。二十年前我居住的村莊有一個小小鋸木場，鋸木聲鎮日迴響在秋天的村野上空，有時候在睡夢中也隱約傳來。仔細分辨，那單調的聲音裡分明便有流水的音節，野鳥的音節甚至莊稼拔節的音節了。嗡嗡營營如蜂群採花相似，聽著讓人很愉快，那時候常從母親身邊溜出來，踏了結滿寒霜的木板橋，繞過一個很清很深的水塘，跑去鋸木場看三五農夫握了大鋸汗淋淋地鋸著一些絕大的楓木與松木。那些肌腱突起的手臂與勞累的憨憨的笑容以及獲亂在地的木頭和酒罐，給了我很深的印象，而那種嗡嗡營營的鋸木聲，二十後依然回聲隱隱，彷彿帶著酒香的鄉音。記得流沙河曾有詩說鋸木的體驗：「啃我少壯時

清涼歲月

秋天令我愉悅，一切都是如此平和、清涼，那樹梢上落下的細微的風，帶著許多情思，它很容易讓人記起許多秋天的詩句。當然這都只是讀書人的情懷。秋蟬鳴於樹，鳥聲脆脆的融入遠天去。好清涼的歲月哦。

這便使我想起故鄉的秋天來了。故鄉的秋景是很美麗的，豆莢在壟上爆出一片我不聲，而剛收割完的稻草垛正散發著清香。黃牛散落在山坡上，很悠閒的樣子，水車在河岸上歌著，靜靜的彷彿入夢。村莊裡的炊煙很隨意地嫋出詩意，那情景很令人難忘的。多年前的一些片斷，便漸漸浮現在記憶中了。

秋天是可以幹許多事情的，比方在黃昏時分去村裡剛挖完的紅苕地或花生地裡去尋那遺漏在泥土中的歡樂，在散發著松脂香的樹林裡找那美麗的寒菌或鳥蛋，或者乾脆就在涼涼的月色揮動柴刀，做一個很有詩意的小小樵夫。秋天是富饒的，它的賜予大多帶著令人驚喜的意味。

每個人都要經歷許多秋天，但秋天對每個人的意義都不相同。秋於於我，分明有許多眷戀在的，落滿樹葉的石頭寧靜地幻想起往來的光輝。若干年前，我是秋天的收穫者，如今，秋天依然賜予我許多意外的喜悅。坐在清清涼涼的風裡，便可以用靈魂與自然絮語了。聽著遠處傳來的笛聲，心中充滿感傷。

此時故鄉已在很遠的秋風裡，只有滄桑心緒鳥影一樣繞樹三匝，低徊不已。想起很久前做的一首詩中的句子：「在歸雁顫動的翅聲裡有一枝藤蘿／苦奪地向遠方伸出／把纍纍的果實／很疲憊很輝煌地／結在異鄉的深秋。／但在清明雨紛紛揚揚的時候／但在中秋月華如水的時候／便有如血的鄉愁／自根系流遍青青葉掌／起點是那熱土歸宿是那熱土／藤，才是一條曲曲折折的路／而果實，累累的果實／萌發的青藤／卻越走越遠了……」窗外掠過一些鳥影，彷彿逝增的歲月已無蹤跡了，漸濃漸涼的秋，薄霜一樣，該鋪滿了故鄉的板橋了吧？而我的生命中，卻充滿這麼多的愉悅與清涼哦！

明月·曼珠的書

炎夏已過，夜氣漸涼，窗外一輪秋月，就這樣柔柔地照著世間的事物。記起故鄉的秋夜，也有如許月色，並且那些月色裡迷蒙的山影、村舍以及犬吠聲裡的田園，讓人好懷念。慢慢讀著沈復的《浮生六記》，覺得人在世上，真的是過客，飄泊東西，總是滄桑心緒。就說此時，雖然共著一輪秋月，卻與在故鄉時的心境完全兩樣，在故鄉是少年心情，或者農夫、樵子心情，在異地的城市，卻是遊子心情了，總有許多感懷在。此時坐在書案前讀書，而在故鄉時，則是就了月光讀的，哪怕是煤油燈吧，總不如此時的檯燈了。而讀書的心情，在明月下的心情，也如此不同。

記得多年年前讀蘇曼殊寫的《斷鴻零雁記》，從一個同學家裡借出來，坐在屋外的月光下翻讀那石印的繁體大字，讀著讀著就流了淚，很想自己也有那麼一個多情善感的美麗表妹，很想自己也能寫出一個淒測哀婉的故事。那時月亮照在書上，照在田野和屋瓦上，貓頭鷹叫著，眼前明晃晃的一片雪白月光，把一顆少年心就那麼漫無邊際地放進遐想裡去，自由又浪漫。前年出遊夾山寺，帶了同樣的一本《斷鴻零雁記》，在靜謐的僧舍翻了一回，已經感覺不出多年前那種情懷，只是添了不少逝者如斯、人生況味的感慨。後來知道那個借書給我的同學就在這寺中出了家，並且家中已沒有了親人，相見時也只寒喧後揮手道別而已，並沒有格外的感受，總認為人的一生際遇，往往任憑命運安排得跌宕有致，許多東西是非人力挽回的。揮手間黃葉紛飛，那黃葉隔開的，一邊是他的佛的世界，一邊竟是我的紅塵世界。

有時候想起應該回故鄉走走，在田園裡拾得些舊日印痕，看看那裡的月色是否真的不同？但一到秋天，心情便不見好，即使回老家去，只怕也難圓少年夢了。多年過去，故友星散，土地雖還是那樣的土地，拱橋還是那樣的拱橋，甚至水車、牛群、草垛也依然如舊，但總覺親朋戚友或者長逝或者老去，而後一輩的人已不相識，回去了，也已失了往日情味，何必受跋涉之苦。然而少年光景畢竟存於心中：屬於少年時那一輪秋月，以及秋月下石印的繁休大家也依然那麼明晰，蘇曼殊的感懷身世，在若干年前及若干年後依然地讓我有所感觸，這總是與頭頂這輪明月有關的我所獨有的心情吧。

清涼如水的月就那麼柔柔靜靜地落在書頁上，落在人生的旅途上。月亮是不會老去的，人的心情也不會老去吧？

流雲賦

詩人很隨意地指著天上的流雲說：瞧，那就是歲月的形狀呢。我便怔了一怔，想像歲月應該是一種什麼樣子。歲月真的如流雲的形狀麼？並且也如它的變幻、漂泊、或者凝重？我站在陽臺上，首先想到的卻是那天上的雲，倒和人的心情相似呢，人一定是有流雲的心情的。望著藍瑩瑩蒼穹中幾種舒舒展展、散散漫漫的流雲，我的心便成了一種有翅膀的靈物，撲撲地升上空中去，接近那美麗且閒靜的流雲，我的心聽到了流雲在天空散步的聲音，那是一種怎樣輕柔並且飄逸的聲音呵，記得有一位很多情的女人曾在仰望雲朵時曾悅，那是神仙的故鄉呢。天空好寧靜呵，流雲好寧靜呵，我的心好寧靜呵。歲月是無窮盡的，無窮盡的東西都是寧靜的麼？正如天空、雲、和人的心情嗎？我想是。雲是神仙的居所，為什麼不是人心的居所呢，正如人的肉體寄寓在無窮盡的寧靜的歲月中一樣，正如鳥兒居住在溫馨的巢中一樣。

天上的流雲那樣盈盈地浮移在藍得透明的歲月中，彷彿花朵飄於暮暮的斜風。天空也應該有四個季節吧，此時有流雲的天空就如春水。

仰望流雲，那是神仙的故鄉。

但是雲朵也並不總是那麼閒靜輕柔呢，正如歲月有時也並不寧靜一樣。起風了，風從樹桃和自然的每個孔竅來，風是天地在深呼吸。莊子說過，這是自然的簫聲。風充盈宇宙的時候，便有樂音充塞了人的內心呵——起風了，天空漸漸失了瑩瑩的藍色，轉瞬便灰濛濛的的了，鳥兒了的翅膀匆匆劃過天空彷彿槳劃過沉靜的水面，沒有一點印痕。起風了，流雲到哪裡去了呢，天空的四角已塞滿了厚如層巒的灰雲了。

厚如層巒的灰色雲層，很沉重地從天空壓迫下來，我的心如驚鳥般從空中墜落，直回落到原來的軀殼，它才安穩。雲層開始翻翻滾滾，開始奔突起來，恍如擁擠的冰山在海面突圍。風嘯叫著刀子一樣颳過天空，鞭打著巨大的雲塊，天地間充滿刺耳的雜訊。

呵雲，凝重、翻滾、衝突，永不止息的一種搏鬥，在歲月一樣蒼茫的天穹。彷彿人間許多事物，彷彿人的心情。人有時總在和自己搏鬥，而且永不止息。

人仰望雲層，心裡感覺著了壓迫，便想起這堆在天空中的有形的物體應該是從哪裡來的呢。當人從地上借助外物升上天空並且就穿行在凝結的雲層中時，怎麼總有犁頭犁開板結土層的痛苦感呢，人與高高在上的雲層平行了，但人卻失去了重心，而且沒有了仰望時的輕鬆，沒有了仰望天空流雲的心情。雲在俯望大地時人也在俯望大地，但雲的俯望是無心的而人的俯望卻總有一種憂傷，那僅僅是離開了故園的憂傷麼。

灰濛濛的濃雲滾動著，夾裹著一場豪雨或者紛飛的大雪。雲是製造雨和大雪並且傾泄災難的母全麼，它就那麼恒古不變地膨脹在宇宙之中，讓人類感覺著壓迫，正如苦難歲月給人的壓迫一樣。

可是滿天空的雲層畢竟不久就消散，天空如洗淨的藍玻璃。

流雲，一縷縷的流雲彷彿白鶴，那麼款款地不知不覺地出現在天空某處，依然悠閒和毫不經意的樣子，讓人相信天空什麼也沒有發生。但是那流雲卻在太陽的照射下變幻著顏色，讓人感覺著它的不安定。雲的聚與散，消與長，讓人感覺著它的變幻。但世界上又有哪一咱事物不在變幻之中呢，人的心情又有哪一刻不在變幻之中呢，就是那無窮盡的無形的歲月，不也在你的生命樹上寫著永止息的它的變幻麼。

流雲在變幻著，卻也在漂泊著。雲是沒有歸宿的吧？天空或許就是它的歸宿？雲是沒有故鄉的吧，歲月結的巢又在哪裡呢？

仰望著天空飄行不定的雲朵，看月光和星光照得它皎潔，它就那麼無悔無怨地浮動在我們的村舍田園和青山上，漂泊在碧玉一樣的天空和天空下綠得遼遠的草原上。它只是一個如你一樣的遊子呢。

那麼歲月不也是一個如你一樣的遊子麼。看不見的歲月卻也是漂泊的，它在每個人的身上最多只停那麼一小會兒，但人卻不是它的歸巢，因為人也是歲月中的遊子呵。

生生不息的雲朵、生生不息的歲月中的人的心情，彷彿都只是這宇宙間的一種樂音，這樂音卻是風創造的。一切不都在隨風而去麼，隨風而來麼。只有往事卻喜歡像蝴蝶一樣靜靜棲伏在你的心窩，但往事也只是這宇宙間一縷微涉的樂音，彷彿一聲禪定的鐘磬呢。

站在陽臺上看雲，與站在河岸或田園看雲又有什麼差別呢，差別只在人心。潔白的，瑰麗的，輕盈的，凝重的，這只是雲的形狀，正如人的種種心情，雲沒有歸宿又有何妨呢，人沒有歸宿又有何妨呢，只要心有了小巢，有小巢並且溫暖。有時候我常想，天空的雲、人的心情是無窮無盡的，但它們都被歲月籠罩著，歲月的無窮盡又是怎樣的無窮盡呢？有時候，心可以是天上的流雲，閒靜舒展，或者凝重變幻，那麼，雲朵不也是宇宙的一種心情的表達麼，可是誰能理解人的心情或宇宙的心情呢？

那麼，雲可以是人心與宇宙的一種自然而然的內在呈現，是的，雲的方式便是心靈或宇宙變幻的方式。

流雲是風在天空寫的詩句。

花朵是自然寫在季節裡的詩句。

人心是生命寫在時光裡的詩句。

流雲，花朵或人心，是歲月的另一種抒情方式。

歸宿

數年前寫過一篇叫《紅葉齋寫意》的隨筆，那紅葉齋不過是一漁農的漁棚，周圍有數棵無名紅葉樹，秋天一來，那紅葉紛紛紅得如煙似霞，似一種蕭索中的熱烈，慰我落寞漂泊的旅人心。那時我總是把自己當成這個城市的過客，屬於那種無根無蒂的無產者，也屬於那種「叫做遊子的植物」。

這種況味，完全是因了沒有歸宿的緣故，肉體和靈魂都無所依託。而這歸宿的具體化，僅是「家」，而「家」的具體化，即是一套二房一廳或三房一廳的房子，在我，在這個城市生活的人們，至少是這麼認為。在我漂泊的日子裡，我的大部分作品都在一隻已很破舊的小皮箱上完成，我當時的「家當」，僅只幾十斤書和幾件很劣質的衣物。

因此，我便想起：從前的紅葉齋或許就是我十年浪遊的驛站，我那時在淒苦中尋覓著人生的歸宿，而歸宿又在哪裡呢？那時希望有家，以為家才是人生的歸依，可於今有了家，卻依然嚮往著漂泊，已知家不是人生旅程的終極目的。漂泊原來是一種生的過程或方式，居家只是這個過程的小結，人生的篇幅與靈魂的篇幅是無有終極的。自然中散淡的禪鐘佛鼓，散淡的月影蟬鳴，才是歸宿嗎？或者，生命原本就沒有歸宿，歸宿只是塵世的苦旅？或者，每個人就是每個人的歸宿，每個靈魂就是每個靈魂的依憑？沒有歸宿或許才是真正的人生呢。

人生的苦役與況味，與天地間浩蕩沉雄的雷電風雨隕石大水，都只是一種景觀，一種美麗蒼涼的景觀，這種景觀永恆地映現在無窮的歲月中，令人有無限的感喟與驚奇。

歸宿的歸宿又是什麼？又在哪裡呢？宇宙中萬物是沒有歸宿的，它們的歸宿就是無窮的宇宙，而宇宙原本就什麼也不是，宇宙就是宇宙，誰說得清呢？

鳥的心情

當我的篷船偶爾泊在這蘆蒿的淺渚時，那隻鷗鳥也正好從青空裡飛落在這洲渚的某片岩石上。寂寥的花正顫動在絲竹船爽然的秋風裡，四圍顯得清寂極了。

拋開書卷，靜靜地打望那岩石上的鷗鳥，彷彿近在咫尺，卻又遙遠。看牠黑白相間的羽毛在日光影裡漸漸舒展開來，用尖喙細細梳理，然後一動不動地棲在岩石上，彷彿睡去。這似乎是一隻飛累了的鳥兒，牠一定越過了數不清的美麗河山，在風雨抑或月光裡孤獨地漂泊了許多日子，然後棲止，在這秋風的淺渚？

我也倦了，枕著櫓聲和水聲，枕著半卷書和書上流過的日子。想著自己怎麼才能變成一隻鳥，那樣沒有羈絆，瀟灑出塵。但我不是鳥，更沒有鳥的心情。即使此時憑藉了一隻小舟，在流水上讀書，看風景，片刻得了閒情地不能不回到紅塵中去。而鳥是不會有人的心情的，正如人沒有鳥的心情一樣。想不清莊子何以有魚的心情和蝴蝶的心情，要不，怎麼會知道魚的樂趣，並且夢見自己變成了一隻蝴蝶呢？此時天空正透出一派瑩瑩的淺藍，一片雲、一隻鳥也沒有，遠處是對偶工整的層巒疊嶂，河那邊的山深處隨風送來「叮叮」伐木聲，彷彿古典的韻。一切都是如此字根表閒適。只有船底的逝水才略見匆迫。人的心情，最好不要如水的躁囂，也不必如山的靜守，像鳥一樣，該飛翔便飛翔，該棲止則棲止，還是順其自然的好呢。

棲在岩石上的鷗鳥，在淺片之後，終於開始拍打牠那大而黑的翅膀，躑躅在金黃的沙洲上。牠時而將長腳探進水中，時而用尖喙啄食點什麼，十分悠閒愜意的樣子。那是一隻多麼讓人羨慕的鳥啊。牠雖然一點也不美麗出眾。一點也不見不出如鷹一般破霧衝雲的雄姿，但牠卻是一隻曾越過落葉一樣多的日子和沙粒一樣多的美麗河山的鳥兒，牠倦了時能夠小憩，小憩在這世界上任何一個最幽清最靜美的所在，並且用不著防備什麼憂鬱什麼，牠一點也不至於有人的種種心情。

但是，鳥兒也應該有鳥兒的心情吧？

我記起十年前居住的村莊，那裡是山區，樹木很蔥蘢，鳥兒很多，黃鸝、鷺鷥、斑鳩、鵓鴣、灰雀，鎮日跳蕩飛鳴在綠枝上，顯得很快活。但是，祖母說鵓鴣的叫聲是「苦哇，哥哥；苦哇，哥哥。」鵓鴣是一個受嫂子虐待身死的苦妹子變的，牠的叫聲是訴說很苦的心情呢。後來我發現鷺鷥鳥在明境般的水田是覓食，常常是形單影隻的樣子，而且悶悶的不啼不叫，便知道鷺鷥鳥也是一種孤獨的鳥兒，那心情也一定很落寞的呢。這種發現漸漸多了，便知道鳥兒們也跟人一樣，有各種種樣的心情，不單只有悠閒愜意的。

想起這些，心中便多了一份茫然與惆悵。船在水中輕輕晃蕩，四圍有薄如蟬翼的暮煙升起，一勾眉月已然現在天際，悄悄柔柔地照了這江上的事物。再去打望岩石上的那隻鷗鳥時，不知何時牠已捨小渚而去，杳無蹤影了。我便猜想，那鷗鳥或許就在我仰臥舟中亂想時悄然遠引，向著某個看不見的歸宿。那一定是一種很落寞的漂泊吧？或者是一種瀟灑出塵的優遊？鳥生雙翅，當然便只能屬於飛翔，但天上的路又在哪裡呢？而人，是有路的，無論水上或者陸地。有路可循的人幸福些呢，還是那無路可循的鳥兒更快樂？

直至我的小舟已離小渚極遠了，我還在想，當我打望那鳥兒並且推想牠的心情時，那鳥兒也一定打望過我並且也推想過我的心情吧？

而蘆葦的江渚，此時已完全淹沒在一片夢幻般乳白的星月光輝中了，悄悄的正如一種心情，一種屬於人或鳥的心情。

青空裡的鳥聲

一個人坐著的時候，便常常想，歲月究竟是什麼樣子的呢？它有顏色嗎？如果有，也應該是天空的顏色或者流水的顏色吧，因為那湛藍的凝止不動的天空和湛藍的流逝不息的水不正是歲月的特徵麼？歲月總是那麼不動聲色地籠罩在我們的頭頂；歲月總是那麼匆忙地流著，使我們自己和我們朋友、父兄那麼毫不經意地老去。就是老去也罷，但誰能知道歲月究竟是什麼樣子的呢？我們只看見了它在這世間所留下的印痕，但所有的印痕又都是那麼不一樣。或許歲月什麼也不是，它只是一種屬於人的心情，一種讓人感到蒼涼或快樂的心情。

青空裡忽然有鳥聲。

先是輕輕的一聲、兩聲，從濕潤的空氣裡流來，漸漸就有了一種密集的音流在凝脂般的天空滑落，彷彿一組美麗的滑音，帶著很歡樂的意味。我不知道這聲音是一隻鳥或者是一群鳥發出的，但我可以想像牠們飛翔時那種瀟灑出塵的樣子，牠們是從什麼地方來又到什麼地方去，牠們是毫不在意的，牠們也不會在意牠們的啼聲會引起塵世間的感喟，牠們很自然地在歲月中優遊。鳥與歲月的關係，正如鳥與山、樹或流水的關係。詩人在奏到來的時候夢見歲月的樹上，花朵一樣結滿了鳥聲，醒來時窗我上樹上或天空卻沒有鳥的影子，於是便會悟出有的時候，原來鳥與歲月都是肉眼無法看見的，只存在於人的心中了。人可以喜歡鳥或鳥聲，但人卻恐懼歲月，因為鳥是有形的歡樂，而且常在人寂寞時出現，歲月卻只留下令人感喟的印痕，而這印痕原本不是歲月有形態。有什麼東西比時時向我們逼近卻看不見的敵手更可怕呢。

但人卻可以從鳥聲聯想到歲月。比方坐在故鄉的河岸你聽鳥聲時，你兩鬢已斑，便感覺出了鳥聲中那種滄桑意味，而在異鄉的某個視窗你聽鳥聲，你總會想起許久前的一些事情，便感到窗外的鳥聲彷彿熟識，時間的距離即刻濃縮。鳥聲中的歲月或歲月裡的鳥聲，隨風而去，只餘人生中種種心情。

此時，我不知道我是坐在清涼的鳥聲裡抑或是坐在無邊的歲月中，鳥聲我聽得見，而歲月卻在哪裡呢？這一抹蒼茫心緒，和眉間的「川」字，就是歲月不動聲以地給我留下的印痕嗎？

溫柔無價

很美麗也很溫柔的是女人嗎？也許是。

許多時候，我們會忽然發現在離自己不遠的地方佇立或者飄然而過的某一位美麗姣好女子，我們的眼睛會為之一亮，心為之一動。尤其是側影或背影，長髮飄逸，裙裾飄逸，露珠一般的眼眸在你身上隨意那麼一人這。那種美好的奇異心情是無法比擬的。女人美麗與否，每個男人都有他自己的審美標準，對老年男子而言，除了醜八怪，大凡年輕女人都是可愛的、美麗的，這美，是在她們身上洋溢著的健康與活力。而年輕男子對女人看法則各異，除公認的為數不多的一些美女（如電影明星之類）外，有人喜歡窈窕，有人喜歡豐腴，有人喜歡纖弱，但不管哪一種，都希望女人的臉蛋生得美麗生動。假如「女人」這個詞不是抽象的，那麼，每個女人都有她動人之處也即美好之處，少女，姑娘，少婦，因了現代的裝飾與美化，大抵都有款款風韻令人動心。因此，女人，不論少女少婦還是姑娘，在一般男人心目中，都有她們美麗處。但美麗的東西往往是不長久的，女人若只依憑自己的美麗作人生的資本，那無疑也是悲哀的。

因此女人便需要有內在的美質。除了素養與品格，溫柔或者說溫馴，便是令男人鍾情的一個重要因素了。而溫柔，是無價的。

世人都道黃金古玩無價，可以藏之名山傳之後人，卻不知女人的溫柔心，實在是黃金古玩無法替代的。就那麼淺淺一笑，就那麼一句悄悄語，就那麼一個眼神，一個小小手勢，溫柔便如春風一般拂過你的心胸了。寒時為你加一襲衣，渴時為你沖一壺茶，寂寞痛苦時為你撫一曲琴，溫柔與癡情，盡在其中了。因此我說溫柔是酒，一滴，就可以使你沉醉一生。那無限的情意和溫馨只在無言中。當我們活得很累也很苦的時候，溫柔是停泊心之船的港灣，當我們孤獨失望時，溫柔便如春風，復甦希望。溫柔，只屬於純潔善良和忠貞，只悄悄流淌於兩顆真正默契的心間。那是如音樂一般的永遠只能感覺的幸福的泉源。我們擁有了溫柔，便擁有了世間最珍貴的財富。因為熱愛生命，我們才有溫柔的情懷；因為有了溫柔，我們才更愛這個世界。用這脈脈的源泉滋潤愛之花蕾，也融化這凝重的歲月。我們用詩和月光，用花朵和音樂，用心血，也用別離與苦難釀造這源泉。作為女人，溫柔，是不可或缺的，正如一棵樹不能少了花朵，一片小山不能少了流水一樣，缺了溫柔，女人便不叫女人了。記得一位詩人曾寫過一首詩，大意是：在某個夏夜，美麗嬌小的妻捉回許多螢火蟲，然後把薄如蟬翼的紗帳放下來，將螢火蟲放飛在帳內。為伏案勞苦的詩人製造了一片美麗溫柔的星空。詩人因此感動唏噓。可見，溫柔，是女人使男人癡迷的迷香呢。女人總歸是女人，溫柔畢竟潛伏在情感意識的深處，對喜愛的男人，她總是不會吝嗇溫柔的。溫柔構成了女人特有的一種

父老鄉親去了哪裡

當我回到我從前的村莊，發現曾經樹木蔥郁的青山已變得光禿，除了滿目的野荊和裸露的山岩，已聽不見鷓鴣的叫聲，看不見野兔和山羊箭一樣射過清清澗峽和樅樹林。只有婆婆崖上依然貼滿了紅紙和雞毛，一張紙紙就有一個新生兒的小名，這古老的習俗還保留著，那些紅紙在冷寒的風中火苗一樣抖索。那些從前牧歌悠揚的美麗阡陌和田壟，此時被荒草瀰漫，那些耕作的父兄哪裡去了？村莊上空斜著幾縷炊煙，這偌大的村落，除了幾聲犬吠和鳴唱，聽不見人語。我從前澗邊山頂高曠悠揚的山歌呢？土地上吱呀的碾房和河岸上旋轉的簡車和風車呢？它們都消逝了麼？

踏著微現著白霜的山路，我感到一種淒清和落寞，這條路不知走過多少代人了，它依然仄狹不平。多少年來，只有遊子循著這條臍帶來尋自己的要奶，於今父兄姊妹們卻沿著它走向山外，彷彿雁陣橫過黑土地，有些永遠不再回返，有些成為村莊的另一種候鳥，飛得憔悴也飛得沉重。我不明白，我的父兄姊妹寧願在異鄉的屋簷下仰望明月或聽淅瀝雨聲，嘗那份背井離鄉的酸苦，也不願回到自己的故鄉，為什麼？呵，我的木板橋，我的瓦屋和田園，我的久違了的鄉音，為什麼就讓我感覺著一種化不開的苦澀，彷彿喝那山中的苦茶？微寒的晨光從河灣的山那邊照射過來，照著我從前的籬笆和木樓，照著我孤單的身影。

只有父親和那條老花狗迎我，那情形恍如一幅剪影和古舊的畫圖。火塘裡燃著芭茅草，這氣氛還是從前我童年時的樣子，可父親已經很老了，一把鋤頭在土地上寫滿了苦難也幾乎寫完了生命的最後一個句點。父親告訴我，我的堂兄因交不起各種收費才停建新房，原來的老屋已破敗不堪，不能再住人了。借我的錢或許是無力還清了。我便苦笑：還不起就還不起吧。只是我不解，憑什麼如今農民建房要收地下文物損壞費、礦物損失費還有什麼開窗要收採光費、陽臺要收空間費？這種苛損雜稅都是哪挨哪呀？火光映了父親多皺的老臉，聽他絮絮叨叨村裡的人事，我的心情難免沉重。父親說，八月中秋那天，春姨姑的媳婦因為多生了一胎，鄉幹部一把火燒了房子，趕走了兩頭豬。小媳婦躲在山裡三天三夜，最後剛出生的嬰兒受風寒死了，媳婦兒便上了吊，幾天後才被砍柴的發現。又說村東根生因交不起四十塊錢的人頭費，與幹部發生爭執，被繩子捆了，關在鄉政府，至今也未放回。父親在歎息：「這還像個世道麼？」

我無言。但我深知，生活永遠是美好的，陽光下的陰影終有消失的一日。我的父老鄉親世代勞作在田園，無怨無悔，忍辱負重，心地寬厚地面對世事，但他們有他們的尊嚴和對世道人心的認知，他們把困惑和希冀埋在心裡，艱難地寫著他們的人生。許多代人已老死在逼仄的田園，許多旱澇和災禍都挺過去了，但於今兄弟姊妹卻候鳥一樣飛離熱土，漂泊在陌生的異鄉，他們是存著一份嚮往也懷著一份無奈的吧。在回鄉的路上我曾想起，我肯定要溫習賀知章「兒童相見不相識，笑問客從何處來」的心情了，可我只感到了故舊星散，沒有人況從何處來，回來了或離去了，彷彿都極平常，重情重義的故鄉漠愁了，是因為離去的太多麼？我的心不禁茫然。

許多的父兄和叔嬸輩死去了，山坡上的新地方和舊墳在寒夜裡閃動著磷火。他們奉獻了一生，但他們的命不值幾個錢的，生前吃苦太多，死後卻很冷清，他們的後人都到山外去謀生了，已差不多忘了埋在土裡的親人，就像已忘了遺落在責任地裡的紅苕和落花生。

許多的姐妹都已嫁了人，她們都用美麗或不太美麗的青春在很遠的村村落落勞作和做愛，生養後代；或者就在很年輕的時候和夥伴們候鳥一樣遠走南邊，在花花世界裡沉淪和討活，做著很荒唐的婦人。她們中有我少年時的夥伴和同學，甚至有我朦朧的初戀的情人，可如今她們已消失在異鄉的人海，我已再見不到她們的面容。我無法追回這逝去的一切。

一隻鳥在黑土地那邊啼叫。水井上的繩索已經斷裂了。遠處有一兩個年老的老農駕了牛無聲地犁著很板結的泥土。山色蒼茫，黃葉如蝶。一切都透著清冷。

一位作家在黃土路上踽踽獨行，他手裡的煙捲正冒出濃煙。有一片山形似猛虎，叫虎形山，風水先生說那虎頭是極好的陰穴，發子孫，行富貴，可那裡卻只是亂墳崗，埋著無數的老人和未老的人，埋著外地來的乞丐，風水早已破敗了。有九座山包連綴在田園，老人說這是九龜尋母，遠去的遊人都會回來。有一條水澗叫羅家沖，羅姓人早已居這村落裡滅絕，或者已經遠遷。有一個屋場據說是古時的官廳，可此時僅存了破舊的一間古屋，而且它的後代都在離此很遠的都市發跡揚名……

作家曾是這片村落裡的一個頑童，也曾是一個很出色的樵夫和農夫，後來他和他的兄弟姊都離開了這個村子，並且很少回來。他把童年的事情都寫在報刊上發表，去感動那些城裡人，因此他很快就成了名。他的名字曾是故鄉夜空的一顆亮星，讓少女們聯想。可此時他行走在土路上，如一個孤獨的過客。他望著那些永遠不變的青山和阡陌，有了物是人非的感覺。

他去看從前的老村長，村長的屋歪在山坡上，竹籬笆上爬滿了荒草和藤蘿。一隻狗凶凶地對他叫喚，它不認識他，不知道這個漢子是一個名人。名人敲村長的木門，村長花白的腦袋終於出現在他的眼前，他叫：「村長，還認得我麼？」村長駝背，村長眼睛不管用了，村長搖頭。名人說：「我叫×××。」村長才想起來，於是讓名人坐在灰糊糊的木凳上，開始上句不接下句地說起這村子為什麼會變成這樣，作家用跳躍性思維把它們聯結起來，於是就成了一段對話了。村長：

「唉，於今村子是真的冷清了，不想活人呢。年老的不能幹活，年青的不願守這憋屈的日子，外去打工了。妹子媳婦們都在我上面犯作風錯誤了，有的還得了病，偶爾回來一次也偷偷摸摸地像作賊。全村百十個勞力，去外的九十多人，田土都荒完了。外面的錢不好賺，這家裡的地更不好種，就是做了，除去成本除去這個稅那個費，除去這種攤派那種攤派，到頭來還要虧本，一年的汗水養不活一張口了。農民就父棕樹，一層層剝了，就只剩自家這肉身子光桿桿子。所以都只好出去了，只好丟下這份田地和這窮家了。沒出去的只有我們這些走不動的老廢物和小伢崽了。出去打工的寄回幾個錢，郵局還要扣壓，還要硬性配搭你不要買的東西。唉！」

……

村長老了，老村長的女兒和兒媳都在外面做很荒唐的婦人了。村長沒法子，村長已經老了。村長年輕的時候很英雄，曾放過每畝十萬斤大衛星，曾經造梯田造得十天十夜不睡，紅旗如生活費。也曾讓村裡最年輕的媳婦姑娘和婆娘去輪流夜戰水庫工地，村長一人犯了她們所有人的作風錯誤，讓一個軍婚懷了雙胞胎，讓一個寡婦生了丫頭。那時候村長權威，犯了作風也沒人敢放一個屁，不過於今這個村已沒有村長了，沒有了村長，所有的田土就開始荒蕪。作家歎了一口氣，走出木門，他覺得這世界已很陌生了。

不能安守清貧的時候，人便學會流浪。村莊上空已不再有悠悠的雁陣，村莊就像一部古舊的農書塞在山縫裡，只有歲月的風在無聲地翻弄。

父兄們哪裡去了？童年的夥伴哪裡去了？姊妹們哪裡去了？他們像被風吹散的樹葉。有一個叫岩保的夥伴去了南邊，他是一位光棍，據說從工地的腳手架上跌了下來，斷了一條腿；有一個叫梅香的少婦，也去了南方，嫖客在她身上發洩完性慾後用水果刀割斷了她的咽喉；有一個叫崢嶸的漢子，在外掙了大錢，卻因重婚關進了牢房；而青兒呢，幾年了，再沒了音訊，青兒在村裡時是常常替人寫書信的……他們都從這個村落和這個世界上消失了，而他們原本很年輕。為什麼要離開土地，為什麼要離開故鄉，田也是人種的麼，是畏懼了一世的苦做，還是被外面的花花世界引誘？父兄姊妹雁陣一樣橫過黑土地。有人回來了又走了，有人造了屋討了女人，可他們還是走了，寧願只留一個名字在村裡，而許多名字土地已把它們遺忘。

待在故鄉的日子裡，我聽到兩個消息：一個是說不久要在某山某山開礦了，建廠了，要在周圍的村莊招工，村子裡的人都會有活兒幹了。真的要開礦開工廠麼，也許遠去的父兄們就會像歸巢的鳥兒一樣回到故鄉吧？可父兄們似乎很漠然，他們的心早已冷了，留一半兒熱在不屬於他們的充滿魅力的都市。還有一個消息說河水某處要建一個大型電站，方圓百里的村莊都要成為水底世界了，如果確切，那麼已經離開了這片土地的父兄姊妹就可以永遠留在異鄉了，他們不願歸來，這是一條最好的理由。我不知道這世代播種著汗水和淚水，收穫了貧窮也收穫了快樂的田園為什麼要被人厭棄。田園，美麗且蒼茫的田園呵，你到底怎麼了？是你的泥土不再養人，還是你中秋的明月不再渾圓？是你的阡陌不美麗，抑或是你的山歌和炊煙不再溫馨？為什麼人沒有了眷戀，為什麼人要逃離你的庇護，寧願去漂泊？

在寂靜的月影裡，我凝望著這依然美麗無言的村莊，想起它落著大雪時的動人景象和春花灼灼的晴和，想起它的滄桑百劫和豐收平和，想起童年的嬉戲和無憂，想起許多的人和事，我彷彿明白了人或許是應該離開故土的，只要心中裝著，哪怕在天涯，也會感覺著它的存在和召喚。我是和那些父兄姊妹一樣充當著遊子，可是這腳下的田園永遠以無言的美麗與親情召喚著遠方的靈魂。

人，或者就應該是故鄉的候鳥？

但是為什麼?!

南方韻味，以最散淡的形式出現於旅人的視野。散淡、隨意、浪漫，甚至很平常，但於這種平靜隨意中演繹著有關人與歲月、男人與女人、入世與出世、生死老病、喜怒哀樂……這世間應有盡有之事，平常的院落，幾乎都有竹籬瓜架，都有灰瓦青磚與一片桃花或杏花，都有雞犬之聲、碾聲與舂臼聲，有時也於煙雨村舍之間嫋出些二胡或短笛的輕音，而院中的少女又必都秀美多還必須，都喜歡繡著花綳子或在井邊汲水。南方的院落，總是很寧靜，一切都很隨意，一切都在有意與無意之間，一種純自然狀態下的人文景象。而這些尋常的院落中卻往往能誕生那種才情蓋世相貌俊雅的才子和細腰明眸的美佳人。才子、佳人，便構成南方院落的最大人文，也構成整個南方的人文內核。美麗的南方，因了層出不窮的才子佳人才平添了一種無盡的雅韻浪漫與瀟灑神采，由才子佳人演繹的平平淡淡或生死交纏的故事，又總令人心醉神迷、感慨傷懷莫名。才子人產為佳人的美麗多情而魂飛夢繞，吟出無數動人詩文藉以流芳後世，佳人則為才子的風流儒雅與多才善愁而歌哭而欲死欲活。九曲迴腸或九曲斷腸，用於古今才子佳人人間情事，實在是貼切而真實。南方人多思善感，南方有煙景陽春，所以南方的院落沉澱的是一個月色溶溶、絲竹嫋嫋、人事花謝的深如海澤的歷史人文。平常卻燦爛，散淡卻有無窮的滄桑。佈滿紫丁香和紅蜻蜓的南方的院落，瀰漫月色也瀰漫愉悅和輕愁的南方的院落，點染著少女的歌聲也裝飾著少女夢幻的南方的院落，哦，我想起唐伯虎與秋香的故事，想起西施、蘇小小和秦淮十豔，想起白居易《憶江南》和柳永的詞，想起無數的水鄉和村落，想起煙雨中的古寺和酒旗，想起浣紗的村姑和雪花裡的灰瓦紅牆。在我的意識裡，那靜美而嫋著炊煙的南方的院落，彷彿舉手可及又迢遙如夢，歲月像散板，響過我的夢的邊緣，院落裡的二胡和棋子落地的聲音以及一聲輕咳或愛嬌的輕嗔，都如此令我心驚，彷彿那就是我的舊家，是的，我的舊家就是那些院落中的一個，平常、隨意卻有著一份滄桑和美麗。

記起我的舊家，心裡就有一種愉悅也有一種莫名的傷感，它的紅牆已有許多年了，它的水井也有許多年了，而竹籬和柴扉卻是新的，父親編竹籬的樣子讓我想起一位友人寫的詩：「彷彿在悉心修補／一幀古雅的風景小品／駝背上是一片沒有籬笆的天空／散失的白雲咩咩叫喚／籬笆織的很密／什麼也鑽不進來／後來他一點兒也不覺得／怎麼圈住了自己／炊煙是一樓被軟禁的憂傷／藤蔓在籬笆以外垂下夢想／悉悉編歷史紀年／無邊的土地呵才是放大的家園。」我不知道為什麼會想起這首詩，也許我的友人對南方院落的一些日常景觀觀察體味得十分有情趣與哲理，他是一個浪漫的南方詩人，屬於才子一類，所以我想起了我的舊家時便想起了他的詩。我的舊家是典型的南方院落，和北方院落有很大的差異，北方院落裡那種很成規矩且大而無當的式樣，給人壓抑的感覺，這與北方的人文歷史有關，而南方院落卻與南方風物的靈秀相吻合，充滿靈性，讓人覺得清新和愉快，隨意地結一個豆架，隨意地織一個籬笆，木質或磚頭結構的房子，不一定要有規矩，比較自然地佈局，沒有什麼定式，乾淨、清爽，花草樹木點綴。而人，生活其中，恰然悠然的模樣，彷彿歲月是不動聲色或歲月與這些院落中的人無有關係，生老病死、紅白喜事，均順乎自然。假若某個院子裡出了一品大官或大名鼎鼎的才子抑或絕色的女兒，無論大富大貴與一波三折，院中人總能保持一份順應自然的心情，把這些東西看得平常，正如把周圍的美景看得平常一樣。記得我的舊家曾出過一位大我中士，年代約在康乾間，他的文名使江南半壁河山生色，而且官至兩江總督，至今留有這種獨行在一生裡其實只有很少的次數，而心中的孤獨卻可以嚐了又嚐。從少年到壯年再到老年，孤獨總是令人憂恢復人的本原狀態。是獨立的，與任何事物都了無干係，孤獨是人生的至境。但孤獨只是人的心情，而獨行卻將人的外在形態與心靈合而為一，表現出與世間其它事物截然不同的個體的本性。草、樹，其實都是單個的生存狀態，但人們總是望見許多草與許多樹，它們糾結蔓延在一起，成為整體，讓人總是忘了它們的獨立性與生命個性，把它們只看成草或看成樹，其實每棵草都是不同的狀態和生長方式，有不同的對於外界的感受力，你不去細辨，便忽視了這生命狀態中最為關鍵的一點。人也是如此，在社會中，他們只是一種群體，作為社會的人的存在而已，而人的個體性和差異，只有在分別開來時才會體現。人的一生，獨立獨行的時候少，常常呈現一種物化的外象。其實，個體人的痛苦、歡欣、思念、慾望、傾向，都是如此不同。人是一種觸角靈敏的生物，許多時候，都極容易受傷害，許多時候，都是如此脆弱不堪。其實這塵世最一個巨輪，人都是它的附著體，隨著旋轉，隨著馳突，身不由己，卻又相互驅動，互為旋轉的動力。人有時活得累、煩、活得驚怖、焦灼，有時又活得眩乎醉乎，這是因為人把自己生命的深層次與外界的一切同化。而這種同化，是一種適應，一種為生存而強化了的前趨力，同化是人的悲哀，卻也是人的好處，只要保持著內心的一份獨立個性，人才會真正體驗到生存的美好。隱士，山林中的隱士與市廛中的隱士，其實都是想保持一份內心的獨立，保持人作為生命個體的特質與權利。大的人物，往往把自己化入大宇，胸中吞吐四海，這種境界不是同化，是一種更博大的關於個體生命的大獨立與大襟懷。

吃花

張潮《幽夢影》中說：「樓上看山，城頭看雪，燈前看花，舟中看霞，月下看美人，另是一番情景。」若說雅士，在古人中我要推張潮，薄薄一冊《幽夢影》，寫盡雅士高人情懷，天下文字，短小優美如《幽夢影》者，實在罕見。但若說花只可燈下看最佳，倒也未必，春花秋月，美人美景任何時候看都是美的。「只恐夜深花睡去」，未免迂了點。況且花不單可賞，也可食，賞花人與食花客，誰俗誰雅，殊難定論，如屈原，也曾「餐秋菊之落英」。他是第一個食菊花並把它寫入詩中的古人。誰敢說屈原是一個俗物？雖然未見得屈原真的就吃過菊花，至少在屈原之後的中國人，飲菊花酒、菊花茶則在生活中常見的。以我的陋見，食花客的雅與浪漫，倒是比燈下看花的賞花客來得徹底些。不過，天下之花，千姿百態，可種可賞，卻未見得都可食。花可入藥的很多，可製酒的也不少，若是可以直接烹製為佳餚的，種類卻有限。南方和北方，漢語民少數民族，食花情景都不一樣，如北方人喜槐花，南方人喜食梔子花。菊花、桂花、茉莉花、玫瑰花、梅花、茶花、桃花等均成為喜歡嚐鮮的南方人的食物，因此花是美色也是美味。

南方春夏百花盛開，芳香美麗，目不暇接，男人女人在飽享了眼福之後，便想飽口福。於是就有人踏了露珠去摘取山坡上那種極肥美的潔白的大瓣梔子花，在井水中洗淨，直接下鍋清炒，那肥白的花朵在油鍋裡聲聲爆響如音樂，並且散發出令人迷醉的清香，花極嫩，二、三分鐘便可出鍋，家人、食客，圍坐舉箸，輕輕放入口中，已感覺一股清香從舌尖襲入腦門，遍體如觸電般麻麻癢癢，心裡的快活，難以言表，口裡嗚嗚咂咂，細嚼慢嚥，那種肥美嫩滑，又難以言表。等一盤花瓣吃過錯，桌上的人才開始晃腦拍胸，發出兩個字的驚歎：妙味！

有一年夏日，我與三五雅友去郊外小居，詩畫清淡之餘，歇荷塘小亭上。因為有美人在亭上鼓琴助興，便有人隨口背誦周敦頤的《愛蓮說》，也算是即景即興。荷超浩渺無際，綠葉紛披，塘中荷花盛開，粉紅嫩白，婷婷立於清風中。心裡便驚歎：出污泥而不染、濯清漣而不妖，中通外直，香遠益清，亭亭靜植……周子對事物的觀察與體悟是何等的不同凡響！否則，憑先生一生僅三千餘字的著述竟成一座理學與哲學的高峰，豈非不可思議?!當年孔子「述子不作」，卻也寫了一部《春秋》，而周敦頤卻真正是中國古往今來著述最少影響最大的百代宗師。耳聽琴聲，目賞荷花，遐想古人，忽然就有了一個奇想，對別墅主人的娘子喊一聲：去塘中摘十朵荷花吧。

別墅主人的娘子是一位妙人也是一位雅人，亭上鼓琴的是她，下廚烹煮美味的也是她。婷婷的下了小舟，用小剪採下十餘朵肥碩美麗的大荷花，置小盤中，送上亭來，問：是帶回家去插養還是現在享以眼鼻?我笑了：今天要學學屈原的餐花飲露，只怕要褻瀆周夫子的〈愛蓮說〉了。

請美女將此十餘朵大花分瓣洗淨，下廚清炒，實在有勞了。一語出，滿座皆驚：荷花可以吃嗎？就是能吃，也不該如此惡俗吧？周先生愛蓮，陶淵明愛菊，可沒聽說他們愛蓮愛菊愛到要吃它們的地步呵！我說：目賞心悅，是色，是滿足愛欲，飽口腹，是本能，也是滿足愛欲，孔夫子說：食色性也。這可是聖人教導我們的，況且，荷花煮粥，配以粳米，食之令人容光煥發，延緩衰老，古人早有記載。就請美女下廚辦理吧。

看我說得有鼻子有眼，大家一齊起了好奇心，連催：下廚吧，下廚吧。

這時上清風徐來，荷塘清香襲人，案上美酒半壺。三、五友人，一張古琴。紅塵在百里之外。俗一回，雅一回，這或許就是人生。

終於看見別墅主人娘子持食盤嫋嫋娜娜而來。

一盤活色生香的清炒蓮花，奇蹟一樣橫陳在眾人眼前。

我先下筷。心裡對周夫子請了一聲罪過，將一瓣肥美的荷花送入口中……香，揮之不去的纏綿的、若有若無的香；嫩，嫩得入口即化，彷彿喉中有一小手要從齒舌間把花先搶了去；滑，齒與舌想把花多留一會在口中，好細細品味，可那花卻滑滑的直溜回喉中，配合那無形的小手。

等一瓣入口，入喉，便有了心醉神迷的幻覺，身子飄然臨風欲飛，快活來自肉體的各部位也來自靈魂的最深處。

第二瓣花入口，舉杯，遠望，忽然有流淚的感覺。人生天地間，苦多樂少，此時這份意外的遠離紅塵的快樂，分明就是上蒼對人世的非比尋常的饋贈與慰藉，一份感動從心的深處瀰漫開來，與滿塘清香渾融一體，遼遠而深廣。

三、五友，加上美人和古琴，加上一盤清炒的荷花，一亭一世界，一花一世界。亭上諸友，飲酒食花，嘖嘖稱奇，在美酒、鮮花入口的瞬間，都有了神清神爽、一掃俗慮的感覺。

樹

有一千年了吧?那棵樹。

樹杈以下現出粗礪的鐵青色,巨大的樹榴如凸突的岩石,上面長滿老去的苔蘚和別的寄生植物。樹幹有些扭曲但粗壯得令人驚詫,它用身子毫不費力地遮擋了一堵半頹的土牆。樹幹上佈滿傷痕和怵目驚心的孔洞,接近地面的部分已朽爛出可以容納數人的樹洞,但未朽的樹身卻依然壯碩,顯了攫人的霸悍之氣。生長這棵樹的土地裡拱出許多狀貌獰厲的黑石,它們把裸露在外的老根擠壓得已經變形,但奇怪的是,在敲打那些被扭曲了虯壯的專利權根時,竟發出沉悶如岩石的聲響,而且它們的顏色也幾乎與地裡的岩石無異,有時候你會分不清哪是岩石,哪是樹根。土很貧脊,薄薄的一層,是落葉腐殖而成,只能長出很稀疏的野草,連灌木也無法往深處紮根,是浮土下面的岩石擋住了生命的腳步。

但這棵樹卻高入雲霄。想像便沿著樹根的走向深入，僅令只有一根最壯碩的豎根撕裂堅硬得密不透風的岩石，往地層深處掘進，它蓄滿氣力，不停息地壯大，終於把岩石撕開一道口子，生命便從岩石的烈口噴湧而出——並在春風裡凝固成嫩綠嫩綠的無數的葉子。這棵樹所有的根都交錯在一起，如一條條手臂，也如生命的長鏈，把自己緊緊釘牢在大地上，生怕被風兒颳走。它在這裡堅守了一千年，也似乎等待了一千年，沉思默想了一千年。一千年很短，彷彿只是露水谷上梢緩緩滑落地面的過程或花朵從花苞到綻開的過程。

這棵樹靜止在白雲下，有雲朵落在它的鳥巢裡。鳥巢就結在它最高的一根枯枝上，鐵似的枯枝，像粗壯到無以復加的巨人的手掌，抓一把虛空，有痛的感覺。其實，此時這棵樹已沒有了一片葉子，這個季節不屬於它，它就像古代畫家的一幅畫，蕭索而寂寞，沒有風沒有花朵沒有雀鳥。孤獨是一把很鋒利的刀子，但它不會因此痛苦，它曾有過葉子有過花朵，而且有過歌唱春風是一長笛，把葉子吹成快樂的音符，有過一千次快樂，當然會有一千次寂寥。一千年經歷了許多事。平和卻充滿滄桑，因此可以獨立在大地上。

它是靜止的，耐心地等待春天。

它靜止著，和一切動著的有了觀照。動是美的，靜止也是美的。樹明白這道理。靜是凝固了的動，靜和動都會在某一天消逝，時間是一把無形的掃帚，掃去白雲，掃去紅塵，也掃去一切靜止的和動態的東西。但靜和動消逝之後，又會有新的靜和動生出來，永無窮盡。靜止的樹在一節節老去，老在歲月的燭影裡，滿臉安祥。

有人路過樹下，仰望它的高，發一聲感歎：沒有葉子的樹便是凝固了的快樂呵！

樹以外是闊大無垠的寧靜。但樹聽得見蟋蟀的低吟和遙遠處流水的聲音。還有偶爾的一兩聲鳥鳴。它明白樹是大地的手指，能夠出一個春天。但天地間充盈著的天籟和聲卻足以讓樹凝神傾聽，以一種靜止的姿勢傾聽。

那樹下的土牆讓人遐想，應該有過人間煙火的，但在一千年裡，一戶人家或竟是一個村落被風颳走，就像樹失去了一片葉子一樣，簡單而深奧。在樹的東南一隅，還有一座雜草披拂的石橋，那橋讓人生出一種親切與惆悵。彷彿有流水的時候就有了那座橋。那是一座曾經很美很喧鬧的野橋，它曾是村莊的一部分，但它終於和它棵無比巨大的老樹一樣，沉睡風聲水浪間，並成為歲月的影像，成為老樹的一部分——它分明就是這樹伸展的黑色如岩石的根。

樹，是大地的一部分，是風、雨、雪的一部分，是春和秋的一部分。而飛鳥、流雲、花朵、月光、蟲鳴則是樹的一部分。

一群蝴蝶飛落在它的枝椏上，恍如初綻的花瓣。起風了！樹伸了伸它的枝椏，驀然從夢中驚醒，這夢它做了一千年，卻彷彿只打了一個盹。

樹是人的風景，人是樹的葉片。

後來有一位畫家把樹畫了下來，並取名《死去了的春天》，把它畫得醜怪衰朽。樹很鬱悶地呼出一口長氣，竟然吁出半個春天。

與字有關

之一：蒙童草書：「萬歲」變「三歲」

童年和少年時代居於深山，於一古舊的民居啟蒙讀小學。讀書的校舍極破而教書的女老師卻極美，眼大而水靈，髮長而烏黑，是一位女知青，聽說她能教書，似乎與大隊書記有一種極不尋常的關係。第一課課文是「毛主席萬歲」。初學寫字，就潦草，竟將「萬」字寫成「三」字。女老師閱作業，發現重大政治事件，緊急上報大隊，大隊急報公社。公社來人抓「現行反革命」，結果發現寫「毛主席三歲」的人竟是一個六歲蒙童，不好加刑，只好不了了之。但公社的幹部臨走對大隊和學校有兩點指示：一是這孩子出身貧農，根子尚正，應該不屬受人指使的故意，所以只須好好教育，不一定要批鬥；二是此事不宜張揚，到此打住，誰講出去追究誰。一場大禍，無意中闖下，又被好心人化解於無形，在那個年代，可謂「吉人天相」了。記得村子裡有一戶人家，生有三個兒子，老大起名愛國，老二起名愛民，老三起名愛黨，結果被人舉報到公社，公社竟召開萬人批鬥大會，定了一個反革命的罪，其父坐牢三年，三個兒子勒令改名為：文革、紅衛、勝利。當時，此事轟動方圓百里，說是我村有潛伏的國民黨特務，竟敢公然叫器「愛國民黨」！那真是一個荒唐且可怕的年代，人人自危，不知哪一天會禍從天降。

初學寫字，就險遭大難，可見許多時候識字也不是什麼好事，尤其能寫更不是什麼好事。白雲蒼狗，世事如幻。於今雖已不到不惑之年，憶起前塵舊事，也常驚心。

之二：簡明新華字典

吾鄉封閉於深山大谷之中，自古不與外界通，沒有出山的路，只有一條湍急的大河，流向洞庭，那是唯一與山外世界聯繫的通道。讀初中一年級，一位大山裡的同學媽媽第一次來學校看兒子，初中部在鎮上，鎮在大河邊上，同學的媽見河裡有帆船經過，竟痛聲驚呼：「娃呀，哪家的被單掛那麼高去曬，還收的回嗎？」大家便哄笑。因為交通不便，所以在我們的小鎮，基本上看不到書籍和報紙，甚至可以說連有字的紙也都難以找到！鄉人不僅沒見識，連認字的機會都少得可憐。記得小鎮之西有一新華書店，門臉極窄狹，從來未見裡面擺過書，只有幾本作業本或鄉間寫對聯的紅紙、鉛筆、粉筆之類的東西。忽然有一天，我一眼瞧見書店的玻璃櫃裡竟擺了一本很小的簡明新華字典！我的心都快跳出來了；那彷彿就是一本傳說中的天書啊，什麼難字怪字上面都有，它會讓你認得比別人更多的字！我問售貨號：這書要多少錢？售貨員盯我看了好久，表情奇怪，慢慢答道：「五角。」五角！這個數字嚇了我一跳，父親是壯勞力，在大隊拚命勞作一天也不到十分工，僅抵一角二分錢！九口之家，全賴父親撐持。就是說，這本小書，需要父親付出四天的勞作才能買回。對於貧困至極的家庭而言，這無疑只是一個奢望，一個夢而已。兩三天都若有所失，心情鬱悶。想向母親開口，不僅不敢，而且也不忍。放學回家，負了柴刀上山砍柴，與夥伴說起，他們出了一個主意：偷書！這是一個很可恥也很無奈的餿點子。母親從小教導我們兄妹：「小時偷針，長大賊精（即賊王）！」路不拾遺，砍柴回家，幫母親在灶屋煮豬食，門外已是月華如水。我鼓起勇氣對母親說：「我想買一本書。」母親一邊忙活，一邊不經意的問：「要好多錢嗎？」我怯怯的回答：「五角啊……」母親停了手裡的話：「這書對你很要緊麼？」「是的，母親。」「那明天就買回來吧！」母親一臉堅定地對我說。母親的話，讓我受了很大的感動，差不多流下淚來，一貧如洗的母親，一貧如洗的家庭，母親的恩德讓我有了無法承受的感覺。望了一眼灶火映照下母親慈愛的臉，我很笨拙的說了一句：「我會還的。」母親笑了：「母親的錢是不須還的啊，蠢兒子。」

第二天早上，母親從米缸的底下翻出一個小布包，在我面前打開，裡面有一分、五分、有一角，還有一張一元面值紙幣。大約有兩塊來錢的樣子，這是一家九口買鹽買煤油和布料的全部家當了。母親一分一分數出五角錢，鄭重的交給我：「放學時把書買回，不要丟了啊。」我把錢緊緊攥在手心，差不多捏出汗來。

當我把那本《簡明新華字典》買回，我心中充滿了喜悅和激動，我終於擁有了平生第一本屬於自己的書！而且是一本多麼奇特的書啊，所有陌生的字都印在上面，每個字的讀音，每個字的意思，每個字的繁體寫法，都清楚的印在上面！這在閉塞的鄉間，在文化荒蕪歲月，對於一個想讀書又找不到書讀的孩子來說，一本《簡明新華字典》無疑是一份取之不盡的精神食糧。

自有了新華字典，便每天把它揣在上衣口袋裡，上學、放學的路上，和放學後上山砍柴的時候，都會選幾個自認最難的字記住，不僅記住，而且常常在地上寫出來給同伴看，讓他們多認字。時間過得很快，苦難的歲月因為有了一本小書，便有了無窮的樂趣和滿足。當朝霞滿天之際或夕陽滿山之時，甚至是朗朗明月之下，我讀著、記著那引起具有魔力的方塊字，它們就像雨點、花瓣、音符落在心坎上，敲出無盡的天籟妙音。不到半年時間，我幾乎能一字不漏地將整本《簡明新華字典》爛熟於心！我認的字比所有教我的老師們都要多！

因為有了這本字典的激勵，我很快兌現了我給母親的第一個承諾：我用上山挖藥材賺來的錢還了母親的書款；我也因為有了這本字典的激勵，兌現了給母親的第二個承諾：我終於在十五歲時考上一所名牌大學，成為解放以來吾鄉第一名大學生，讓母親臉上有光。也因為有這本字典三十年來伴我、提醒我，我才會如此執著地愛著我的母親和故土，愛母親和故土一樣愛祖國的文字！

之二：讀碑山阿

少年時無書可讀，恨不得滿地豆莢都是字，滿溪澗的沙粒都是字，滿山的樹葉、花朵都是字，還有那瓦藍的天空眨眼、閃著寒芒的星斗都是字，流雲就是字組成的詩行……但這只是少年的夢想，雖然心如一隻大鳥，朝山外飛翔，但身子卻依然在深山之阿，在田埂，在柴扉，在月下的禾場。生活的貧寒與文字的匱乏，對一個心性與志向都很高的少年而言，是一把雙刃劍，貧寒磨礪意志，匱乏終變成渴望，後者讓我一生受益。

無書可讀，便讀日出日落、雲散逾矩、鳥語泉鳴，體會些山情水意，做些農事魚樵學問。讀自然的大書與農業的大書，居然讓我變成一個很出色的農家少年，會識氣候變幻，預測晴雨冰雪，稔熟多種農活、手藝。用父親的話來評價是：「我兒將來必成莊稼好手，衣食無憂！」

忽然有一天，與同伴到村口一個叫周家灣的地方砍柴，居然於叢林間發現大片森然墓碑。那些石碑都是青石製成，大者盈丈，碑首有簷頂如轎，上雕山水龍紋圖案，碑的正中刻有大量文字。碑之小者也高齊人肩，鑿文琢花，極少有草率不堪者。這片墓地大抵為民國以前，上至明代村內外逝者安息之所，碑石累累，約一、二百塊，平日人跡罕至，只在每年清明，才有鞭炮炸開那無邊的寂靜。第一次，看到這麼多古碑，又值暮色四合之際，怪鳥鳴於高樹，山風颼颼入頸，背上頓起雞粟，牙齒開始敲梆。但同伴卻很膽壯，居然湊近一座巨大古碑，口裡「嘖嘖」有聲：「這字寫得真好！」是啊，凡墓都有碑，凡碑都有字，凡字都刻寫得好，我怎麼就想不到？一時好奇心大起，早將恐懼拋到九霄雲外，與同伴一起就著暮色，靜讀古碑。碑上的文字居然華美精緻，幾乎可以算上佳的古文，而書法又各體兼備，神韻飛動！這讓我有了意料之外的大收穫！

此後一年有餘，我與同伴每天放學便去周家灣墓地砍柴，一邊砍柴一邊讀碑。其樂也盈盈。把那些古碑一一讀去，竟將「之乎者也」與文言文讀出許多境界來，有些碑文淺顯，只介紹死者生平；有些碑文古奧，要慢慢琢磨。不認得的字便在腦子裡記下來，回家在那本《簡明新華字典》上一頁頁查找，直到弄明白為止。那時，一邊讀碑上古文，一邊用手指在身上劃拉：學碑上書法。直到有一天，當我們發現墓地周圍已無柴可砍，而古碑也幾乎讀盡時，才悵然若失去告別的山上砍柴。此後，偶爾也能見到古碑，但無論書法與文言文，卻無法與周家灣墓地相比。無書可讀，便讀生死於瞬間，讀碑如讀人生，讀碑如讀已逝歲月。一切發中煙似幻，如電如露。在這世上，還有第二個無書可讀卻讀碑文的少年麼？

三十年後再去故鄉那個叫周家灣的墓地，已然碑石無存，林木卻依舊森森然。問及父老，說那些碑石早毀，有些砌了堤壩，有些不知去向了。毀去也好，該消逝的總會消逝，不該消逝的也正在消逝。無書可讀的時光畢竟已很遙遠，那是一段難忘的記憶。正因為曾經無書可讀，才讓我在匆迫的人生歲月裡始終嗜書如命，能於書進而書外忘懷得失榮辱，獲得無上智慧與快樂。把文字刻在石頭上或寫在水上，結果可能是一樣的，不一樣的是刻在心上、寫在靈魂深處。

於今想來，許多年前那段讀碑的經歷，至少對我的人生產生了三個影響：第一個影響是上大學後讀古文，最喜讀唐宋及明清大家寫的墓誌之類，如蘇東坡、韓愈及歸有光的這類文字，比較自己在老家墓地所讀碑文，往往要感歎：這些大家的文章，有時也不見得好過無名氏的文章！所以名與不名，傳與不傳，真是一言難盡的。只有參透了生死，才會有徹悟，有了徹悟就少了浮世的煩憂，這樣就會獲得心的自在，活出智慧來。所以讀碑文、墓誌，畢竟也是有益處的。第二個影響是讓我後來喜歡上書法，並且多從漢晉碑帖開始練習。練碑帖不是臨摹，是屬心摹的一種，準確地說是讀碑帖。到西安，心去碑林，心摹手劃，樂而忘歸。第三個影響是讓我後來喜歡上收藏古物，古物都是已逝者遺存之物，當然包括明代、清代碑拓。無論書法還是鑑藏，無論著書還是潛心學問，我覺得都得益於當年那段讀碑的少年時光。人生真是奇異，或許一切都有定數？

懷念一條狗

我很喜歡狗，但從不養狗。不喜歡狗的人不一定不養狗，喜歡狗的人不一定養狗，這裡面有辨證法。於今大部分城市婦人把養狗當作時尚，尤其養毒蟲蛇蠍之類作寵物的，更是「新新人類」的象徵了。

我喜歡狗完全因為兒童時代留下的印象和記憶：狗既很聰明、通人性，也很勤勉，不管主人窮富總能不離不棄。絕大多數時候，你可以相信狗，但你千萬別相信人。狗永遠不會背叛你，牠不會在乎你的得失沉浮，任何時候牠都對你充滿了忠誠，在狗的世界，沒有「世態炎涼」四個字。狗是養得親的動物，人是養不親的動物，人和狗的差別往往在於此。狗對人類無害有益，但人類很少善待狗；給予牠的甚少，殘羹剩飯足矣，讓牠看守門戶和孩子、防小偷、上山趕獵、牧養……而且牠同牛的命運一樣，最終會被人啖肉、寢皮，徹底獻身給人類。相比之下，狗有情有信而人無情無信多矣！

當然，我這裡說的狗，非時尚婦人所嬌生慣養的寵物狗，我指的是土狗，鄉間樸實的土狗。土狗的待遇是無法與寵物相比的，寵物狗屬玩物，而土狗不是。

記得很小的時候，家裡養了一條小黑狗。圓圓的頭，眼睛像兩粒黑葡萄，晶晶的亮，渾身沒有一根雜毛，憨厚溫順，特別喜歡小孩。孩子們光腚在泥地裡玩耍，小黑狗會在旁邊很興奮地用小小的濕潤的鼻子嗅嗅孩子的光腚，或者用舌頭輕輕舔一下孩子的小臉。牠很自然就成了孩子們快樂且特別的玩伴。小黑狗隨著孩子們一塊兒在貧窮的歲月裡漸漸長大，牠就自覺地擔負起守護門戶、防野物和賊人的責任，保護主人家的人畜安全。有時也會隨了孩子們上山幹農活，牠跑前跑後地撒歡，吠聲清亮，在黃昏的山野裡聽起來足以讓人膽壯。所以我們家膽子小一點的孩子，傍晚上山砍柴總要帶上黑狗做伴。黑狗長大後愈發渾圓雄健，全身透著力氣，黑緞子一樣光亮的毛髮，十分好看。家裡任何一位成員出門或回家，牠都會表現出依戀或極誠的歡迎之意，做了同許多可愛的動作讓人感動：或嗅嗅你的褲管，或扯扯你的衣袖，或後肢站立，用前肢輕撫你的臉和身體，並且輕柔地叫一兩聲，彷彿要跟你說話似的。孩子們喜歡牠是自不待言，連勞累的父親，也常常在回家稍歇時，一邊吸了旱煙袋，一邊搬了竹椅坐下，喊：「老黑，過來給我撓撓癢啊。」黑狗便如聞綸音，立馬奔向父親，趴在父親腳下，用長長的紅舌頭輕舔父親被柴火劃傷的赤腳。父親吸著煙極享受極舒服的樣子，黑狗則安祥乖巧得像一個孩子，牠心裡一定充滿了對於主人的熱愛。

黑狗於我家有恩。有一年夏夜，家人都睡了，忽聽牠在雞時邊狂吠咆哮，父親起床開門，舉起油燈照見雞窩有一條巨蛇，正用身體纏著家裡那隻唯一下蛋的大母雞。黑狗竟奮不顧身用尖利的長牙咬住了蛇的七寸，並用力往後拽，巨蛇顯然已支撐不住，開始鬆開大母雞。雞已驚嚇欲死，呆然萎地，索索顫抖。父親用大竹午挑起巨蛇並送上後山坡去，黑狗卻有點不依不饒的意思，吠叫不止。黑狗救了家裡唯一下蛋的母雞，讓母親保住了買鹽買肥皂的經濟來源，所以一家人都視黑狗為功臣。父親稱此次事件為「龍虎大戰」。還有一年，小妹在禾場邊玩耍時失腳滑下古井，家人都不在，黑狗發現後對井狂吠，緊急之時，村鄰路過，怪而看井，適時救起小妹，並火速告知山上勞作的父母。因此免去一場禍事。黑狗於我家，可謂大大有恩。

黑狗是雌性，成年之後也懂得談情說愛了，但牠幾乎不帶公狗來家，只有在生小狗時，家人才會忽然想起：哦，老黑竟做媽媽了呢！真的長大了。記得這隻漂亮已極的黑狗在我家大約生活了四五年，生了十一隻小狗，因為家裡窮，都送給親戚、朋友去養了。用父親的話講是：「捨不得也要捨，人都養不起，何況狗呢。」家裡的孩子們很遺憾，老黑也很遺憾，但牠很懂事，很通人性，牠似乎明白一切，因此，我猜牠心裡一定不會有怨恨。

因為老黑的忠誠與乖巧，我們早已把牠當作家裡不可或缺的一分子。即使有人想用不少的錢買牠去飽口腹，也總被清貧已極的父母嚴拒；對村裡幾位偷雞摸狗的光棍的垂涎，父親更是小心提防，有時乾脆給他們警告：「誰動我家老黑，我就動他！」

但不幸的事還是發生了。到今憶及，心中猶耿耿，這也就是我喜歡狗卻至今不養狗的心結所在。

記得那個暮冬，忽然開降大雪，四野皆白。農閒無事，村裡有人趕了狗上山打獵，捕此野兔山雞改善生計。老黑也被鄰家獵戶借用，據說表現英勇，在半尺深的大雪裡穿林越嶺，疾如閃電，捕獲頗豐，我家也因牠的勞績分得一隻毛羽斑斕的小山雞。

雪停三五日之後，一個下午，忽報失蹤二十二年的姑母用籮筐挑著兩個孩子，從二百里外的某個山城走了十天驚險山路，回娘家來了。其時祖母尚在人間，只是已癱瘓在床多年了。不識字的姑母十三歲離家出走，一直音信全無，許多年過去，祖母及家人以為她早已不在人世，於今忽然歸來，驚喜悲痛之情是無法言喻的。我們少不更事，不能明瞭長輩們的心情和感受，但也受到感染，家裡氣氛顯然與往常不同。久別的親人回來，對貧窮的家庭來說，真是喜憂參半，憂的是四壁蕭然，無物待客。父親與姑母從小姐弟情深，二十餘年後再見，眼不能捨身割肉以表親懷有。待家中可以待客之物罄盡，父母已是寢食難安。那時村鄰皆窮，一蛋已不可得，何況餘物，在借無處借的窘況下，久思無策，最後父親竟下了狠心，要殺了老黑待客。母親和祖母均無言以對。

可憐的老黑，臨死時都對這個家戀戀不捨，竟然在瞑目之際，眼裡落下兩大滴淚水。當時父親在山溪邊將老黑按在水裡的一剎那，他全身都跛在冰冷的雪水裡去，難過得仰天歎息：「老黑，你莫怪我，你若有來世，我變狗，你變主人吧！」

失去了老黑，我家從此不再養狗。父親說：狗太通人性，和人最親，你餵養牠，你最後要面對牠的死亡。人是有情之物，因此不能做無情之事，否則你會愧悔。

我喜歡狗，卻不敢養狗，是因為那遙遠的往事帶來的傷感和愧悔，更是因為無法面對和人最親的狗的歸宿——死亡。這是我的心結。我不知道世上那麼多養寵物、養狗的人，最後是如何面對牠們的結局的。我永遠不想也不忍心看到牠們的結局。

一切都已隨風遠逝。但我卻每每於紅塵疲累之際，總會懷念那條叫老黑的狗。此刻，我的眼前恍惚呈現一派潔白的被大雪覆蓋的鄉野，一條毛髮像綢緞般交爍著光澤的大黑狗，正如一道黑色的閃電，從潔白的鄉野疾馳而過。牠奔跑的姿勢，美到極處！

印痕

讀前人的書，覺得前人造的句簡直妙絕，比方「雪泥鴻爪」，想著雪地上就那麼深深淺淺地印一行爪印，彷彿竹葉的形狀，有很美麗也很清涼的意味。鴻鳥的爪痕留在世間，那境界總有些孤清、淒豔。身手之名，身前管不了，何況身後留名卻也不易，留下了，也透著一層悲涼的色彩呢。記得少年時在屋後雪地上見一隻大鳥在寒風中行，很厚的積雪上留一行歪歪斜斜的爪印，那鳥不鳴不飛，顯得很孤高也很落寞的樣子。後來雪下得大了，大鳥終於敵不住寒冷，躍躑徘徊之後拍翅飛去，轉眼消逝在漫天大雪的山林之中，不知所終。而那地上爪痕，終會被歲月湮滅的吧，更何況是在雪地上留下的呢？想起雪地上獨行的孤清落寞，想起世間種種痕跡的容易被埋沒，心裡便很惆悵。這種體會，後來便愈發的多了起來。記得某年大雪，家中斷薪，只好荷了柴刀，穿了草鞋踏雪上山。山上雪深沒膝，禽鳥不鳴，竹木被大雪壓折，滿山嘎巴作響。等尋滿一擔枯柴歸來，已是風雪逼人，梅花朵般的雪片落滿衣襟，風一吹，紛紛如蝴蝶飛去。腳印又深又大，並且歪歪斜斜。可身後的腳印轉眼就消逝，彷彿從未有人走過。空山雪滿，只有腳印為自己作伴，當腳印也消失不見的時候，心裡便起了莫名的恐慌和失望，人在天地之間，有時簡直算不得一種存在，渺如塵埃，當時荷了柴擔忽然生出出一個想法：假如有人再到這山上，他一定以為自己是第一個留下腳印的人，他怎麼也不會想到在他之前已有人行走過，行走過，卻沒有留下腳印。人的腳印轉眼即逝，況乎鴻鳥的爪痕？所以人總是在生前留下一種夢幻式的願望，寄希望於未來。其實倘若人死去了，身後印痕或名聲又算得什麼呢？人都有幾分癡，這癡是對世界與生活的眷戀與依依不捨，有了這種感情，自然就免不了要寄幻想於身後的。所以人活得都有些累。倘若什麼也不想、也不著意在這世間留什麼痕跡，只顧往前行去就是，那一定會活得快樂瀟灑，有意與無意之間，才是生的大境界。

這使我想起許多事情，想起許多的印跡終歸為歲月所淹。如江河裡的纖痕與籬眼石。江邊大石上常有被籬尖插出來的密集的眼洞，蜂窩一樣令人震驚，而那些被纖繩勒出的深痕，恍如浸滿面血淚的傷口。可是它們都一樣已差不多在風雨裡剝刨，在水浪間磨平，連那些石頭都將在歲月裡成為粉末，何況是人留下的痕跡？又如一些名山大川的峭壁上那些傳了許多代的石刻，無論是文字還是繪畫，它們總有一天會被雜草苔蘚覆蓋，為風雨蟲蟻所吞滅，為樵夫藥農所毀壞，就那麼慢慢地一點一點地脫落，不留一絲痕跡。人在這世間留下的許多東西，在蒼茫歲月的長河裡只能是曇花一現。

但是，有些印痕卻是永不會磨滅的，經方那些不朽的詩句，比方一些偉人的名字，比方某種文明或精神。這些東西都沒有留在自然山水之間，卻能刻印在一代代人的心靈上，流在血管裡，這種印痕很深很深，時光不能湮滅它們。

雅奏

不諳音樂，我引為平生大憾事。少年時代生於山野蠻地，耳之所聞，無非雞犬牛羊之聲，禽鳥之音或村歌俚諺。那種渾然無調無腔之曲，多年後憶起，也是渺乎遠矣。身居異鄉，時有孤寞來襲，無端生起一種傷感和抑鬱，歲月在鳥影鳴琴間倏然無蹤，很輕易地就讓人不覺間老去許多。時常獨坐書房，沒來由地翻著別人的書本，嚼出一種不是滋味的滋味。這樣的日子無聲地過去，彷彿秋天的落葉堆積，發出腐敗的氣息。

便聽聽音樂。音樂我不懂得，只是如讀書一樣聽出一種屬於自己的滋味。聽音樂也僅限於中國古典，只聽絲管民樂，不喜歡西洋樂器。古典裡又只《春江花月夜》、《高山流水》、《漁舟唱晚》與《梅花三弄》。我喜歡那種近乎冷清的寧靜與悠遠，它們幾乎就是心靈的一種輕撫，你彷彿面對的是一位翩若驚鴻的古典美人和一位沉靜睿智的雅士。我常把這顆在紅塵中傷痛不已的心歇憩在那古人的雅奏中，藉此得到一種非人間的安慰與閒適，這是寂寞中的愉悅，也幾乎是我人生中一種非分的而又能如約而至的輕柔愛語。在這世間，我幾乎沒有體味過兩情相悅的傾心之愛，卑微地生活在一種強大的規矩與框格中，我知道什麼滋味才叫活得累。但我依然很努力地讓日日徐滿一種類擬抒情的輕柔色彩。它很有一些夢幻味道。只有在那種柔緩空靈的古樂中，在窗外寧靜的落紅或月色裡，我才能暫時脫了心的牢猴，超然如一位老林中的雅士，就如臺灣蔡志忠漫畫中某個形貌奇古的得道者。我能夠很輕易地融化在那寧靜無邊的詩與哲思裡去，如一片羽毛化入蒼穹乳白的光流。我感受著暮春的江南月夜的空闊，月下傷懷今古的無邊喟歎，人生的短暫與宇宙的久遠。還有列照裡漁歌歸棹蕩於煙波的蒼涼，嶺梅迎風、山泉幽邈的清寂空靈。時聞雅奏，如常就診於良醫，雖有人間萬種傷心史，也可治其標。

雅奏，來自時空的深處，來自山林泉瀑與江湖月影中，是大醫家的靈手把著生命中最失意的那根脈，柔柔地叩動，抑揚著紛紛如落花如鳥翅如月華落地又盈盈遠浮的輕音，彷彿紅塵外隱約傳來的耳語。

室內有一樹老梅，鐵桿遒枝，盛放著美麗的紅色花蕾，它彷彿就是一種無聲有形的雅奏，在寂寞中添許多抒情和熱烈。打開音響，便是笛子獨奏《聽泉》，那是來自林間幽谷的絕俗輕音，一泓清泉宛轉悠揚地從遙遠的山澗流來，穿過密集的鳥聲和寂無一人的花樹叢，繞過歲月的峭崖，有月色裡縈迴不去。寂靜就是禪，就是悟的愉悅。泉聲就是這種愉悅的本源。有時候人的心情也是只有在穿過了許多憂鬱才顯出它的澄澈清明，而人的一生，多麼需要這澄澈的輕撫。人生有時就是一種最悠遠絕塵的雅奏吧？

每天很早就站在她似乎永遠不變動的街邊屋簷下直到城市黃昏的燈火淹沒了她的身影。她幾乎不為周圍的事物所影響：起先在她的身邊是檳榔店，再是水果攤，再是炒貨店，後來又是菜攤或別的什麼攤位。人流在穿梭，季節在飛馳，可她總是以一種固定的姿式站立在那兒，勉力面對匆匆經過身邊的人流微笑。

許多年之後我終於很漠然，許多時候經過她身邊時便忘了她的存在。我總是每天穿過這條擁擠嘈雜的菜市場，正好穿過令人不勝其煩的歲月。

可歲月在她身上似乎是靜止的。

依然是那種微笑，那種站姿、那種不胖不瘦也不起眼的樣子。春雨中她站著，微笑；夏陽下她站著，微笑；秋風裡她站著，微笑；寒冬裡她站著，依然在微笑。

歲月像一陣風在城市颸過。

漸漸地，我已經忘了她。

可是當我在一個很偶然的機會去光顧那個曾經熟悉得不能再熟悉的菜市場時，我十分吃驚地發現，那個永遠在街邊的一種固定的姿式站立著的女人已經滿頭灰白頭髮，那種固定在臉上的微笑，顯得十分淒清和無奈。

她認真地站立在那兒，手裡依然是那些極賤且小巧的什物。我經過她的身邊，終於忍不住停下來，她很機械地動彈了一下，伸出她的右手——一捆牙籤，我馬上掏出錢，說了一聲：「謝謝」，連牙籤也沒有要就匆匆逃離她身邊——她居然記得我這個人，而且記得我多年前每次只買她一捆牙籤。

我的心裡無端的起了一種酸楚——

她總是微笑地站立著面對這個幾乎把她遺忘了的浮華世界。

她是誰呢？她從哪裡來又會回到哪裡去？歲月就這樣悄然地染白了她的青絲呢？

不知道為什麼，我忽然有一種預感：在下一次再經過菜市場時或許已經再見不到她了。

之二：絕響

這是一個有雨的黃昏，而且於我來說是一個很陌生的城市，有一種仿古的馬車從雨霧裡跑過去，馬蹄聲聽起來很淒清。街邊的樹兒正黃了葉子，秋意無形中就濃了幾分。

我只是路過這城市，駐足在異鄉的街巷，滿身灰塵和一臉的疲憊。我只是一名毫不起眼的匆匆的旅人。當我負了行囊，按著路人的指引來到車站，雨漸漸大了起來，分明已有了饑寒交迫的感覺和一份難以排遣的落寞惆悵。在這裡，誰也不認識我，我的友人都在很遠的遠方，人們都行色匆匆地守在候車室，表情漠然。

在陌生的車站無奈地等待，時間彷彿凝固。坐航髒的長條凳上，感覺自己像一條狗，秀落魄。家，正在千里以外，以無法言喻的誘惑令我不安。

忽然就響起一陣嘶啞的二胡聲。聲音很淒涼，在雨霧的黃昏盪開去，不知道是什麼曲子。那是一位老頭，鬚髮皆白的樣子，很單薄的一件外罩用草繩捆在腰間。二胡就擱在他的膝蓋上，微閉了眼，執弦的手指骨節凸突，一顫一顫的，彷彿是沉醉，彷彿是寒冷。冰涼的黃昏的秋風滑過弦和手指，直冷骨髓中去。

二胡聲由緩而急，由淒迷而至淒厲，漸漸令人不忍諦聽，有旅人走向老頭身邊：「別拉啦，拉得人心煩噢！」有人遞上一些零票，老頭睜開眼，臉上現出幾分感激，二胡聲繼續飄在雨霧的黃昏，伴了窗外落寞單調的馬蹄聲。我忽然想起，已經很久沒有聽過二胡了，在這樣寂寞的旅途，它真的讓人感傷。這老頭似乎也很孤單，似乎也漂泊過許多地方，他的身邊一定是一個謎團吧？歲月於他不過只是一種過程，忘記了故鄉，忘記了許多往事，忘記了許許多多的地名和人名。在這樣的黃昏這樣的車站，他用弦子傾訴心中的淒涼。歲月裡一棵樹，樹上結滿果子，老了就坐在樹下嚼那果子，等嚼出些滋味來時，就聽到另一個世界的聲音了。老人與二胡，就如一幅古畫，在異鄉的黃昏，影像漸已模糊。

我站起身來，走向老頭和他的二胡，那極富滄桑感的白髮和皺紋，讓我陡然起了一種悲涼。我將口袋裡所有的餘錢都掏出來，放在老人的破氈帽裡，轉身踏上最後一班長途汽車。就在汽車啟動的剎那，二胡聲陡然中斷，回過頭去，已見不到老伯蹤影——這彷彿只是一個夢或者旅途中的幻覺？

許多年後，那情景依然分明，只有那二胡聲似成絕響，再也想不起它究竟是哪一種曲子？如果什麼曲子也不是，那為什麼會至今在我心頭籠上一份淒迷呢？

牽牛・簷雨

不知為什麼就想起了這四個字。坐在臨街的書窗下，心緒有一種茫然的淒清情味。隨手翻著董橋的《鄉愁的理念》，對董橋有了新的認識，他的文章我不是很喜歡，但他文章中流露出來的意緒卻讓我感動。這個書名取得好，他把鄉愁歸入了文化範疇。鄉愁是一種情感，卻也是一種理念，理念與情感的合成體就是文化。從董橋的書名得到一種靈啟，我的頭腦裡忽然就有了「牽牛」和「簷雨」影像。也許是由於這樣的雨天，這樣枯寂的窗下和這樣讓我感動的書，鐵思緒越過遠處有幾個模糊的城廓，在雨中開始漂遊。

「牽牛」是一個奇妙的詞。在遠方瘦瘦細細的田埂上，在月光籠罩的黃昏，在青山影裡，牽了哞哞的水牯緩緩行走，那簡直就如一幅古舊的剪紙，憂傷又充滿詩意。牽牛走在瘦瘦的田埂上，手中的牛絢被悠悠晚風吹拂著，天上的牽牛星遠遠地照著，照著晚風中輕輕晃蕩一根牛絢，照著晚風中輕輕晃蕩的一根牛絢，照著憂鬱的少年人。這種田園境界或景象，曾經讓我們感動過一百年、一千年。一種從容的鄉愁，一種幽深的理念，由「牽牛」、牽牛星及籬上的牽牛花統攝著、融和著、加深著，逐漸就有了震撼人心的力量。憂鬱的少年牽牛從窄窄田埂上走向村中那一片參差的屋脊。從少年走向壯年。從故鄉走向天涯，牛絢彷彿是一根鄉土的臍帶。這種意味深長的感受，是許許多多走出了村莊的人們常從血脈深處泛起的。「牽牛」成為鄉愁的具象表現，我們在遠離鄉土時，常常會用理念來調動心中的懷想，溫暖和感動一下有些枯寂麻木的神經，獲得一種啟迪、一種來自遠方的情感撫慰，並在這種撫慰中更深一層地體驗身處的現代文明。

「牽牛」之外還有一個經常困擾我們的意象，那就是我們常常用來表現離愁或幽怨的「簷雨」。「點滴到天明」的淒淒慘慘切切，一直為我們所感動。愛情的失望，人生的況味，彷佛都可以從漸瀝的簷雨中體會出來。簷雨落進中國文化的海裡，起一種特別淒涼的回聲，李清照、朱淑真，甚至許多鬚眉才子，都借簷雨抒寫過別緒離情。所以「簷雨」與「牽牛」都是一種情感的映現，也是一種舊式文明的表徵。牽牛是形象，簷雨是心聲。後者在生命體驗與文化氛圍中具有更多更特異的內蘊。屋簷是容易讓人聯想的，想起舊家、新家，從而泛起離愁，而雨聲總是淒迷，無端的讓人生出愁緒，因此「簷雨」作為一個特定片語，是離愁中的必備，正如酒是詩人的必備一樣。其關鍵在於：雨已不是先前的雨，屋簷也已不再是從前的屋簷，但簷雨依然不斷。所以離愁中如寫懷人或懷鄉的，大抵都從「簷雨」生發開來，容易產生哀感宛豔效果。

從理性上說，「牽牛」與「簷雨」這兩個詞，都已從現代城市人的眼中和心底消逝了，但牛絢和雨聲，卻總是不經意間從我們血脈中顫響出一派淒清的情味。

故鄉的船

少年時讀周作人先生的〈烏篷船〉，覺得船這東西實在奇妙得很。周先生在文章裡說：「你坐在船上，看四周物色，隨處可見的山，岸旁的烏桕，河邊的紅蓼和白萍，漁舍，各式各樣的橋，睏倦的時候睡在艙中拿出隨筆來看，或者沖一碗清茶來喝喝。」周先生筆下的船是與紹興水鄉的風物和坐在船上的心境融為一體的，那種寧靜與美麗真正令人神往。我的故鄉不是水鄉，但卻有一條美麗的河流，它的名字叫資江。資江從廣西發源，最後注入洞庭，千里路程，灘聲浩蕩，兩岸有無盡的青山、古塔、橋和吊腳樓。烏桕樹有的，紅蓼白萍有的，更有火燒雲下彎月型的沙渚上綠生生的蘆葦。故鄉的船，不像周先生寫的有「四明瓦」、「三明瓦」之類，大多是極小的烏篷船，這種小船一般有竹篾紡織的半圓篷，只是卻極低矮，人知艙中默坐，頭離篷頂僅五寸。這類小划子並不作擺渡或普通代步用，大多用於漁獵，偶爾也裝些燒紙和木炭或是搭坐二三親朋好友，上灣下灘，行走如飛，十分輕盈靈動。藍水之上一支青篙擊落些紅雲白鳥；夜霧之中，一點漁火劃過沉沉江聲和黑山影，那情景真是動人到極處。

然小船最多的是用在捕魚撈蝦上。故鄉人依山傍水，上山做樵夫，下水為漁父，均為生計使然。故鄉有個晾罾灘，蘆艾叢生約七八十畝大小，捕魚小船或繫纜古柳或泊在淺渚，皆雲集此處，多時上百隻，少時也有二十三條。使船的多為男子，也有媳婦女子，晾罾灘的女人不駕船便罷，一上船，將丈二青篙執在手中，便如梁山泊孫二娘，若想討她便宜，卻也不能。開船時一聲吆喝，長篙一點岸石，船便早射向江心，那水做的骨肉居然練得金剛之力。若是男子，便赤了上身，著短褲，頭上戴一箬笠，一路打起歌子，古銅色雙臂一張一落之間便將偌大漁網揮入江中或是細雨野花的深潭。沒有網的，便在長櫓上棲了三五隻鸕鷀，料定哪處水面有魚，放船過去，驅鳥下水，人便坐在艙中或閉目靜坐或獨對青山綠水呷那六毛錢一斤的紅薯酒。至夕暮時分，江上水霧漫起，白色水鳥鼓翼滑入遠處暮靄籠罩的山影裡去，漁船便在欸乃聲中歸來，歸棹在星月之間載浮載沉，倏然便近江岸。多數人攜了魚簍歸家煮魚去了，卻也有懶得上岸的，便在晾罾灘上隨便掘一小坑，壘石成灶，舀了江水，剖魚刷鍋，三五人圍坐一團，飲酒食魚，話些水上故事，渡過寂寞清涼黃昏。至夜深，岸上有相好的，便提了大鯉做了見面禮去吊腳樓裡喁喁一夜，沒有相好的，便獨宿艙中，聽水聲櫓聲，以及鄉間的犬吠雞鳴，烏篷船泊天溶溶月色裡恍如夢幻。也有人終耐不住江上清寂，便邀了人去小鎮上看皮影戲或武打片。皮影戲是故鄉傳統戲，極簡陋，卻一直傳至今日，亦未絕跡，因為有許多老班人喜愛。武打片是近幾年興起的。鄉人卻也極晚霞上癮，砍殺起來，煞是痛快淋漓。

故鄉的船漂流在夢幻的流水上，四季漂泊卻並不覺得著漂泊。倘若有一日所有的船隻都絕跡，

湘西的河

讀沈從文先生寫湘西的文字，覺得每一篇都與水有關。水創造的故事，總有一種極美麗的沉哀。駕著敞篷的木船在湘西那些夢幻的河流上漂行，便十分驚訝沈先生那些文字竟與水有如此深沉的默契與親緣關係。扣人心魄的或許不應是沈先生昔年臨水生出的許多感慨，而應是水給先生帶來的智慧啟迪以及對一場生命的頓悟：即對生的愛戀與關注。

在湘西的河流之上，一條船並不能說明什麼。水上的故事其實淵源，孳生於兩岸的湘西文化和歷史，而歷史文化與正水有著不可分割的血緣關係。在沈從文之先，屈原在澧水、沅水、溆浦已留下過許多絕唱。當時的種種感慨都他寫入《離騷》與《九歌》。那時的湘西河流與從文先生所寫的河流也許都是一樣的湍急蒼碧，但是兩岸文化所寫的河流也許都是一樣的湍急蒼碧，但是兩岸文化風情大不相同，這是不言而喻的。從文先生用筆寫了辰河、澧水、沅水、溆浦以及資水兩岸風物民俗，寫了水邊以及水上發生的種種悲歡、興衰與似夢非夢的沉哀美麗，世事變遷的湘西文化，百年以後，或許使河一樣流著的方塊文字隱去或枯萎，但一種情懷、智慧與苦難中的幽美卻成為不朽的宇宙元素，正如湘西那些沉澱流動在青山下的河一樣。

湘西這塊土地上奔騰的水浪，足以讓人們生發無限想像。當人類負了沉重的背簍穿越儲滿金屬的綠色山谷，在土金色的河岸構造如蘑菇雲船的吊腳樓時，人，不可能領悟河水所具有的能創造他們命運和遭際的力量。人，往往缺乏一種洞透一切和頓悟一切的能力。哪怕是臨水而居。岩石以莽蒼蒼的緘默分開土地和江河，彷彿碩大的沉重花瓣；人，只能用一生的時間去諦聽那寂裡某一種微弱的召喚。河流的語言與岩石的語言是同一的，雖然前者動盪不寧後者永遠啞默。在湘西的某一條河流上，我得以發現那臨水的峭壁上傾斜的石頭懸棺，那些深入石質的巨大木楔早已朽腐不堪。當時心中的震動是難以言喻的。人類畢生用腳下的柔和液體滋溉五穀也澆鑄肉體和精神，在不知不覺中借水的魔力創造著，也破壞著。在湘西的河流上，人們用木楔支撐起的巨大懸棺和其中的肉體是速朽之物，而水與石抒寫的曠古之韻卻是與天地同在的。

湘西的許多事物，極偶然地誕生在一葉流舟上或是一片杵聲裡，這也是無疑的。否則沈從文先生便難以在閱讀過了許多有關土匪、吊腳樓、嫖客和桐油船、煤礦與戰爭的故事之後，筆下奔流出那麼多神秘的、驚世駭俗的警句。沈先生具有描摹造化的智慧才力，如果離開湘西土地上那些急灘險水所洋溢的巨大靈感，也應是無文字可傳的了。

湘西的詞，創造了水上的故事，抑或是人創造了關於湘西的故事，二者不可或缺。在沅水上看過了籬眼石之後，便知畢竟人能在自然裡留下亙古不滅的痕跡；在青浪灘看了駕排工鷹翅船俯衝的

人間序數

到了湖南岳陽的張谷英村，心底忽然就起了一種蒼涼、滄桑的感懷。這種感覺很奇特，沒有什麼言語可以表達準確，面對宋代遺留下來的這麼深邃、巨大而古久的建築群落；面對夕陽下婦娜升起的縷縷炊煙，驀然間有了如對夢幻的傷感和不知身在何處的惶惑。這是宋朝的村莊，可這也是現實中的村莊。這村莊不屬於任何外姓，它是一條血脈的延伸，也是一個整體的生命的河床，在歲月裡浪花飛揚或靜悄悄地流淌，不過，它流淌的是一個家族一代代人的血和淚，悲和喜，生與死，離與合，歌和笑。其實這一切都已經消逝或將會消逝，我們看到的，只是它充滿滄桑意味的外表形態，正如你忽然遇見某位白髮老人，你一定會感覺到他的滄桑百劫，卻無法知曉他一生究竟有怎樣的遭際和感受。站在張谷英村的入口處，你很難決然地邁開大步一徑深入到它的核心，你一定會有幾分遲疑和惶惑。你面對的是一個生命的迷宮，一腳踏進去，一個家族卻能頑強地保存著它的完整（雖然這完整也只是外在的），以永遠的村舍昭示不變的生之信念，將一代代人團聚在這裡，是一念和情結。血緣和理念比世間許多事物都有生命力，斬不斷，揮不去，在時空的河床沉澱、在生命的源頭流淌。家族對中國人來說，是夢魘和枷鎖，從生到死，都擺不脫那種阻影的籠罩；是生命內在的寄託、親情的根，從天南到海北，都令你夢繞魂牽；「家族」也是中國人喜聚不喜散的民族心理的呈現，美麗卻也包藴著毒質。彷彿原野上長出的碩大而奇怪的花，鮮豔卻散發著腐敗的氣息。

然而，家族卻頑強而沉著地存在了數千年，並且會繼續存在下去，很難說它有消失的一天，以張谷英村而言，也許它作為家族象徵的那些迷宮般的宋代建築會有一日在這個世界上坍塌，但一代代的張谷英的子孫卻不會因村舍的消失而分散，人不比蝴蝶或蜜蜂，人是燕子，巢穴打破了，來年又會在原來的屋樑上築上新的窩。中國人是多麼害怕失去根，根才是生命中最為緊要的東西。丟了根就失了魂魄，失了寄託，就會在這塵世上迷失，如孤獨的羔羊。家族就是中國人的根，這根可以發出葉芽，長成藤蘿，向遠方伸去。可不管伸向何方，離得多遠，如血的鄉愁，總自根系流遍青青葉掌。家、家族、故地，永遠憂傷地散發出生命最初的氣息，成為生死不移的眷戀與誘惑。

但是家族除了是根的象徵部分，卻凝積著數千年古國人文內質，凝積著關於人性、倫理、宗教諸多沉甸甸的東西。家族作為一種社會存在，它濃縮了每一段歷史中關於人的一切故事。中國是最看重和迷信血緣的一個民族，相信血緣的力量比世間任何力量都強大。血緣是一種凝聚和粘合性最強的液汁，把男女飲食、老幼尊卑都集結在一起，像幽谷的苔蘚，蔓延繁衍，達到不生不滅的境地，自成一體，具有極強的排外性。以姓氏、支脈和是否出了五服定親疏，在每個姓氏生活的地方，總有森然的家族祠堂和墳山，總有鱗次櫛比瓦屋或大廈連成一道人間常見新的風景。有了家族，就必有族人和族長，必有族規家法。這種宗教意味很濃的族規家法，必帶著濃重的勸誡色彩，大抵要弘揚義氣，強調做人的準則，卻也貫穿著野蠻和愚昧。宗法是嚴厲的，比方對待偷情的寡婦或改嫁的寡婦，趕出家族，對偷擄之徒，綁了麻石沉潭；對亂倫的人，實行閹割，對不孝的子孫，開除族譜……宗法代替了國法或「王法」，野蠻取代了文明，這種嚴厲，即是一種殘忍，也是一種人治的體現。一個人的生殺予奪，常於族長在森然的祠堂對列祖列宗的牌位沙聲說出，不允許反抗與辯駁，否則就是背叛家族。家族或曰宗教一旦形成，儼然就是獨立的小小王國，族人必一致對外，往往與外族發生爭鬥，死人的事是經常發生的，小的爭鬥無非為一些雞毛蒜皮小事，大的械鬥卻也刀光劍影，死傷枕藉。族與族之間，積怨愈久愈深，一代代傳下來，終至仇深如海，兩族間如敵國，雞犬相聞如隔萬里，在平和的土地上醞釀著不祥的陰雲。這種野蠻與愚昧，來自意識的偏狹與理念的迷失，也來自一種無法辨明的排外思想。誰也不會認為天下大同、四海一家是人類美好的理想，人與人之間的隔膜可謂根深蒂固。排外出於自私心理也出於無端的防範心理。古老的家族，既是平和的，也是慘烈的；既是排外的，也是魅力深藏的，它是血液的河床上長出的一莖野性的草，帶著尖刺。但是，這種奇異而古老的家族形成的起因，僅僅是出於血緣因素嗎？它一定包含了深廣而複雜的社會內容，歷史把許多源頭與謎底都湮滅了，只有風在大地上吹拂，彷彿古老的旋律，永遠讓人不知它從哪裡來，又到哪裡去，山川日月是恆定的，而世間的人事卻已變更了。這使我想起，家族的存在，每個時代都有著普遍意義上的根源，家族存在反作用於社會，也作用於社會的兩面，不可一言以蔽之。比方家庭有制約人性壓抑甚至摧殘人性的一面（如《祝福》中祥林嫂就是受害者），卻也有有益的一面，比方勸惡揚善，比方重孝道人倫，即使嚴厲的族規裡面也有對於「浪子回頭金不換」的期許與寬忍，又如互助互愛，團結一心等等。在許多時候，家庭的團結給社會帶來了不安定，卻同樣也起了安定的作用，家庭之於社會，往往是矛盾的。

「家庭」這兩個字在中國各歷史時期的分量其實是不輕的，它的存在，實實在在濃縮了數千年中國社會的歷史人文與政治。張谷英村作為我國鄉村間最具典型與象徵意味的家族，它凸現在我們眼前是一片平和悠揚的人文景象與緩慢輕柔的生活節律，這裡似乎只有由炊煙老屋、禽聲、人語構成的人間溫馨的圖畫，一種合乎理想的田園耕作生息的境界，它雖然滄桑百歷，卻依然古樸美麗，怡靜自然。看不見殘忍、嚴厲，似乎也沒有駭俗的野蠻和荒誕。我們無法追懷它的從前，看到的只是現代社會一個古老家庭的生活圖景。在它的每一塊磚和每一片田壟上，一定埋藏著千年的血淚和關於一個家庭的生息密碼，可惜我們已是一無所得了。張谷英村代表著鄉村的家庭嗎？或許是，或許它只能代表它自己。由此我卻想到一些有別於鄉村家族的特殊群落。首先是歷史上最為顯赫的帝王家族。從漢高祖劉邦到清末宣統，兩千多年裡出了二〇八位皇帝，這些皇帝卻只出於六個家族。每個朝代的帝王家庭都角征和代表著一個國家，威加海內，權傾朝野，一個家庭的力量決定了一個國家的衰榮。權力這東西可謂世間魔杖，往往點石成金，卻也往往點金成石。皇帝的家庭即代表著國家，而其間的傾軋血腥，卻也動魄驚心，雖有享不盡的榮華富貴，也時時有殺身之禍，權力和血緣維繫著皇室成員，也維繫著國家的命運，人治背景下的帝王家庭，得以歷代綿延，為中國獨有。江山傳子孫，國家為家庭所有，這個意義上講，家庭要大於國家了。雖然歷史上不乏暴君與昏君，但盛唐的繁榮，「貞觀之治」，「康乾盛世」等時期，百姓畢竟會沾了帝王家族的光，過得像人的樣子。就是那改朝換代的血火烽煙，百姓流離，拋骨荒野，卻也一樣沾光於最終坐了龍椅的帝王和他的家族，所以生與死，禍與福，成與敗，興與衰，都付帝王之家笑談中了。人間帝王家族，把一本厚厚的史書塗寫得怪誕慘酷或光芒四射，真令人慨然生仰天之歎。

家族對於社會國家而言，許多時候都有不容置疑的重大意義，不只帝王，就是那些將相，名門望族，在歷史上都起到過無法否認的作用，這種作用，或好或壞，或大或小，大抵關係到天下無數普通的家和家族的生存狀態，可見家族在中國社會的意義。但是任何顯赫的家族，都有風流雲散的一日，世間許多存在過的事物不過是過眼雲煙。然則，家族即使消散，血緣與親情卻永遠存在於人間，只要人類存在，家族如果只從一般意義上理解（單純血緣關係），那它只是無害的一種存在，它不帶有偏狹性、排外性與野蠻愚昧，只保留著一脈相傳的親情，保持著孝悌仁愛，這種狀態下的純血緣關係的家族概念，一定於人生有益，於社會亦有益。家族居住的地方，就是我們的故地，是根，是臍帶，也是我們靈魂休憩的所在。

這片古老而充滿活力的土地上，溫馨的陽光照耀著我們的肉體和心靈，家族要弘揚正義、懲惡揚善與充滿親情的祖先遺訓，常常令我們懷念並感動。家是人生的磁場，家族居住的所在也是人生的磁場，國是眾生的磁場，我們永遠在引力裡跋涉。

張谷英村終於漸漸消溶於充滿菜花香味的月色之中，只有流水的聲音，只有天地間款款吹動的風、舒緩的天籟和聲，盈盈在耳，我想起，這世間美好的事物，其實是只能感受的，張谷英村不存

春天的平原在夢裡飛

我從來沒有看見過這麼多的油菜花，這麼闊大無邊的一片金黃色！濃重濕潤，彷彿春空裡靜止的金色雲塊，是如此令人愉悅。耳邊充滿著蜜蜂們嗡嗡的聲音和細小翅膀發出的密集而輕盈的聲音，還有雨水滲入泥土的聲音與草類植物若有若無的生長節律。

這是洞庭湖邊肥沃豐腴的一塊平原地。在早春的天氣，它就像一塊剛剛開始發酵的大麵包，酥軟濕潤，冒著微微的熱氣。所有的根鬚都在這塊碩大的麵包裡吸收著營養，並且把星星點點的嫩綠色悄悄地慢慢地張開在早春濕潤的微風中，如遍地帶露珠的小小羽翼。我忽然想起，春天的平原是生著翅膀的，生著翅膀的平原會在春天的夢裡飛翔。

其實會飛的一定是視野裡這片無垠的油菜花。它彷彿是從天空降落的一片濕漉漉的金色雲朵，此時在微風中起伏波動，似乎在什麼時候會忽然飛去？砥蕩廣袤的平原的春天，一壟壟、一塊塊、一丘丘、一片片，都是盛開的黃色小花，它們含著露珠就那麼無窮無盡地排列成大地上最壯觀的花的陣容，僅僅一種金黃的顏色，樸素單調，卻也博大華美。蜂蝶、鳥雀以及蛙類，在這片芬芳的金色海洋裡快活地飛翔、跳躍。油菜花，這種世界上唯一一種屬於農夫村婦的最樸素的花兒，如一部令人傷感的農書，在早春的微雨裡排成最淺顯也最深奧的文字，寫在平原這塊古老的活字板上。眼前的油菜花是美麗的，美得有些眩目，然而我卻在這種難言的美麗裡體味著一種憂傷，這種憂傷來自我心深處。也許我們不能把它看成一種花，它是由農人的汗水澆出，並且把苦澀的日子滋潤，這裡面包含了生活的種種。菜花無言，天地無言，只有風在絮語。

油菜花總是讓人起故園之思。油菜花正如明月、板橋這類東西一樣，彷彿就是鄉愁的象徵。它很容易讓人在心中感動，產生那種我們差不多已經忘懷了的思念與追憶，追憶逝去的歲月以及歲月中浙已少湮滅的從前的影像。記得曾有一位作家把他的一部小說取名叫《故鄉天下黃花》，當年讀到它的時候，首先讓我自然而然地想起故鄉油菜花盛開的情景，胸臆間充滿了親切的感傷。油菜花是鄉間農家最美麗的風景，它是與瓦屋、炊煙和小橋連在一起的，也是與世間的悲歡愛恨及生活的溫馨苦澀連在一起的。它讓我們想起母親、想起初戀時的女孩，想起多夢的少年歲月，想起這些，我們心中總會低徊著愉悅與傷懷交織的意緒。滿眼的雨簾，滿眼的阡陌，滿眼的炊煙和金黃的菜花，很容易把我們帶回從前，雖然我們已經蒼老或即將蒼老，但在菜花地裡我們的心彷彿還原到少年時光。少年的平原、少年的佈滿鳥聲的河岸，少年的風車依然默立風中。可是少年時光已如滿地被風吹散的點點黃花，如空中一道轉瞬即逝的虹影。

在這麼廣袤的平原上，油菜花如濃重濕潤的金色雲霞。白色鳥兒在它的上面快樂地劃著弧線。黑色水牛在它的邊緣緩緩地移動。這使我想起許久前寫的一首小詩：「簡單而深刻的農具／把把有細節／都刻劃在泥土上／然而是一種複述／一種進退有序的歲月／洪水和旱魃作為／另一種深奧的東西／附加在主題之上／成為伏筆／寫出極艱難的兩個字／『豐』或『歉』」由油菜花想到農具，想起農具在土地上寫出的人生細節，想起日子的艱澀，我的心裡忽然有了一種沉重。在油菜花覆蓋著的這片大平原下，埋葬著我們一代代的父兄，所有植物的根鬚，都伸向他們已不復存在了的身體，並且吸收著養份，他們的生與死，都與泥土結合在一起。土地曾給他們糧食和心情，並且曾令他們快樂，他們在土地上生活，歷經磨難，滄桑百劫，最後他們與土地融為一體，分不清彼此，這真是平淡中最大的悲壯呵。當我們從居住的鬧市很偶然地來到這片平原並被綿延天邊的菜花所感動的時候，我們彷彿只是一些流浪已久的蝴蝶，又沿著花朵與莊稼的氣息回來，回到土地上時，我們的心靈才得以安妥，我們很難解釋這是為什麼？

是的，大平原是肥美的，水草豐茂，五穀豐登，魚肥牛壯，土質如發酵的麵包，它呈現在我們眼前的景象是如此美麗平和。大平原彷彿就是父親舒張的大手掌，肌肉豐隆充滿活力和力量；它又是一切生命恬靜的溫床，彷彿空氣中充滿拔節的聲音。然而在這美麗平和中卻包含著人間的苦難和滄桑，它地下挖掘出的青銅劍戟和斷垣殘垛，以及幾千年前的稻穀、牛羊的骨殖，分明呈現著文明與野蠻的影像。多少年過去，在這平原上發生過一切，諸如戰爭、瘟疫戰爭、瘟疫、洪水和乾旱，已渺不可尋，一杯泥土，掩埋了古今，最初的一切已如陶片深埋地下，它的上面是美麗得令人眩目

鷹羽扇

手中一扇，山地故人所贈。扇面由十二支鷹翅長羽編成，吓空黑色。輕輕一揮，便信貸有漠漠長風從扇底透來，酷炎盡去／那贈扇的獵手告訴我說，去年於某山樑捕得一隻幼鷹，起先將牠關在竹籠中，哺以碎肉泉水，那鷹竟不啄不飲者數日，夜間總是望了那遠處山林悲鳴。後來終耐不住饑餓，漸漸就吃起東西來，對人，卻顯出固執的敵意。常常是，蜷縮在籠中，得落寞寡歡的樣子。日子長了，那鷹在夜間不再悲鳴，只用鐵鉤樣的嘴懶懶地梳牠的羽毛，孩子們去逗牠，不驚不躁，若不是那樣子像鷹，別人倒以為只是一隻家雞罷了。因此便對牠鬆了防備。有一天夜裡，鷹竟然用牠的喙子喙斷兩根竹片，看看就要從籠子裡逃去，幸好被起來尿尿的三小子發現，才沒有成功，第二天用鐵條加固了籠子，才讓人放下心來。哪知那鷹就忽然在籠中拼命衝撞撲騰，銳聲長唳，狂躁得了不得，誰曾想這扁毛畜牲竟如此烈性。本想把牠養大了馴成獵鷹呢（山裡獵手人人都有獵鷹的），哪曉得今年一開春，鷹忽然就病了，羽毛一根根掉了下來，不幾日就死在籠裡。死時樣子很醜陋，瘦伶伶的比家雞還小呢。鷹肉是不能吃的，那羽毛呢，倒派上了用途，全當鴨毛賣給了荒貨客，又用剩下的編成這把扇子……

對了這深黑的羽扇，我便黯然神傷。

握在我掌中的，竟是一隻鷹麼？

設想這鷹當初築巢於蒼茫雲山的絕壁，翺翔於崇山峻嶺與風花雪月之間，忘了季節，沒有生與死的雜念，那該是怎樣豪邁瀟灑的情景呢？而鷹竟已死去，牠的悲衣便寫在這小團扇之上，握在手中，輕輕地恍若無物。牠的故地本在千里以外的山深處，於今卻因偶爾的一個機會，這麼靜靜地棲伏在我的書案上，讓靈魂作一次毫無意義的苦旅。鷹若有魂魄，牠會怎樣悲哀呢，我的小小書案，怎比得上雲遮霧障的萬仞蒼崖呢，鷹呵。

窗外有風爽然襲來，我嗅到了秋的氣息。遙想故地的山林必是黃葉如蝶了，小小樵徑也一定染了薄薄的寒霜。那林中或天空，一定有蒼鷹出沒，並且上唳。此時我坐在窗前，扇子已失了用途，可以讓牠閒懸壁上了。

伏在案上，彷彿夢見壁上的羽扇忽然就化成一團鷹形的烏雲，長唳一聲，破窗而去，青空下是好大一片山嶺和叢林。

醒來時，那扇，卻依然閒懸壁上，靜靜的，呈一種深黑的顏色。

獨立空山

許多人喜歡湖南花鼓戲《劉海砍樵》，劉海是一個山野樵夫，砍柴時遇上美麗的狐妖，遂成一段人間喜劇。這有點《聊齋》的味道，卻很能體現山裡砍柴人一種極浪漫的情懷與想像。

「柴」在古代常用「樵」、「薪」來替代，這兩個字古雅，村野之人不大懂得，正如城裡人不大明白「柴」字一樣。常見古人的詩文中有「樵夫」、「樵唱」字樣，樵夫即砍柴人，如明代朱買臣，就是古今樵夫中大大有名的一個，因為他後來做了大官。當然，朱元璋、曾國藩、毛澤東等歷史上這些千古不朽的人物，都在少年時代砍過柴，做過樵夫的，但不如朱買臣的以賣柴為生計罷了。樵夫當然是窮人而且是山野之人，負一擔柴禾在青山綠水中且歌且行，旁人看出詩意畫境，而砍柴的自知個中艱難。歷來詩人畫家都熱衷於表現「樵夫」的主題，把樵夫當作山水大美中的一種帶隱逸意味的點綴，藉以表達自己的一種審美觀與人生觀。中國的傳統人文內核是「漁樵耕讀」，打漁、砍柴、耕作、讀書，為人生四種必需，勞動與讀書，也就是勞力、勞心。中國地主士大夫階層與隱逸階層，所要達到的理想就是這個，如陶潛、鄭板橋，就很典型，這裡面有一種叫田園情結的東西。當世間得失衰榮寵辱，令身心疲累，只有青山綠水、漁樵互答之境才是靈魂棲息的地方。古代大多數文化人與官宦，大抵都是鄉村走出來的才子，他們的血肉始終與自然界裡的村舍田園連在一起，在失意與憂憤之際，便總是不由自主地要返回始發之地，從中獲取一種力量與撫慰。在如水的月色中荷薪而歸，遠比從巍峨的朱門大宅應酬歸來輕鬆自在。所以古人總是把樵者當隱士，把漁樵耕讀當人生的至境，這是不奇怪的。

我曾在鄉間生活過十六年，少年時代基本上算得一個準樵夫。因為家居山區，父母生養得多，我為老大；一家的燃料所費極多，我自然負起了供應柴禾的任務。那時每天放學歸來，便與二三夥伴帶上砍柴刀與竹杠，踏了夕陽的餘輝上山去。山上榛莽叢生，小路窄窄，鳥聲淒濛，在嬉笑之間揮刀如風，聽柴禾砍下時的嗶肅之聲，心裡非常快樂。待月上東嶺，便結伴荷柴歸來。其時月光如乳如煙，峽谷中娃娃魚啼聲淒厲，樹巔貓頭鷹驚悸而飛，有點駭怕，又有點快感，心中痲痲癢癢，負柴疾行，遠遠望見村中屋舍輪廓，方吁出一口長氣。有時腹中饑餓，便上樹摘下野果或偷挖些生產隊裡的花生紅薯，掬點泉水，將少年時光打發得有滋有味。

砍柴是鄉村生活中一個重要的部分，山高月小之際，樵歌起自山的深處，嫋嫋顫顫，向四野裡盪開，天地萬物漸下夢鄉，這種情景，或許是可以入畫的。

許久前曾讀到一句詩，是詠樵夫的：「獨立空山一聲笑，收拾乾坤一肩挑。」這詩很粗豪，有些霸氣，似乎是一位胸懷大志的隱者在山林間口占的。前一句很貼切，空山者，不過是一種靜的感覺，所謂「空山鳥語」、「鳥鳴山更幽」都是這個意思。在空山一聲長笑，這也是很寂寞的境界，當然是一種大寂寞。後面一句，就不是普通樵夫能想像的了，收拾柴禾則可，收拾乾坤一肩挑之，這就是帝王或未來帝王的事了，霸氣固然霸氣，卻總讓我覺得未免故作大言。這句詠樵夫的詩，作者是一個湖南人，生活在清代末期，應是一個對時局有些想法的人。但真正收拾乾坤一肩挑的不是他，而是後來他的同鄉毛澤東。

少年時我對作樵夫很滿足，砍柴成為少年生活中一樁最有詩意與趣味的活動，人言其艱，我獨得其樂。山中景致著實令我著迷：鳥聲泉聲，花開迭迭，樹木連綿，山影空蒙，尤其是那種寧靜與幽深，那種絕塵的清淨與山中萬物的隨時序而演變，充滿著動靜相生的感覺也充滿著相生相剋的循環，我不懂這種循環，但始終為之著迷。在山上和夥伴們看雲看鳥，看風花雪月，並且聽情歌，這很令人愉悅，加上夥伴間相互幫助，生出一種純淨的友情，這友情很有些患能與共的成分在內。我與一位姓周的砍柴夥伴關係極好，都喜歡砍柴也喜歡讀書。砍柴歸來，小憩在剛收割完的山田草垛上，看青空裡月亮如天鵝一樣浮在白雲間，山影朦朦朧朧，蟲聲若遠若近，我們談一些離鄉村生活甚遠但又在民間流傳的對聯故事，諸如「風吹蕎動橋不動」、「署鼠涼梁客咳驚」之類，又如說狗和雞在雪地上行走，便有「一路梅花（狗蹄印）竹葉（雞爪印）」這樣很美的句子。這些斷句流傳民間，未知有出處，也沒人去想瞭解它們的出處。最讓人難忘的還是夕陽下讀碑。我們把柴薪挑到離家一里路的野葬崗歇下來，分頭蹲在最大的墓碑下，一行行地讀，有些讀不懂，有的明白大意，覺得句子很華麗，很有意思。尤其是碑上的書法極其漂亮，見所未見，我們用手指在褲子上劃動，心裡默記用筆方法，好像臨字帖一樣。每逢月亮升起來，夕陽落下去，山裡升起一種薄薄霧靄，怪鳥啾然而鳴，我們便心裡發毛，發一聲喊，挑了柴在月色中疾行歸家。這種情景，許多年後猶鮮明如畫。想起少年時那些砍柴夥伴，大多命運蹇澀、生存艱難，不能不讓人發一聲浩歎。獨立空山，長笑解憂，收拾自己命運倘且不易，更遑論「收拾乾坤」了。

見到一張清代無名氏的山水畫，題為「暮歸圖」。畫面上風雪瀰漫，樹木被大雪壓得彎彎，雪地上一樵夫荷柴歸來，遠處露出一角柴扉，山石嶙剛，透出一種大的淒清與落寞。這畫極有意味，傳神生動，讓我想起從前雪天上山砍柴的種種。雪天砍柴，看起來是一樁艱苦無奈的事，其實與現今城市裡在公園堆雪人、看冰雕沒什麼本質的區別，至少我介這麼認為的因為它們都能給你帶來快樂，雖然這種快樂的感受會不一樣。在山村，雪天來得早，冬季很漫長，不準備充足的柴禾取暖是不行的，所以在下雪的時候上山砍柴或正在山上砍柴時忽然下起了大雪，這都是很平常的事。雪天砍柴有幾點好處：第一是與平日的感覺完全不一樣，很新鮮，也很令人興奮。穿草鞋，在山上行走，聽腳下嚓嚓的雪聲，心裡升起很奇異的感覺。雪很厚很軟，踏上去挺愜意，加上滿山皆發，世界一片銀白燦爛，景致就十分的美麗。第二是在雪天砍柴時可以聽到種種奇妙的聲音，先是林間簌簌的落雪聲與漸響漸密的雪粒被風颳向樹葉的唰唰的聲音，這種聲音清晰又清越，很爽很俐落，滿山如是，彷彿天地間驀然升起一種樂意，不知自何而來，不知何時而止，真正的天簌之音，絕塵之音。還有就是樹枝被大雪壓折的「劈撲」之聲，乾枯的樹枝應聲折落，我們便收拾乾坤一肩挑了。木葉摧折之聲外，鳥獸驚蹄之聲若斷還續，平時隱匿無蹤，此時無處可藏，雪地上留下一行行雜亂的蹄爪印痕，如梅花、竹葉之形，如芍藥、墜石之狀，美麗而且令人哀憐。小鳥飛不動，山麂落山潭，滿山撲哧，雪意深濃，我們挑了柴禾小心而快活地行過山石下，走過鳥和小獸的身邊，互不驚動，有時對望一眼，發現一切人事與生命籠罩在一片空明潔淨之中。

砍柴是一種簡單的勞動，但分明屬農業文明的一部分。如果說漁樵耕讀是中國傳統文化的核心，那麼「樵」便是核心四大元素之一。「收拾乾坤一肩挑」體現的是大經濟大志向，卻也是從「齊家治國平天下」演化而來，做樵夫容易，樂於吃苦就行，平天下、收拾乾坤則難，往往需風雲際會。但漁樵耕讀也好，平天下也罷，都體現了一種傳統的理想思維模式。國人中如諸葛亮，先是漁樵耕讀，後是治國平天下，可見漁父樵夫，雖與王侯將相相隔雲泥，其中也不乏經天緯地大才者，樵夫中畢竟出了朱元璋、毛澤東這類赫赫有名的人物。許多時候，漁樵耕讀與平定天下只是起點終點的差異，而起點與終點，有時卻是在同一個圓心上。天下之事，奇詭變幻，樵夫即王者，王者即樵夫，難有定論。

空山迢遠，樹色淒迷。漁父樵夫，智士貴人，盡付與蒼煙落照之中。快哉風刀霜劍，快哉逝水流年。

秋天的清賞

閒來垂釣碧溪上
忽忽乘舟夢日邊

小舟在清涼的流水上，渚上的蘆葦已經枯黃，有水鳥閒閒地蹄幾聲，而對岸的秋林在飄著黃葉了，四周靜得有些靜寂，卻讓我的心愉悅，靈魂兒安妥在軀殼裡，小舟停止在幾乎看不見流動的水上，把青竹的釣杆一揮，釣絲已沒入水中了。紅紅的浮標浮在青綠的水中，彷彿一張碩大無朋的芭蕉葉上一隻小小紅蜻蜓。

四圍好空闊，我的心好空闊。

頭上的青空凝止不動，乾淨得沒有纖塵，偶爾有一兩片青雲輕盈地飄過，我彷彿聽到它輕若遊絲的散步聲。設若天空也可能垂釣，那該是一種怎樣的心情與意味呢？有流雲的青空，那是神仙的故鄉哦。

在這秋的流水上，沒有人來打攪，甚至連鳥兒也不會來打擾，我是在讀著流水的同時也讀著流雲的青空和靜如羞女的淡淡遠山，並且在閒閒地釣著這三十年的歲月和夢幻了。我知道魚在水中的樂趣，雖然我不是莊子；我亦知道人在水上的樂趣，雖然滿身紅塵。紅塵與流水，都只是一種「象」，我的心卻在「象」外。大象無形，大音稀聲，大美無言，心常在「象」外，生便可以不著痕跡，沒有痕跡的生命正如這完整的青空與流水，是一種永恆。釣絲在水中，我的肉眼看不見，魚的眼睛也看不見，不著痕跡的東西並非就是「空」，那麼「空」又是什麼呢？魚與我，都只是平常的人和物，魚見不到絲只見到了餌，因此終免不了飽人口腹。魚的智慧與人的智慧，差別只在於此，相同的地方卻在於人與魚都為一個「貪」字或「欲」字，浮標是人的慾望的呈現，餌是人設的圈套也是魚的貪婪的象徵。你在水上釣魚，命運卻在歲月裡釣你，這實在是公正得很呢。歲月與命運都是無跡可尋的東西，無跡可尋的卻往往是一種不可抗拒的存在。

青空裡忽然起了鳥聲，四圍凝止的山水彷彿就有了靈氣，開始在我的視覺裡生動起來，秋風彈撥著樹梢和蘆葦，天地間充盈著天上的樂聲，好輕妙的天籟呵，好闊大的天籟呵，我和我的心棲止在流水上，如碧綠芭蕉葉上一隻小憩的蟬，美麗而快樂的蟬呢。

我是在品賞著秋的，清賞著流水和遠山，釣杆只是一種形式，於我並無關係，我將它安放在流水上，釣我三十年的歲月和夢幻，此際我的心不染纖塵。想起卞之琳的斷章：「你站在橋上看風景，看風景的人在看你；明月裝飾了你的窗子，你裝飾了別人的夢。」於今我在流水上垂釣並看風

天地如巢

有一家人口生育雜誌，忽然改刊名為《人家》，並邀請當地一些名流座談。名流們都很激動，說這名字取得極有意味，很是讓人遐想和溫暖。

「人家」讓我們想起「萬家燈火」這類溫馨的字眼。有人才有家，家的具體表現就是屋舍，屋舍是人結在大地上的巢，正如雀鳥或別的生物結的巢一樣，既是肉體的歸宿，也是靈魂的依傍。大地上的家如天上的星，密密的組成一道萬世不滅的風景，在無窮盡的歲月裡生發出無窮盡的故事，悲歡愛恨，榮辱衰繁，死生契闊，富貴貧寒，賢愚忠奸，孝悌廉恥……如綿延不盡的長河。生命如風一樣颳過千年萬年，風一樣吹過的生命的氣息，充塞在天地之間，彷彿自然的簫聲。

大地上的家，是人的巢，具體而微的溫暖的棲息地。家是人的起點和終點。屋頂上每天升起我們的炊煙，大家把這叫做生活。炊煙讓我們溫暖並且在心中充滿了詩意，而生活卻讓我們感覺著沉重。每一個屋頂下總在糾結著愛恨悲喜，總在演繹著令人斷腸揪心的人生話本。炊煙、屋頂是一種文化範疇，生活種種卻是一種人生或生命歷程。許多時候我們總喜歡在文化的氛圍裡解讀大地上的家，卻永遠不會找到答案。把它叫做歸宿或人生驛站時，我們充滿了惶惑和惆悵。多少年來，家是我們生命的根、亦是我們鄉愁的根。大地上每一個家伸展開它們的根鬚，織成一張永遠也沒有邊際的大網，將我們的心緊緊拴住，並且常常觸痛我們心中最脆弱的那一部分。

在蒼茫的大地上，一個家連著一個家，彷彿一本大書的每一頁，打開，是無數獨立的章節，合起來，卻是一部沉重的人類中。這是比世間任何一本書都要博大深密也撼人心魄的大書，它由我們每個人的生命寫成，永遠沒有開頭也沒有結尾。是關於人的主題卻也不僅僅是關於人的主題。誰能回答，這世上究竟有多少個人家？它們像大地上的砂粒和樹上的葉子一樣成為人類永恆的謎團；誰能回答，砂粒一樣多的大地的屋頂下，究竟有多少個愛的故事、恨的故事、悲喜交集的故事？天之涯海之角，平原山丘，古村新城，所有的屋頂相連，又各自小心翼翼地保持著距離。籬笆庭院、茅舍寒窯，呈現著農耕文化的散淡悠怡，卻也深藏著滄桑憂患。端一個飯碗可以自在地在鄰里來去，炊煙中雞犬之聲相聞，人活得沒有一點芥蒂和阻隔，只有死生的悲苦與生計的艱辛。田野大地上的這些人家，那麼平淡平和地結在歲月的深處，每一個家庭差不多都在複述著婚嫁喪葬、生老病死的內容，而農具把關於人的故事簡單卻也繁複地寫進泥土中去。一代代在屋頂下做夢、做愛，做著該做的事情，遵循著孝悌二愛的祖訓，也總在堅守著一個妻兒團圓的諾言，創造著、毀滅著生活中的一切，也創造著讓人感傷的農耕文化。但是，人們雖然把家當成歸宿和生命的根，卻也總在背叛它，從大地上許許多多的屋頂下義無反顧地走向外面的世界，去尋求人生的另一種境界。人們創造了農耕文化卻也隨時都在揚棄它，厭惡它，在不滿足中開始突圍和超越。於是便有了一代代的鄉村才子從炊煙裡一步三回首地走向更為廣闊也更為詭譎的人生舞臺，他們通過自身非凡的秉賦和非凡的努力踏上仕途，抱著光宗耀祖和改造世界的雄心，用一生的時間在宦海沉浮，有的果然就改變了這個世界，有的卻把仰天悲歎留給了後人。但無論怎樣，正是這些田野上的才子改變著民族的文化血脈甚至命運，頑強和正直、睿智與活力，成為他們最寶貴的遺存。他們把根把老家留在出發之地，卻在大地上其它地方建起新的家園，樓亭館舍，別墅園林，月色裡的絲竹笙歌、燈影槳聲裡的浮華俗豔，讓他們享受著奮鬥得來的浮世的富貴。同時也讓他們緬懷往日的田園牧歌。所以每一個家又生發出無數個家，這些家佈滿大地，似乎都有著血脈的連繫，似乎又有著涇渭的差別。正如一支青藤，從出發之地向遠處伸延，然後結滿了果實，果實落地發芽又長出青藤，又向遠方伸延……如此往復，終成萬家燈火。終於構成人世最壯觀的一道風景。家，在大地上盤根錯節，相互交織；又相互排斥，相互相克。彷彿一片森林，雖然地下根脈連結，樹卻各生本位。因此我便想起這世界上形形色色的圍牆，這是一種獨特的人文景觀。一道牆，將自己與外界切割成兩塊，以牆為界，內外有別，隔開的是波詭雲譎、凶險怪異和萬花筒似的世界，圍住的是一片祥和溫馨、為心靈與肉體棲息的淨土。人們活著，總在防範著許多看得見抑或無形的東西，防範令人疲累，不防範卻讓人恐懼。自從有了大地上的這些家和這些牆，人們開始在心裡生出一種叫「隔閡」的頑疾，並且成為遺傳基因，這世界於是有了一種叫做「理解」或「博愛」的追求。隔膜太久防範太深，大家都累了，所以尋求被理解的境界與放開心懷實行博愛的境界，這畢竟是一種進步。

我說過，大地上的家是人結在歲月中的巢，無數個巢構成人間萬象。家是族的細胞，族是社會的細胞，社會歸於「國」；國又是世界的細胞，地球才是人類共有的「家」。因此我想起「天地如巢」這四個字。天地是一個大巢，所有的人類都是它的蜜蜂。貧富生出不平，榮辱生出恩仇，死生生出悲喜，離合生出怨尤。滾滾紅塵，茫茫人海，不過雲煙一片。「竹林七賢」中的狂人以大地為床，天作帳，裸身狂嘯，人驚其怪，卻不知狂怪之中有大境界和深意在，在他潛意識裡，天地萬物沒有阻隔，形體只是符號，而內心才是真實的存在，因此，有了「天地如巢」的感應。這中間沒有玄機。沒有防範的坦蕩的心靈，是用不著設牆為界的，既不需要牆，當然也就無所謂「家」了。霍去病說：「匈奴未滅，可以家為？」這是英雄論家了。英雄胸懷天下，腹有良謀，「齊家」自在「治國平天下」之後。大禹治水，三過其門而不入，偉人毛澤東，「閫中肆外，國爾忘家」。所以大家即小家，小家即大家，家與國，在莊子「萬物齊一」觀看來，都是一樣的。事實上，帝王們常常把國當作了家（私有），而世間許多人卻也往往把家當作國，家國之間有時竟無分別的。帝王建都要觀地脈、望王氣；一般的人，同樣也要看風水，以求發子孫、行寶貴。建都與建家畢竟是人的行為，人的行為總免不了雷同。家是少數人的巢，國是多數人的巢，每個家裡一粒沙，積聚成丘便成國。所以睿智的人（如「竹林七賢」）就說屋舍是巢，天地亦是巢，肉體可以不存在。這是一種人天歸一之境。

儒學講究治家，講究倫理道德，強調貞潔觀、團圓觀，講究種種責任和義務；而道佛講求的卻是一切皆空，六根清淨，以不關紅塵恩怨為修持主旨，以內修靜觀，見性悟道與渡彼眾生為己任，心中既無七情六慾，自然也就完全無「家」，做和尚叫「出家」，也叫出世。

而文人騷客，與佛道之流截然相左，一離家園，便情不自禁地要懷鄉，把飄泊當作人生最淒厲的境界。比如杜甫：「飄飄何所似？天地一沙鷗」，「親朋無一字，老病有孤舟」；比方王維：「獨在異鄉為異客，每逢佳節倍思親」；又如馬致遠：「夕陽西下，斷腸人在天涯」。賀知章、岑參、余光中等等古今文人，留下許多鄉愁的絕唱，把那種痛切的人生感喟，直逼入我們的血脈裡去。老家的屋簷、月色和依稀的人事，至死都縈迴在心頭，「告老還鄉」也好，「葉落歸根」也罷，都沉痛而頑強地眷戀著胞衣之地——那個遠處的家。家才是歸宿，世間不會有任何東西可以替代它。有一位朋友曾對我講過這樣一個故事：一位老太，三歲被父親賣給了很遠的一戶人家，六歲時又被轉賣到某個小鎮，長大後隨夫遠走他鄉，夫死另嫁，一生漂泊輾轉，活到八十多歲，忽然離家出走，憑著一種頑強的意念和某種種神秘指引，僅借助十分依稀模糊的影像，朝著故鄉的方向走去，歷經三個多月，吃盡萬苦千辛，奇蹟般回到離開了近八十年的出生之地——一個極為閉塞僻遠的山村。老家的人面對白髮如雪卻長脆不起的老太，流下了眼淚，這幾乎就是一本人生的傳奇。家如一個磁場，我們用一生的時間在引力裡跋涉。當有一天我們坐在故鄉的河岸，雙鬢雙斑，聽著似曾相識的鳥聲，想著故友星散，那種滄桑心緒，會月影一樣在胸肺間代徊。

這麼溫馨的人間，是由家組成。家是我們人生的一部分、夢的一部分、生命的一部分。家是人在歲月裡建造的驛站，命運裡一匹汗水淋漓的馬，從童話的邊緣和佈滿露水的花瓣上飛來，又郵走塵世上所有的傳奇。

天地如巢，家是大地上凸起的花蕾，我們彷彿是風中款款飛動的蜜蜂。

歲月裡的村莊

我總是無法忘懷那青濛濛山影裡寧靜平和的村莊。那裡的瓦屋很古老，那裡的田疇很平整，那裡的牛群總是悠閒，鳥聲與竹梆聲總在暮色裡飄得很遠。可它的每一粒泥土都飽含著苦澀，這種平和景象裡所深蘊的艱辛與憂患，一一被歲月所抹，村莊，總是那麼安祥地被江南暮春的落花覆蓋，被溶溶月色與莊稼的氣息籠罩。遠山上將逝未逝的虹影，襲欲斷還續的野謠，總是一種恆久的魅力讓人懷想，亦讓人感傷。這歲月裡的村莊呵。

那村口必定橫著一脈關山，山下是鎮日裡輕吟的蒼碧流水，山上一定長著很古老很粗壯的常綠喬木，而且一定會有黑瓦白牆的小小祠堂。這關山是村莊的風水，也是遠行人傷心的離別處。它總是與無法排遣的羈旅之思與鄉愁聯繫在一起，並且讓人想起那些有關明月，故鄉的詩句。對了關山，文人的情懷總離不開詩，若是村夫樵子呢，心裡也會感覺著「寒山一帶傷心碧」的意境，只不過那份感覺沒辦法表達，便只能對關山黯然神傷了。無論如何，村口那一脈關山，是很容易讓人想起江淹的〈別賦〉來的。

進了村，你會望見瓦屋和田疇的四圍都是青山，歲月裡的村舍掩在山色之中，生死悲歡的故事恍如那隴上榮枯的樹木花草總是自然而然地、不著痕跡地生發或消逝。歲月正如樹梢上滑過的風把生活的歎息帶走，又把新的小小的希冀捎回，日子以慢板的形式遞更替，人與事也以慢板的形式遞更替，隴上的莊稼熟了一茬又一茬，土地翻了一回又一回，農具就如農夫手中的筆，重複地把生命的意義與細節都刻入泥土之中。人與牛與土地與農具組成村莊的風景，在季節裡顯得異樣沉重。土地彷彿向夕陽深處沉沉湧動的波濤，浪花是莊稼與菜花，那血與汗卻沉到波濤的最深處。但村莊卻有異樣的美麗，且不論那明鏡般水田裡移動的圓箬笠與一動不動的白鷺鷥，亦不說那微雨的遠山那廂油菜花用金色花蕾排成一部滿是感傷的農書，只要遠遠望見那犬吠汪汪的柴扉，那炊煙下荷鋤而去的農人悠閒的樣子，心裡便會起一種溫馨與親切。滄桑百劫的田園是有大美而無言的。

佇立隴上，總有一種滄桑心緒低徊。簡車的聲音，碾坊的聲音，搗土築屋的聲音，莊稼成熟的聲音，嬰兒出生的聲音，流水的聲音，正從如煙似水的月色中傳來，蒼老的土地在沉吟。此時，我想起多年前那些死去的人，他們正沉睡在這黑色的泥土之下，與寂寞的草根和蟲蚓在一起，他們生前曾將最後一滴汗水或血液滋補了泥土。茂盛的莊稼將繁密的根鬚伸入他們的骨殖之中，結出纍纍果實，在陽光下散發芬芳。久遠的村莊，是沒有歷史的，只有悠悠歲月，那歷史都寫在泥土之中。假若有一部村史，那上面一定會有諸如此類的記載：「某年天降暴雨，月餘不歇，山洪毀屋，良田無存，餓殍遍野。」或者：「某年月日，飛蝗如雲，一夜間噬盡稼禾，方圓十餘里，顆粒無收。」

而「旱魃肆虐，田土龜裂，村人攜老產針幼遠走他鄉。」又或「某年月間，村中瘴癘瀰漫，十室九空，遺骸於壟上，寂然唯見餓鷹雲爾。」滄桑憂患，沒有寫在紙上，都泯然入於荒野中。初春布穀聲聲，一蓑煙雨一犁野謠；秋日揮鐮，稻翻金浪；科日雪落山樹，壟上無人，唯見瓦屋上乳白炊煙。歲月裡的村莊無論經了何種苦難，總不失寧靜平和景象。

多少年過去了，瓦屋下居住的人群除了耐心地伺候壟上稼禾，他們也希望有一天能尋找到另一種生存方式，到村莊以外的世界去闖蕩。因此村莊裡便不斷地走出那些瓦匠、木匠、閹豬匠，他們負了簡陋的工具飄走四方，去完成另一種艱難的人生旅程。而女子們，則總在以青春的代價完成從一個村莊到另一個村莊的遷徙，是她們的故事將所有土地上的村落最後連續為渾然的一個整體，血管裡流著共同的憂患與平和。村莊是土地的一部分，土地是人生的一部分，風雨歲月，田園景象美麗依然，沉靜依然。

月色正朦朧。那些山丘，那些田疇以及田疇上的草垛和風車，都在安睡，只有樹上的鳥偶爾叫幾聲。此時，田園彷彿離我已遠。那無盡的村舍，在我的心中，在歲月深處，在竹梆聲中，正升起恆久溫馨的炊煙，令人永遠懷想。

最後的烏鴉

烏鴉真是一種奇異而且寂寞的鳥。

在案上展開明代佚名畫師的「枯木寒雅圖」，彷彿有蕭索的秋風從絹質的殘卷上襲來。這是一件無論如何也算不上二流的平庸畫師的作品，但已有五、六百年了，殘破卻依然倖存在人間，我真的有些驚訝。偶然就是命運，人如此，畫上的寒鴉亦如此。枯木畫得蒼古怪異，從頹草黑石間崛起，身桿老曲如盤，樹頂斷枝上蕭然立著數隻疲累的黑羽大鴉。畫師的線條在鴉的翎羽上透出一種遲滯的勁力，鐵絲一樣具有動感和硬度。似乎有風吹拂，側立樹頂一隻鴉，羽毛翻捲，一眼半閉，現出內在的寒意。枯樹之下，有一鴉盤繞徘徊，令人起「繞樹三匝，無枝可依」的感喟。精采而且具有玄學意味的，還是枯樹寒鴉之下，有一巨大的斷碑令人心驚地凸現在空曠的絹紙上。

烏鴉和生命的終結很渾融地結合在一個畫面上。

這種能嗅到死亡氣息的鳥，牠的啼鳴和黑色羽毛總是讓人驚恐不安，樹上和空中的運動彷彿死神的舞蹈。

但烏鴉永遠是一種寂寞的鳥。寂寞卻有著龐大的家族。《辭海》上說：烏鴉，烏綱。體型大，羽毛大多單純，喙及足都強壯，鼻孔常被鼻鬚，多巢於高樹，雜食穀類果實、昆蟲、鳥卵以及腐敗的屍體。中國多大紫鴉、禿鼻鴉、白頸鴉、寒鴉及渡鴉等。烏鴉在外形及叫聲上都屬於醜陋沒有美感的一類，人們歷來將牠與災禍、死亡聯繫在一起，人與自然萬物之間這種少見的隔膜與嫌惡，實在是一個異數。

但「枯木寒鴉圖」的作者，正是借用了烏鴉這個具象來表現一種對死亡的觀照，畫面上蕭索怪異的氛圍凸顯的是玄而又玄的對生命的詮釋。

巨喙黑裳的大鳥，立在五百年前的寒風中，天地呈現一派深闊的寂寥。

在南方的山野和北方的平原，那種醜陋的黑鳥，在人們的視野竟寂寞而且神秘地消失了。

一些孤零零的高樹上，偶爾還懸掛著它們已然破敗了的圓形舊巢，彷彿流雲上的廢墟。

此時，我佇立在南方某個生態濕地的腹部。落日渾圓，如藍玻璃上不經意按下一個胭脂指印。大片水鳥正歡忭地抑揚啼鳴於周圍蘆叢、霞光與水霧混溶的湖岸。水中的世界和陸上的世界和諧地構成一個野性而巨大的生命場。

我想尋找那久違了的身影：巨喙、玄裳，全身透著落寞和神秘的氣息。

我是跋涉了很遠的路才達到這兒，而且是懷了一種希望來的。許多年了，我走過南方也走過北方，那種鳥兒，真的已消逝在人類視野之外了嗎？

想起在故鄉的雪天，白得彷彿透明的山巒上，黑色的鴉群烏雲一樣掠過饑餓的村莊。牠們的翅聲密集而且渾厚有力。饑餓的老人和孩子驚懼地望著這些不速之客在稀稀落落的炊煙裡徘徊啼叫。那已是十幾年前的事了，記憶都已近乎模糊。

在這闊大的生態濕地，一切的魚、鳥、動物和原生的植物，正悄然而愜意地在壯大著自己的家族。翅聲、啼聲、水聲和蘆艾叢中小獸行走的聲音，在暮空匯成天籟之音。當一隻身形象優雅的白鸛漫不經心地從我身邊經過時，我情不自禁地抬起頭，仰望丘崗上樟樹和樅樹的梢頂，那種巢於高樹的黑鳥，那種啼聲粗嘎的黑鳥，到底在哪兒呢？

身邊的濕地中心主任告訴我：去年秋天，還在前面小丘那棵楓樹上見到過兩隻大烏鴉呢。但自從那次現身之後，這塊近四萬畝的生態濕地就再也沒有發現過牠們的蹤影了。

「可能烏鴉已經滅絕了吧，在南方？」主任有些困惑。

在這裡連被宣佈滅絕了多年的華南虎、大天鵝都發現了蹤跡，更何況是烏鴉呢，烏鴉會滅絕麼？可是，即使真的已經滅絕了，又會有誰在意牠們、記起牠們呢？那些曾經令人嫌惡的大鳥呵。朦朧的夜色中，我彷彿聽到天外嘎然一聲長鳴——孤獨而且讓人心驚。

記得在河南信陽的雞公山，有幾隻白頸烏鴉曾在頭頂呱呱亂啼，陪遊的大學同窗在半醉中連連朝空中吐著口水，急切地念著：「大吉大利，大吉大利……」

半年之後，那位同窗居然暴病身亡。生命彷彿一個謎，死亡也是一個謎啊。

當我若干年後又一次偶然經過雞公山時，卻已不見群鴉亂蹄的景象。一切都已一去不返了麼？枯坐城市高樓的斗空，看窗外流雲無端地漂泊，杳無歸宿。想起《辭海》中關於烏鴉「巢於高樹」的說法，覺得自己應該就是牠們的同類，不過是不飛不鳴的那種罷了。

寂寞中找到一張古箏的碟片，插入影碟機，《梅花三弄》之後，就是《寒鴉戲水》了。

畫面應該是南方的某一條大河岸邊。烏篷船，流水，落照。古老的河岸，彈箏者以慢板拔出數聲顫音，瞬間便有一種空明的意緒瀰漫開來。畫面右上角漸次現出三、五鴉影，在水天之間飛鳴。縹渺的箏曲，提、按、撫、顫中時斷時續，悠揚又空靈，鴉影在流水上，流水在手指間。我閉上眼睛，感覺一種歡愉，一種生的歡愉。優遊自在的大鳥與寧靜卻動感的河水，充滿形與神的大和諧，這種和諧正是天地萬物永不滅絕的元素了。而古人，正是寒鴉和流水間發現了人生的詩意並感悟了禪理的。

當曲調在一片澄明中戛然而止時，我的翅膀還沾著江上清寒的水霧。形體棲止在高樓的巢內，心卻隨流雲漂泊了。

是人滅絕了烏鴉，還是烏鴉集體與人類決絕了呢？

烏鴉總是與大地上的古樹在一起的。

烏鴉總是在人類遭遇災禍之前來臨。

烏鴉和馬致遠的小令在一起。

烏鴉守著饑餓的歲月。

烏鴉，如不動聲色的黑色大石，凸現在曠野。

這神秘的鳥群，在天地間出現的時間和人類出現的時間一樣悠長。甚至「易子而食」，甚至餓死，也不屑。不祥的黑鳥啊！

但我卻分明看見童年的包穀地和花生地裡，被農夫毒死的成百上千的烏鴉，堆積的屍體被大火燒得「嗞嗞」作響。

鳥銃噴出的鐵砂一次次、一年年洞穿那些自由的黑色翅膀，牠們像樹葉一樣大片大片墜落在荒野。

孩子在讀一個古老的童話：《烏鴉和狐狸》。

孩子問父親：「烏鴉的嘴裡為什麼會有肉呢？是人餵給牠們吃的嗎？」

父親愣了一愣，反問孩子：「你會餵肉給烏鴉吃嗎？」

孩子很肯定地回答：「會的。」

「為什麼？」「因為狐狸壞，牠騙吃了烏鴉的肉塊，這不公平。還有，老師說要愛護鳥類，烏鴉也是鳥類。」

父親低頭思忖著，嘴裡喃喃自語：「烏鴉也是鳥類？烏鴉也是鳥類……」

當我們忽然想起烏鴉的時候，天空已經空空如也。

有一支曲子。有一個童話。

還鄉筆記

老家名小淹，在安化縣境之資江南岸。離省城約五百華里。山川深廣，民風剽悍，原為梅山峒蠻土著。據縣誌所載，南宋嘉定十七年，寧宗之子理宗由邵州詣京師（杭州）繼位過此，忽遇大雨，石門潭水大漲，舟可恥難通，遂在此淹留數日，故名小淹。故老相傳，小淹這地方凡出人物，必先稍有挫折停滯方可成其氣候。此說有些玄奧，恐與「小淹」二字有關。但驗之此地出生的古今大宮經歷，卻十分準確。

小淹歷來為資江沿岸水上碼頭之一，是下益陽、常德、長沙、岳陽、漢口必經之地，也是舟排停泊處。十餘年前，小淹只有一條青石長街，吊腳樓臨水而立連綿數里，炊煙起外，望之如畫。凡從邵陽、新化等地在此過往的排古佬與船上客，只要遠遠望見吊腳樓上清不表秀秀的女子身影，必停排泊舟，上岸來小飲盤桓，邊喝老酒邊唱一些上灘下灘的船歌，或說一些只有寂寞的水上男人才敢說的瘋話與粗話。入夜則竹梆聲「篤篤」，傳於沙洲、空巷與星月光輝中靜謐的水上、舟上，直入外鄉人的夢寐中去。那個時候，老家說不上繁華，卻也頗不冷清。

我十六歲之前在老家度過，家極貧而好讀書，常常與父兄輩砍柴荷薪於山間月色之中，或與人划烏篷小船於江上煙波裡網魚扳蝦。勞作之餘，常讀書於江邊洲渚上，洲上芳草茵茵，蘆芽似筍，彩石粒粒，江水綠得發藍。讀書樂事也，少年心性，既讀書上安，也讀眼前風景。見船在江心，漁翁戴尖斗笠，長櫓上棲二三隻鸕鷀，便要停書不讀，忙著數老漁翁從鸕鷀口奪奪取的小魚數目，驚喜莫名。若星月夜裡，便踏洲上沙石徐行，一邊看月，聽吊腳樓傳來的小曲，一邊默想書上的文字，常常一腳踩入水中，方才如夢初醒。如此這般，歲月便無聲地從青石的長街滑落無蹤，從童年到少年彷彿只是做了一個不長的夢，夢裡有歌泣，夢裡有苦甜。

小淹這地方出過幾位大人物，鄉人以為此處山脈雄強如虎踞龍行，長河經天，日月合璧，不出帝王便出將相。考其地理水勢，山則巍峨磅薄，水則湍洄清冷，用清代兩江總督陶澍的話來說：「實宇宙之奧區，冠蓋所不至，紅塵所不入。」此間土著，牧於斯，樵於斯，漁於斯，民風雖蠻悍，卻既耕且讀。若干年前此地雖不與外界通，但這裡的人卻得山水靈氣甚多，性格中有山的堅忍、沉靜也有水的激蕩靈異。

鎮東二里有石門潭，潭上岩石壁立千仞，此崖從江之南岸峻嶺奇峰上凌空聳峙直通江心，與北岸綿延而上層巒的鐵黑石壁相呼應，名石龍渡江，險壯神秘。石門潭上亂石橫空處，立文瀾寶塔一座，山風過去，塔簷上銅鈴「叮噹」聞於江南江北，加以怪梟磔鳴於深潭老樹之巔，每令過往舟旅悚然心驚。石老相傳，龜蛇對峙，相生相剋，龍不能出世，龜亦難以吐氣成霓。此處為老家一大風水奇觀。

鎮之對岸為雞公山、蝦公山與蜈蚣山，附近江心有一巨石如官印，民間傳為「三公搶印」。雞公不敢下水，蜈蚣怕雞，只有蝦公能得官印。相傳此間所出大人物陶澍即為蝦公精轉世，這當然是無稽之談。鎮之東北有石榜溪與沙灣，石榜溪為陶澍祖居地，入村有石如門，曲徑直入幽深處，徑下一溪湍碧疾奔，入石門不遠有巨石如青蛙，夏夜鼓噪跳躍，鄉間傳說有人親見。再深入則有紗帽山，山石如烏紗帽之形狀，堪稱天下奇絕。再深入則有風雨古橋一座跨水上，其南有七顆巨岩如屋舍大小，列為七星北斗陣勢，日照其上，瑩瑩生光。還有鼓山一，鐃拍山一。此間幽深神秘，彷彿外星人的傑作，傳說甚多。沙灣是陶澍葬地，建有大亨堂。陶公墓原本氣勢宏大，於今已損毀不堪，墓圮碑殘，石人石馬棄置荒草間，觀之令人愴然。

小淹這地方尚有大屏、香爐、石峰、芙蓉、九崗、浮邱、天子山等諸大名山，伊水繞鎮東去入於資江，伊水邊臨小鎮不遠為長沖村，村口有象形山，村內有虎形山、鳳形山、九龜尋母及龍形山諸景，沿伊水上溯則山水靈秀絕塵，漁樵互答於白雲間，清幽之地頗出人物。

老家不過紅塵以外一小鎮而已，得山水之靈秀，雖稱人傑地靈，卻不聞於世。正如昔日張家界一樣，養在深閨，千百年間只待有識者。

陶澍墓

墓在小淹鎮對岸東北之沙灣。

仲秋雨日，與縣府皮付縣長、同事二人及鎮上同志駕烏篷船渡江上岸，沿田間小徑行約十五分鐘，到達亨堂門外。

此處為資江岸邊高阜廣闊的平臺地，背倚奇麗群山，腳媽是浩蕩遠去的江水，形勢極為壯觀雄渾，是絕佳的風水寶地。

亨堂為祀祠，圈地甚廣，門外有麻石臺階直伸到江邊，門楣為漢白玉石雕，上刻陶澍生前官銜，如兩江總督、太子太保等等。門為典型的清代石雕風格，門左右分立石獅。石獅已殘，門柱亦半殘，據說是「文革」時破壞的。進門後發現此處早已做了苗圃，滿眼是稀落的小樹木與半凋的普通花草，我們撐著傘在雨中尋找墓，荒草亂石間已經殘損的石人石馬棄置在地，牆側有破屋一間，昔為守墓人居住，現已蛛網結樑，半傾天風雨中了。沿泥路深入，見一水泥墳包凸出地面，鎮上同志說，這就是兩江總督陶澍墓了。

此處曾夷為平地，為荒草泥石所掩，兩遭資墓賊毒手。以炸藥轟之，幸而發現及時，均未能得逞。家鄉人每能聞盜鳴鑼，山野間千百人持棒揮鋤而來，護衛陶公之墓。鎮上歷任領導曾向縣、市、省呼籲，後得撥款用水泥稍事修復，並列為省級文物保護單位。

我們一行人雨中佇立，見陶澍墓碑已斷為兩塊，心中愴然。此碑為漢白玉雕刻，碑文為道州何紹基所書，書體蒼勁，雕工精絕，具有典型的清代宮廷風格，據筆者陋見，舉目湖南，尚存世的這樣的碑刻，恐怕已是絕無僅有。陶澍為清代漢族人中第一位大官，也是傑出的改革家、政治家、經濟改革先驅與經世致用的代表人物，道光帝稱他為「干國良臣」，視為腹心。而他所發現、栽培、舉薦的林則徐、左宗棠、胡林翼、魏源、李星沅、湯鵬、賀長齡、包世臣、黃冕等等無不成為名臣能吏，就是湖湘文化的集大成者曾國藩，一生受其影響也至為巨大。若說清官表率與湖湘文化的經世致用，陶澍當推第一人。陶澍作為一名鄉村才子，從峒蠻之地出發，走上封疆大吏的政治舞臺，本身就是一種奇蹟。林則徐曾在陶澍六十壽辰時作詩三十首以獻，其一云：「重鎮南天半壁雄，良臣干國奏膚功。許身稷契經綸大，度世全喬位業崇。孤宿聯輝依北斗，海籌添算耀江東。廿年開府垂名久，才是平頭六十翁。」對陶氏一生在海運、漕政、鹽政、吏治及學術人品上所取得的成就作了中肯評價。我一直很遺憾於范文瀾《中國通史》中未提陶澍名字，林則徐的禁煙及任兩江總督，其實都是陶澍力倡與舉薦之功，而自命「老亮」的愛國名將左宗棠，則是他親自發現風塵中並千方百計引薦，且許為當世第一奇才，不嫌其布衣寒酸而結為兒女親家的，沒有陶澍，絕不會有後來的左宗棠。胡林翼為其女婿，栽不愛護備至；而魏源在其幕府凡二十年，相交甚深，所以連墓誌銘也是魏氏所作。可以這麼說，後來的湖湘文化形成及名臣輩出，都有陶澍不可抹殺的功勞。

對於陶澍這第一位重要的歷史人物，我們似乎沒有理由人為地予以忽視。他的墓葬，是目前為止倖免於難的湘省少有的幾座重要古墓之一（曾國藩等墓葬均已盜毀），應該妥善保護。陶氏死後

夜讀倪雲林

平生最喜歡倪雲林的畫，水瘦山寒，流林老石，現一派幽寂蕭索之境，與心合契。

在元季四大家中，黃公望渾闊雄奇，得自然之氣，以《富春山居圖》為代表；五蒙變化莫測，有一種秀逸蒼勁之美；吳鎮沉鬱粗豪，墨氣淋漓。倪雲林的畫，落筆簡淡安祥，取景渺遠流曠，有一種透人胸肺的孤寂清涼，令人若有所感，正如聽《寒鴉戲水》與《春江花月夜》這樣的古曲，幽靜中生出愁緒與況味。倪雲林嚮往和描繪的是那種充滿了蕭索意味與幽寂詩思的山水，是對自己從現實隱入林泉的蒼涼心緒的極為婉曲的寫照與抒發。

倪雲林名瓚，字元鎮，號雲林，常州無錫人。四十歲以前，家境富饒，立志成為一名詩人，好讀書，並對家藏鐘鼎名琴及法書名畫潛心研究。後因社會動盪，憂患迭起，加之母兄相繼辭世，遂攜家隱居湖心，心境沉鬱落寞。隱居後所繪湖山樹石，以荒曠渺遠為特點，並創新帶皴，為前人所不曾用，一石一樹，以側鋒行筆，皴擦出石之紋理與樹木變化。山石則孤峭如寒鐵，蒼桑百劫之感。倪雲林所作《楓落吳江圖》與《安處齋圖》，大抵近景為平陂，陂上雜樹數株，茅亭、草屋三兩椽；中景大片空白現出空濛境界；遠景則取低平的山丘與土坡為觀照物，並留出儘量多的空白。倪畫的留白是歷代文人畫中最獨特的，遠景空濛，有山水一色的意韻，中景空白處則如渺煙水，境界曠遠清寒。

觀倪雲林筆法，以淡乾筆皴擦，點苔多用焦墨，得筆簡意繁之野趣，格調閒逸，「直被古人」繁瑣畫風，成為文人畫與山水技法的集大成者。作為古代畫家中的巨匠，倪雲林影響後世至世，沈周、文徵明、董其昌、「清初四王」，學倪畫多得其神髓，蔚然而成大家。倪畫的流曠簡淡與渺遠寒寂境界，以物象寫心靈，以心靈反觀現實，在淡煙老石與茅亭流林之中，有大悲苦在。在悲苦中有大禪悟，而禪悟中又有大寂寞。讀倪雲林的畫，如看賈島、孟郊的詩，以「寒」、「瘦」二字狀其觀感，略近。盛夏揮汗讀之，得寂寥落寞之境；人生得意的讀之，添幾許惆悵；人生失意時讀之，增幾分感喟與逸興。倪畫宜讀，閒閒地讀、自在無礙地讀。

人性的極限

天地萬物，都有一個極限，一達極限，就驚心動魄。如醜，醜到極處即為大美，美到極處即為無，無法表達。醜到極處往往有撼人心魄的力量，悲到極處或愛到極處，就接近虛妄與平淡。有些時候，此一極限會毗鄰著彼一極限，相反的東西一旦都達到了極限了，每能趨於同一，表面上的錯位常常是不真實的。

但是，凡醜惡的東西達到極限決不會成為美的或善的。如殘暴、貪酷、戰爭、縱慾等等，人間至惡決不會趨同於至善。莊子的天地萬物「齊一」觀，許多時候是荒謬的。

中國人歷來講究中庸，處世以消除「火氣」為佳，但中國人常常又是極端主義的實行者。我們許多時候都抹煞了人性，許多時候又讓人性中最醜惡的東西發揮到極限。

不久前看到一個美國影碟，大意是表現現代人對於自身在社會中所處位置的迷茫。圖像中所有人體都很荒誕地懸浮在空中，形體扭曲變形。當時看了，便受到很大的刺激，這種「懸浮」感（上不著天，下不著地，一種沒有任何依託的浮游物）與誇張的扭曲，給人以痛苦和迷惘。人在群體社會生存，意識深處免不了孤獨無助、上不著天下不著地的痛苦感覺。「懸浮」與扭曲不啻是靈魂與人性的變體或解析。但是，心靈或人性的懸浮扭曲，又是我們在群體社會中得以生存的唯一途徑，「懸浮」是一種無奈，卻也是一種自我保護；扭曲是一種痛苦，卻也是一種生存的必需，石縫中的草樹，不扭曲了形體是無法存活下來的。群體的社會就彷彿是一片相互擠碰的泥石山體，單個的人往往又幻化為變體的草或樹，紮根於擠碰的泥石山體的隙罅間。

懸浮與扭曲，是人性的中庸（被迫的或自覺的），不是嗎？

那麼，人性的極限又是什麼呢？

一

忽然想起一位教授朋友寫的兩本書，名字叫《中國妓女生活史》和《中國最後一名太監》。當時我很迷惑於教授先生何以對妓女與太監研究著述的興趣，以為只是出於發生的考慮。可當我將兩本書在同一時間通讀完畢之後，馬上就生出了一種奇怪而痛苦的感覺。妓女和太監，這是兩種醜陋的事物，也是醜惡的人性的相反的兩極，把這兩極放在一起比較，忽然就有了震撼心靈的力量。作為中國社會的一種畸形物，作為人類史上人性的最大扭曲，教授用鋒利的思想的刀刃，把它們剜開、撕裂、展示在人們的眼中，遂具有了悲劇的美。而這種悲劇的美，原比世間許多東西都更具震撼力。

娼妓是放縱慾望、淫亂的極限，是人性溫床上盛開的惡之花。幾千年來，男性社會用無恥的慾火燒灼著它，這朵惡之花是用「火」來澆灌的，它帶毒的鮮豔的花朵下，卻汪洋著血與淚、愛與恨。血與淚的河流上被慾火燒灼的畸零之花，透過歲月的迷霧，閃爍著迷人又怪異的絢麗。追歡賣笑的妓，在嫖客的懷裡風情萬種地扭動著裸體，發出淫蕩無比的呻吟，讓人銷魂。作淮河、桃葉渡、夫子廟……淫窿遍地，蔚為壯觀。世人稱「髒唐爛漢」，而明代尤烈：「今時娼妓滿布天下，其大都會也，動以千百計，其他偏州僻邑，往往有之。終日倚門賣笑，賣淫為活。」據說元代就連許多尼庵都成了蒙古兵的風月之地。總之是歷代淫風大盛，而娼妓們又「豔幟高張」。為金錢而賣身，朝朝夕夕追歡紅羅帳中、鴛鴦被裡，十二三歲破身到三四十歲歌手，接客無數，淫亂無度，其間「色藝俱佳」的往往便成名妓，凡名妓身價就了得，比方李師師、陳圓圓，前者受皇帝之幸，後者吳三桂「衝冠一怒為紅顏」，可謂驚心動魄。薛濤、馮小青、柳如是、董小宛、李香君、顧媚、紅拂、薛素素、杜十娘……古來名妓如雲，從帝王貴冑到文人墨客，再到屠夫走卒賣油郎，無不魂迷神傾，必欲一親芳澤而後快。妓女賣淫，嫖客縱慾，這是幾千年來人性扭曲釋放的結果。娼妓的產生說明了把女人當玩物的社會的病態，男性社會權力與金錢對女性的摧殘。因為賣身為妓的畢竟多數是被生活所逼。倡娼妓做為一種職業之後，情況便有許多變化，往往「淫」與「樂」就聯繫了起來。女人們為了錢，自甘墜落風塵，而針對男性社會的多妻多妾，女人對從一而終，對貞節起了反抗，自願為妓或蓄漢偷人的漸漸不在少數。這或許也是對禁錮人性的社會的反叛。比方趙飛燕、夏姬、賈后、武則天等等，或為皇后或為女皇，縱淫無度，所謂「穢亂春宮」將性慾張揚到極端，看似對男性社會的逆反，結果卻證明了另一種東西：慾的極度放縱。在醜陋人性的極限反應上，叛或自甘墜落，后妃與娼妓是一樣的。但是，妓女的悲哀卻在於年老色衰、人老珠黃之後被世界的徹底遺棄，人性溫床上這朵惡之花一旦凋謝，便呈現出令人震撼的血淚原色，罪與罰、愛與恨、榮與衰，人的慾望情感都隨逝波滔滔無影。

而太監，則是人性被徹底摧殘扼殺的一個極限表現。世上的男人和女人，只要活著就會有性的慾望與行為。而太監，作為不完整的人，作為介乎男人與女人之間的一種中性人，他只能在殘存的男人夢裡溫習一種叫做愛或性的東西，他永遠失去了正常人的「人道」。一旦被閹割，太監的嗓門便變尖變細，鬍鬚脫落，走碎步，少年又髒又臭，晚年有如老婦。這種外形，往往給人極為厭惡的印象。所以太監只是一條狗，只是一具行走的殭屍。太監是給皇上當女人，給嬪妃當男人的人。太監是皇權的犧牲品，皇權殺死了人性和人的正常慾望，在太監的一生中，只有無盡的頹唐與對於正常人生活的渴望。史料上隨處可見關於閹割太監的記載，比方衣食無著的窮人通過許多關係將兒子送進宮中做太監，比方太監行閹割手術時要送上六兩銀子作手術費。《浪跡叢談》上說：「閹割的手續慘絕人寰，手術要在一間密不通風的暗室中進行。事前要受閹的人餓著肚，把體內大小便排泄一空，室內有一張床，把這人的手腳牢牢綁實在床柱上，生殖器與連帶的一串用絲線擾住縛好了，繫到屋樑上的一架轆上面。施手術人當然是一個有經驗的老手，持著一把鋒利的剃刀，從陰囊下面往上輕巧地一割，手法要那樣地熟練俐落，操刀一割，連串的陰具、陰囊以及睾丸，立刻與身體分離，司轤轆的人配合著施手術的動作，把這一堆廢物立時吊了上去。再放下來後要用藥末拌雜投入一個瓷罐中，留著等待他死後，同屍體一同放入棺中，才算全屍，才有面目見到列祖列宗。太監不能算完全意義上的人，他們的一生操持的都是宮中賤役，是服侍人的工具，身心受著無窮的煎熬。他們處身權力、金錢與美色的漩渦，那是人的慾望最大限度地膨脹與釋放的地方，皇帝的權威，后妃的美色，皇宮的輝煌，對這些太監而言，無疑是一種溫長的煎迫與誘惑，但因為不成「人形」，他們永遠無法擁有正常男人所能際有的財色與權力，世間最令人陶醉的愛情生活，夫妻心事，於他們而言，只是一種淒苦的夢幻。太監不能參政，方政者死罪，所以他們不僅是在美色的包圍中無能為力，同時在權力的邊緣卻也無法滿足權慾，雖然也有官品。當然，歷史上也曾多次出現過「內相」（太監）弄權的事，如唐朝高力士、清代的李蓮英之類，太監一旦弄權，事實上都比正常人變本加厲，壞得很，這也是太監做為非正常人慣有的變態心理。但弄權的太監畢竟是極少數，絕大多數太監只是執賤役的「奴才」。他們是一群人類史上最可憐的怪物，更是人性被摧殘扼殺的卑微的標本。皇權下、人治下的生命賤如草芥，人性只是大石重壓上苦苦掙出的一莖枯苔。與帝王的無上威儀相比，他們只是螞蟻，與縱慾享樂的帝王及官場人物、文人墨客、嫖客甚至一般的村夫愚漢相比，他們枉有人形。他們還趕不上和尚、道士。和尚、道士首先是身如閒雲野鶴，無生活的苦役、賤役，何況古時的道士卻意外地是玩女人的高手，所謂「採陰補陽」、「夜御十女」、「煉紅丹」都是道士的發明，又何況還有《風流絕暢》這類春宮畫冊，他們也是始作俑者。

妓女與太監，把這兩個歷史名詞偶爾放在一起的時候，遂生出一種怪異而沉重的感覺：人性的兩個極端，醜的極端，實質上同是社會對人性的摧殘。外表上看，一個是淫慾的極限，一個是滅絕人慾的極限；一個是最大的釋放，一個是最根本的扼殺。一種人性的兩極，相差何止萬里，迥然不同卻又有許多相同：它們同樣在極限中毀滅真正正常的人性。毀滅的力量同樣攫人心魄。毀滅它們的元兇一是人治下的權力，一是金錢（謀生），一是色慾（太監是皇室縱慾的犧牲品，妓女是所有男人行樂的犧牲品）。妓女與太監，都是人類文明史上不幸旁斜逸出的兩枚畸形的怪果。

二

人性只有趨近於自然而然的令人愉悅的狀態才是完美的，正如花朵的綻放，風的輕拂，正如微微的醉醺。人性一到極端狀態，便帶有荒誕性和毀滅性。極端的人性總是帶有毒性，危及眾生，危及社會的文明。

人作為動物，在其本質中可怕地潛伏著一種叫做殘暴的毒汁。世上最可愛的是人這種動物，世上最惡毒的也是人這種動物。眼鏡王蛇或河豚，為動物中最毒之物，可人還是可以烹而食之。「人之初，性本善」之謂，純粹是遷腐無妄之言，一個嬰兒生出來即知吮乳，從小即不願與人分離玩具食品，現出與生俱來的貪相，其善安在？而人性之惡，才是天生的。世上沒有聖人，沒有完人，就是這個道理。我們從長輩那裡，從書本或別的什麼地方知道幾千年來關於人性的殘暴的一面，比方紂王在雪天見一老一少赤足涉水而過，只為一點好奇心驅使，遂命人砍斷涉水者的雙足，看他不懼寒冷的奧妙在哪裡；南宋劉昱在位五年殺了十六個人，有一天見右衛將軍蕭道成裸身午睡，見其肚大如桶，便用弓箭射其肝腹取樂；南齊東昏蕭寶卷城外遊玩，見草叢中躲著一身懷六甲的孕婦，就想看看她肚子裡裝的是男是女，於是命人剖開孕婦的肚子。人性之惡，竟至如此。至於風高放火，夜黑殺人，奪妻姦女，媒財害命種種，也總是性惡的表現。人性之惡，有時可以為一點點小嫌隙而害性命的，報刊上常有這類報導。而古時的話本小說中就更多了，如〈沈小官一鳥害七命〉、〈一文錢小隙造奇冤〉（《醒世恒言》）等等，後者寫僅僅由於一文錢的小摩擦，接二連三發生了好幾起兇殺案，最終演變成涉及兩省、死了十三條人命的奇案。透過小事，窺出人性歹毒的一面，讀來真是驚心動魄。

平民百姓小怨成大惡，皇帝國戚卻往往更殘忍，其中最典型的是皇位之爭，每每骨肉手足相殘，必欲置之死地而後快。曹子建有七步詩，「煮豆燃豆萁，豆在釜中泣，本是同根生，相煎何太急。」正道出了在權欲的驅使下充分表現出的人的殘忍的一同。隋煬帝弒父，唐太宗殺兄殺弟的「玄武門之變」，宋太宗謀殺兄長的「斧聲燭影」，明英宗、景帝父子奪權的「奪門之變」，清雍正皇帝的矯詔即位殘害宗室兄弟……利慾薰心之後，人便禽獸不如了。

然而，相比之下，卻還是「吃人」要顯得更為殘忍。通過吃人肉，可見出人性兇殘可以達到的極限。關於人吃人的記載，在史書中比比可見，夜深燈下讀去，輒令人兩股戰。如果說太監與妓女這醜陋人性的兩極主要還是外在原因造成，那麼，人性的惡毒則似乎與生俱來，時時潛伏在我們意識的最深處。而吃人的殘忍暴戾大抵就是這種特性最大限度的膨脹與暴發。每個人身上都潛伏可怕的魔鬼，只要你一不留神，說會原形畢露。

宋朝有個叫莊綽的寫了一篇關於吃人肉的文章：「小兒的肉連皮帶骨，可一併煮爛；女子的肉比羊肉鮮美。」（人們因莊綽稱女人肉比羊肉好吃，便稱人為「一腳羊」）人肉的烹調方法如下：「讓其坐在兩口大瓷之間，以火由外面燒烤，或放在鐵架上，將其活活烤死；或縛住手腳，先用開水燙過，以竹耙刷去外層苦皮；或裝入大袋，投之鍋中，活活煮熟；或剁成塊浸泡醬中；烹調前，男子必先剁去雙腳，女子則必須割去雙乳。」（莊綽〈雞肋篇〉）莊綽這文章主要是記述當時豪門巨族吃遍山珍海味後換口味吃人肉的，這種慘絕人寰的禽獸之舉，居然在莊綽的筆下敘述起來十分的平淡從容，烹人肉如烹羊煮狗一樣，真是曠古罕聞！

史書載紂王將西伯長子伯邑考放大鍋中煮熟，並命人將伯邑考的肉切下一盆讓獄卒端給牢中的西伯吃，西伯居然一聲不響地吃了個乾乾淨淨，方才保全了自己性命。這裡面可以看出人性的兩個極限；紂王的殘忍與西伯的忍他人所不能忍。紂王人性惡的一面釋放到極致，而西伯在特定的環境下，短期內完全強制性地迫使自己抹煞了人性，也就是說西伯在食兒子伯邑考的肉時，他已將靈魂與情感徹底從肉休中分離出來並讓它們消失乾淨，物化之後的西伯已不是西伯，人肉已非人肉了。

春秋時，齊桓公好美食，廚子易牙又是天下第一的烹調高手。有一天，齊桓公問易牙：「天底下還有什麼好吃的東西嗎？」易牙回答：「只有一種美味您沒有嚐過了，那就是人肉。」並當天把自己的兒子殺了製成肉羹獻給齊桓公，易牙因此被重用，享有權勢。殺子作湯的易牙，對骨肉尚且下得異常毒手，如此殘忍的人又怎能相信他的忠心？

又如近代的沙皇俄國時期，俄兵攻佔我東三省，往往以殺人為樂事，將活人剖腹剜心做成菜肴下酒；又如抗戰時期，日本鬼子姦淫擄掠之外，常蒸食女人雙乳或大腿肉，也有割下人耳朵下酒的，有些甚至生吃，嚼在嘴裡嘣嚇作響，吃炒豆一般。日本鬼子的滅絕人性與虎狼何異！

近見報刊偶有碎屍案的報導，我安步統計了一下，僅長沙一地，一九九五年一年中就報導了四起碎屍案，其中有三件是碎屍後用高壓鍋煮熟燉爛，彷彿煮燉牛肉相似，據內線稱，其中某案犯碎了情婦屍塊並煮好後，就著烈酒吃了一大口腿肉。文明進化到二十世紀之末，竟然還有煮屍吃肉的奇案發生，可見人性的殘忍暴戾，真正到了極端了。

歷史上有另一種吃人肉的民載，那就是因為「餓」。「易子而食」成為了成語，可見吃人肉飽腹自古以來已算稀鬆平常之事，不足為怪了。唐時安祿山作亂，睢陽城已糧盡數日，守將張巡殺了自己的愛妾分贈諸將士，此後城中女性全被吃光，最後吃小孩和老人。表面看來是堅守城池，盡忠為國，實質上卻是另一種殘殺和殘暴，與其大吃人肉，不如棄城投降，反正誰做皇帝都是一樣，人都吃光了，守一座空城何益？統治者想的不是百姓安危，而是自己的利益，這種殘酷，歷史上舉不勝舉，往往被罩上一層忠君愛國的光環，真是令人浩歎。

此外，好像還有一種吃法，就是我們常說的：「恨不能寢其皮，食其肉」，屬於「仇吃」一種。據說武則天時代中國第一號酷吏來俊臣處死時，百姓爭先恐後分食其肉。想一想，那種場面，真正令人不寒而慄，那種仇恨也可謂曠古未有了。仇恨的極端便是人性惡毒的極端，什麼事幹不出來？

人性是一片令人恐怖的荒漠，沒有花朵，沒有流水與鳥語，只長著一顆顆如毒瘤般的怪菌，那是一種很難滅的東西。往往是，美好的花朵卻在荒漠的死寂中隨風凋謝，沒有一代代人血與淚的培植，沒有正義和仁愛的養分，它就很難經常開不敗，這不僅只是造物主的悲哀，更是人類文明的悲哀。人類不消除人性中殘忍的一面，就永遠難有一片屬於靈魂和肉體的美麗優雅的花園。文明的進步，倚仗的原本就是靈魂的淨化與人性的完美。

三

人心有太多的負累，人性有太多的殘缺。這個世界，總是在人類美麗的夢幻中變換著各種顏色，寄託著最美的情感和嚮往。歲月的風掠過我們的胸臆，我們彷彿已嗅到彼岸隱約襲來的花香了。但是，我們只要靜下心來，就可以傾聽到時間深處和人類意識深處某種令人驚怖的聲音了。

就人性而論，最難消除的一種弊端與殘缺，就是一個「貪」字。這個「貪」字，古今人都做了無盡文章，演繹出無盡悲劇與鬧劇。貪慾是人性中最頑固、埋藏得最深、危害最烈的一種，它是人類自身若干無法療救的絕症之一。

人人都有一份貪念，只有程度的區別而已。人類對貪念的害處從來就有切膚之痛，因此聖哲們都曾在消除貪念上作過若干的努力，以此來求得人性的完善。比方東方古代的一些哲學家，如老子、莊子。老莊的「無欲」從人類發展的角度看，除了消極的一面外，卻對完善人性有著深刻的啟迪。再如後來的佛、道，講求的諦義之一就是讓人如何除去貪慾。說得深刻一點，整個一部人類史，絕大篇幅都是人類與自身貪慾的搏鬥史。但作為人性中的一種痼疾，要消除它又要付出多麼沉重的代價！又談何容易！

人類最大的貪慾，其表現方式是戰爭。歷史上許多著名的魔鬼一樣的戰爭狂人如拿破崙、希特勒、東條英機。還有日本帝國主義，還有八國聯軍的瓜分中國……等等，多少年來，人類總是在刀光劍影、血流漂杵的爭鬥中苟活，戰爭的起因往往只是因為某個人或少數人膨脹的佔有慾與好大喜功所造成。有了佔有慾，隨之而來的就是攻擊與掠奪。食慾的連體姐妹是殘忍。人因貪婪而變得陰險、奸詐、殘忍、不擇手段，一切的罪惡都源於貪慾，這或許是不會錯的吧？

電視臺正在播放《宰相劉羅鍋》，和珅的貪，在歷史上是很著名的，他即是「奸臣」的樣板，更是「貪官」的樣板。他用盡各種手段來搜刮錢財，史書上記載，在抄沒他的家產時，竟繳得白銀逾億萬兩之巨，「富可敵國」。和珅的貪得無厭，可謂登峰造極。還有嚴嵩，抄沒家產時達一千萬兩白銀，其子嚴世蕃搜刮來的銀錢竟比老子還多出五百萬兩，連嚴嵩都驚詫莫名。一個人貪的程度竟可以達到這種地步，真可以驚心怵目的。而歷史上這種貪婪無厭之官，簡直不勝枚舉。欲話說：「三年清知府，十萬雪花銀。」人一旦有權，貪慾便因而無限度地膨脹，將人性中醜陋的一面演繹得淋漓盡致，生一個銅板，都是民脂民膏凝成，所以貪官危害百姓最烈。忽然想起中國建國後幾個著名的貪官，先是劉青山、張子善，到不久前東窗事發的陳希同與王寶森，劉、張只算得小貪，甚至比不上現在任何一個已經發案的什麼小科長或小縣長、小經理、小廠長，現在的貪官膽子都極大，胃口也極大，幾百萬元只能算小數目，上不了檔次的。陳希同權傾一時，與副手王寶森聯手貪污挪用民脂民膏達一百八十三億元之巨，其貪婪殘狠勝過和珅多矣，曠世未有之貪官，中國幾千年也只出得個把這等人物。人性這貪至此為最，夫復何言！陳希同固然是中國第一貪，但以事論事，推理陳氏的心態，不是王寶森先事發東窗，恐怕還要貪上百把個億也不會罷手，因為人的貪慾是永遠無法滿足的。

因此便更深刻地理解了中國為何只出一個包青天，理解了中國人這麼多年來為什麼對包青天如此崇拜和懷念。世間的清廉之官，除了包拯，還能數得出幾人？包公是人性至美的象徵，寄託了世人最企望的夢想。這是一種呼喚，卻也是一種刻骨的悲哀。

忽然又想起〈沈小官一鳥害七命〉裡的一個小人物「黃老狗」，為了得到一千五百貫的賞錢，讓兩個兒子割下自己的頭冒充沈小官的頭去騙取賞金。兩個兒子連稱：「我爺這一計大妙，便是做主將元帥，也沒這計策。」小說刻畫黃老狗及兩個兒子的貪心，可稱得上絕頂的黑色幽默。又記起《儒林外史》裡的嚴監生，他似乎是「吝嗇鬼」的文學典型，與莫里哀「吝嗇鬼」一樣。但推究其吝嗇的根源，其實也是出於一種深藏的貪念。人無貪心，自不會吝嗇，既然吝嗇，就沒有不貪的，「吝」就是佔有慾。嚴監生臨死時舉起兩根手指不肯斷氣，大家都猜不中是啥意思，有猜兩個人的，有說為兩件事的，有說為兩處田地的，其妻趙氏走上前道：「爺，只有我能知道你的心事。你是為那燈盞裡點的是兩莖燈草，不放心，恐費了油。我如今挑掉一莖不是了。」說罷，忙走去挑掉一莖。眾人看嚴監生時，點一點頭，把手垂下，登時不沒了氣。大限臨頭，為著兩根燈草居然不肯斷氣，可長得人生一等諷刺滑稽劇，吝嗇到這種田地，難怪為讀者所譏笑。但只要靜心一想，就不能不為人類自身那份荒誕的貪心而深深地悲哀了，貪慾頑強地貫穿了生命的始終。一般人很難將吝嗇與貪心等同起來，這只看到了事物的表徵與方式，而沒有探究其內在的因緣，倘使嚴監一身居高位，這等世間罕見的吝嗇鬼，又豈不是和珅、陳希同之流？貪吝原本同源，都是人性醜陋與殘缺的表現。

《紅樓夢》〈好了歌〉云：「世人都說神仙好，只有功名富貴忘不了。」世間任何事都可忘記，惟獨一份貪吝之心難得泯滅，這是人的悲哀也是人的醜陋。

做一個無貪慾的人，有時比做一個偉人要難。人一旦努力收斂了貪慾，他就離聖人不遠了。

遙遠的汪曾祺

有很多人寫過汪曾祺。我一般很討厭自己寫別人寫過的東西。但是，當我慢慢讀過五卷《汪曾祺文集》之後，覺得應該寫一點自己的感受出來，或許這感受有別於他人也未可知的。汪曾祺的人和作品，在當代作這中都應該算得最平和一個，尤其是晚年。

汪曾祺和他的作品，似乎離我們很遙遠。

他彷彿是從帶著憂傷的昨天走近我們的。在他的身上分明映現著舊時月色與很久以前已十分遙遠的回聲，這回聲自然憂鬱，有些夢幻的味道。這回聲是舊時生活影像的回聲，我們在感到一種「隔」的同時，心底也生出一種親切。我甚至很驚訝汪曾祺為什麼總是活在昨天？他把他的寫作定位在依稀的回望過程中，這種回望，包括昔日生活的場景，包括文化和人生的況味。汪曾祺是當代文壇的回望者，他喜歡把自己的思緒和一枝靈動的筆深入到已逝的生活和生存的底蘊中去，敏感而憂傷，率真而平和。讓讀他的人，在他那些被月色和詩意籠罩的文字中讀出心靈的顫慄與無限感喟來，他真的一個很奇怪的老頭。

汪曾祺的小說極有詩意，帶著傷感和懷舊的色彩，他最喜歡描摹和捕捉的總是已逝的存在於生活底層的人事，對於小人物命運和風俗俚情的熟稔，讓昨天的圖景重新凸現在我們的思緒裡，從這個角度來說，汪曾祺就如一位極高明的古董修復者，把那些歲月裡破碎的影像還原為最初的樣子，讓我們在傷逝中體味到藝術的無窮魅力。汪曾祺的名作〈受戒〉與〈大淖紀事〉，最能體現這種風格和魅力。〈受戒〉中在敘寫小和尚與小女孩種種動人的初戀情景外，對於風俗與風物的描摹，可以說美麗極了也詩意極了。初讀這樣的小說，我們都會驚訝於作家的這種優美卻憂傷的詩意的描述，它簡直是由許多水鄉的夢幻與畫圖組成。我們很希望能留在歲月裡這種已逝的人生與生活的籠罩著無限詩意的圖景，汪曾祺用他的筆把它們留在了紙上，讓讀到它的人心底生出懷舊的意緒並震撼於它無與倫比的美麗。讀〈受戒〉，讓我想起汪先生的老師沈從文先生的〈翠翠〉，讀〈大淖紀事〉又總讓我想起沈從文的〈邊城〉。沈從文是我最喜歡的作家，他在書裡描寫過的許多地方我都曾去過，我總震驚於這位寂寞平和的天才前輩何以這麼喜歡水以及水邊發生的故事，他的作品幾乎都與水有關，水上風物，水邊少女，水上哀豔蒼涼的故事，都籠罩著平和純澈的詩意，那些帶著夢幻色彩的人和事在歲月裡如花開落，那些美麗且蒼涼的文字卻如沅水邊黛色大石一樣在雪花與春工化中閃炮不朽的迷人光輝。而汪曾祺最成功的作品，我覺得都是寫水邊人事的那些，所不同的是從文先生是山區的水邊人事，汪先生是水鄉大淖邊的人事；從文先生以親歷與虛構相結合，而汪先生的作品都是懷舊一類。雖然如此，我們還是很容易看出他們師生間的承傳，以及汪先生所受撫法抹

曹操的狡黠

無事時讀點歷史，可能比上網閱讀要愉悅一些吧。歷史有一種幽深境界，有一種智慧在裡面。人近中年，便有點兒喜歡這種智慧的感覺了。因為偏愛魏晉時期的遺物，書架上擺著一、二個魏晉的蛙形水洗和小瓶、三足瓷硯之類，也就常拿這個時期的史籍翻一翻，考校是談不上的，但感受或遐想一下歷史煙霞深處的人與物，那陽是一種寂寞清靜中的快樂了。

翻魏晉時的一些史籍，除了「竹林七賢」讓我感到興趣之外，曹操這個人總有些讓我捉摸不透，他的行事是一個謎，他的一生也似一個謎。煮酒論英雄與橫朔賦詩，活生生一個亂世梟雄的形象，但他的政治天賦也即權謀、他的吞吐四海之志與殺楊修的小心眼、他的慷慨悲涼的詩歌與國手級的棋術與琴藝、他的豪壯與狡黠、智慧與愚笨……凡此種種，都有令人不可思議的多面性，映照出遙遠時代無法辨識的亦真亦幻令人心驚的影像。我對曹操死後的遭際一直都有些不平的感慨，以為劉備的一生行事非大丈夫作派，與曹操相比，無論氣派、魅力與智慧，根本就不在同一個檔次，後人對這兩個人的評定完全是有失公允的。但曹操一生事功我並無興趣，卻偶然從《三國志・魏志・武帝紀》中翻到他的〈終令〉，也即現代人所說的「遺囑」，從中終於發現了曹操為人的狡黠與詭異之處。在曹操的遺囑中，對於自己死後的葬儀，表現出一種與前代及當時世人厚葬之風完全不同的作派。一是墓地要選「瘠薄之地」，不占良田；二是墓地須與公卿大臣列將有功者共用，不單獨建陵園；三是平地深埋，「不封不樹」，不造墳不樹碑；四是死後大辦喪事，不厚葬，所謂「無藏金玉珍寶」。曹操一世之雄，生時擁有四海財富，而自選薄葬，讓人始料不及。

且不管他是否真正薄葬自己。據我的讀書心得，曹操這麼「廣而告之」的目的是有其深層次原因的。首先，曹操曾為盜墓賊，這是袁紹討伐曹操時陳琳所作檄文中說的：「梁孝王，先帝母弟，墳陵尊顯，松柏桑梓，猶宜恭肅。操率將吏士，親臨發掘，破棺裸屍，至今聖朝流涕，士民傷懷。又署發丘中郎將、摸金校尉，所過毀突，無骸不露。」史料上記載曹操生前曾專門設立「發丘中郎將」與「摸金校尉」數十人，盜挖天下塚墓。歷代王侯將相盜墓者不在少數，如西楚霸王項羽、漢代廣川王劉去疾，但像曹操一樣專門設置機構與官職來掘墓掏金的，卻算得空前絕後。正是因為曹操生前曾幹過盜墓勾當，以他多疑的性格，便用一份廣而告之的〈終令〉來迷惑後人，標榜薄葬，無非防人盜其塚墓，怕死後不得安寧。這是曹操的狡黠之處。其實，標榜薄葬以求安臥地下永享太平的，也不僅曹操一人，如此魏征南將軍司張詹基，刻其碑曰：「白楸之棺，易配之裳，銅鐵不入，瓦器不藏。嗟矣後人，幸勿我傷。」（〈荊州記〉）當時之人莫不信以為真，天下塚墓盜盡，唯張墓無恙。到南朝元嘉六年，天下大亂，難民發張墓，見墓內「金銀錫銅之器燦然畢備，有二朱漆棺槨，金釘如星」。一個謊話，終被揭穿。又如唐李世民自撰碑文說：「王者以天下為家，何必物在陵中，乃為己有。今因九山為陵，不藏金玉、人馬、器皿，皆用土木形具而已，庶幾奸盜息心，存沒無累。」這段標榜，更是一個大大的謊言，墓內「宏麗不異人間」便可證之。回到曹操〈終令〉上來，扯了一個彌天大謊，他的標榜，很有點「此地無銀三百兩」的味道。

曹操不僅想用薄葬的大謊欺瞞世人，以圖地下太平，他還設置了七十二座疑塚，來防止後人盜墓。這從《輿繁備考》與《方輿紀要》中都可以查到，所謂「曹操歿後恐人發其塚，乃設疑塚七十二」。以假亂真，迷惑世人，這就是曹操行事的詭秘之處。

考查史籍資料，未見有關曹操墓被發現或被盜的記錄。曹操使出的障眼法，真的讓他的軀殼連同一生功過與奇珍異寶，都從這個世界上神秘地消失了。世人永遠也得不到他了，他的死與他的生一樣，只是一個謎團，用狡詐與欺瞞編成的謎團。蒲松齡寫了一篇〈曹操塚〉，說他埋在漳河的河底，這只不過是小說家的杜撰。

曹操的狡黠，其實也體出了一種大智慧，天下之墓十之八九皆被盜賊所毀，唯獨此公能「獨善其身」，也足見其心計深沉了。

淒迷柳三變

柳永這個人是很奇特的，他的詞可以說歷代無人能及，這也許是我個人的偏愛罷。前人曾說：「凡有井水飲處，既能歌柳詞。」又說他的一首〈望海潮〉曾使金主完顏亮「欣然有慕於『三秋桂子，十里荷花』，遂起投鞭渡江之志。」（見羅大經《鶴林玉露》）從街巷平民到亂世雄主，柳永的詞比當今最流行的流行歌曲還要深入人心。

多年前在大學裡讀柳詞，教唐宋文學的老教授於課堂上吟唱他的〈蝶戀花〉，到「衣帶漸寬終不悔，為伊消得人憔悴」，老先生忽然熱淚雙流，嗚咽難以再唱。當時我們都很震驚，猜想到這兩句詞可能觸動老先生心中某樁哀豔情事，後來有同學果然打聽出老教授還在翩翩少年時曾迷戀過一位北大校花，終因門戶不當，婚事告吹，該女始嫁一小軍閥，兩年後離家東渡日本，從此隔斷音塵。老先生一生未娶，為之守情。此事不知真假，但老先生未有妻室是絕對無疑的，若果有一段傷心史，老先生也真可謂少有的情種了。老先生已於數年前辭世，同學們相見憶起他，也都只記得他活幾乎沒有保障；柳永同時也是中國第一個把文學與妓女真正聯繫起來的人，他生活、寫作在妓女中，寫自己的情感，寫妓女們的情感，極受那些才色雙全的風塵女子的崇拜與愛慕，是她們的溫情與熱愛支撐著柳永，她們共同養活了中國文學史上這位傑出的詞人，這可以說是一個很奇異的現象。我一直很奇怪於中國妓女與官場與文學的種種密不可分的關係，她們在很大程度上影響或改變著官場與文學現象。如清代四大名妓柳如是、董小宛、陳圓圓、顧媚，這些從花柳叢中走出的奇女子，直欲顛倒陰陽、扭轉乾坤，與當時著名文人與政客產生狂熱的戀情，並對他們一生影響巨大。柳永因為生活在她們中間，對下層社會有了深刻的瞭解與理解，在她們身上獲得真情和愛的滋潤，「紅袖添香」。他的寫作幾乎就是為她們而寫，她們是如此熱愛他的作品，到了以能唱柳詞為榮，能唱柳詞則身分倍增的地步。可以設想一下：中國當時有那麼多妓館，那麼多風塵女子，竟處處、人人都在唱柳永寫的詞！所以柳永走到哪裡都會受到極熱烈的歡迎，柳永有著比古今中外任何男人都要多的紅粉知己！這是柳永的幸運也是柳永的悲哀？「奉旨填詞」的柳三變，官場與皇帝不能容他，卻受到下層百姓與妓女的衷心愛戴，所以他的詞是生根在社會生活這塊沃土裡的，不僅具有非凡的魅力，且具有非凡的活力。馬克思曾說過：「人和人之間的直接的、自然的、必然的關係是男女之間的關係。」中國自古以來對情愛的理想是才子配佳人，柳永的才華橫溢與風塵名妓們的美麗多情，善解人意恰恰達成一種最自然的必然的關係，在這種關係中，柳永的才得以充分釋放，美女的溫情是靈感的催化劑。女人們用歡笑和眼淚滋養著柳永心中的詩意，也輕撫著他心中的創傷：反過來，柳永用他美得無以復加的詞作唱出風塵女子們的幽怨與心中的情感，安慰她們無助且孤淒的芳心。所以，我一直認為，文學藝術的創作是離不開女人的催化的，如畢卡索的創作，泰戈爾的創作，這些人離了女人，就幾乎失去創作的激情和活力，這是很典型的一種社會現象（或曰文學藝術現象）。柳永那些千古絕唱，應該說是得益於女人的，女人的美麗與溫情，是他不竭的創作靈感的源泉。

柳永一生潦倒下層，所作詞章甚富，每有新作，必被傳唱一時，他的作品雖不被那些權貴或文壇宋師這類人所看重（如蘇東坡便不屑柳詞），但都得到絕大多數人的熱愛，這是坎坷的詞人最欣慰的地方。柳永在鬱悶中死後，身後極蕭索，連屍骨都是愛他的妓女給安葬的。但出殯時，據說所有的妓女與崇拜他的女子一齊給他送葬，所謂香車塞路、裙帶如雪，女人的隊伍長達十里，滿城驚駭。後來每年清明時節，去他墳上憑弔的妓女絡繹不絕，踩得墳上不生寸草，可謂淒豔至極也感人至極。有幾位柳永生前的紅粉知己，在他死後不久即鬱鬱而終，青春早夭，這讓我們不能不相信「風塵知己」是確有其事的，柳永雖死，卻也無憾了。

「寒蟬淒切，對長亭晚，驟雨初歇。都門帳飲無緒，留戀處，蘭舟催發，執手相看淚眼，竟無語凝咽。念去去千里煙波，暮靄沉沉楚天闊／／多情自古傷離別，更哪堪冷落清秋節。今宵酒醒何處？楊柳岸、曉風殘月。此去經年，應是良辰美景虛設，便縱有千種風情，更與何人說。」（〈雨霖鈴〉）我很驚歎這樣詞章之美、離情之苦之真，這樣的絕唱不是多情的人寫不出，不是絕頂的才華寫不出。柳永善寫離情，最後以永訣為生命的絕響。他死得淒迷，令人傷感，死了之後，中國便再沒有出現第二個把情愛與男女間的別意離情寫得這麼動人的人了。尤其是這世紀之末，愛情或友

詩以外的李白

李白是中國人最喜愛的詩人。但我覺得，喜愛他的原因可能不僅僅是因為詩，還有他性格的魅力。詩以外的李太白，充滿了傳奇，幾乎民間化、神化，他的天才與坎坷的際遇，他的醉酒愛月與閒情逸致不推眉折腰事權貴的傲岸，都是讓中國老在是姓愛惜、同情與敬仰的方面。李白不僅在文學上不朽，他以半仙半人的身分永遠在中國的民間活著。

之一：醉中的李白

中國人都知道李白是一個酒仙。在鄉間，連不善飲酒的老農也說得出「李白斗酒詩百篇」的句子。而千多年來無論鄉間還是市鎮，只要是有酒賣的地方都會掛一面杏黃旗，那上面必大書「太白遺風」四字。中國人善飲酒也喜歡飲酒，凡飲酒的都會把詩人李白引為同道，無論樵夫漁父，還是秀才、屠夫、小販或木匠彈花匠之類的平頭百姓，李白是他們心目中的酒仙。這些人不一定知道李白的詩，就是知道也很有限，但他們知道他是中國的大詩人，是天上的星宿下凡，知道他愛酒愛到「一日須傾三百杯」的程度。他們崇拜他的天才的同時，更崇拜他的酒量。

在民間，有兩個傳說，一個是講李白「醉寫嚇蠻書」的，這個故事流傳極廣，而且編進《醒世恆言》，題目就叫〈李太白醉寫嚇蠻書〉。說蕃王遣使未期，滿朝文武無人識得蠻書，皇帝召來李太白，其對太白已然爛醉如泥，但他不僅昂然解讀出蕃文，而且醉中揮筆以董文寫下〈答蕃書〉，驚呆了蕃使了一班文臣武將。另一個傳說是講李白醉後水中提月而死的。《唐摭言》中記載了這個民間傳適應症：「李白著宮錦袍，遊采石江中，傲然自得，旁若夫人，因醉，入水中捉月而死」。

這兩個傳說，可以說是半官方也半民間的。醉寫嚇蠻書曾見於有關史料，應該真有其事；醉中捉月則純屬民間的說法了，因為李白是病死的。中國老百姓總是喜歡將自己敬仰和喜愛的偶像加以神化，半仙半人的李白，實際上就是他們根據自己的喜歡塑造出來的。

但李白一生愛酒則是無疑的，因為李白寫過無數千古流傳的關於飲酒的詩或句子，如最有名的〈將進酒〉。真所謂「古來聖賢皆寂寞，唯有飲者留其名」。杜甫曾在〈飲中八仙歌〉中生動地描述了「酒仙」李白的醉態：「李白一斗詩百篇，長安市上酒家眠；天子呼來不上船，自稱臣是酒中仙。」醉中的李白是睨視一切的，一是「筆落驚風雨，詩成泣鬼神」，二是「天子呼來不上船」，遑論其它！當時李白與賀知章等七人相交甚密，賀知章曾解下腰間的金龜為李白換酒喝，李白也常有將寶馬與千金裘換酒的時候。「舉杯邀明月，對飲成三人」，李白的愛酒，其實是有苦衷的，

「舉杯消愁愁更愁」，還是懷換難舒借酒澆然的做法一李白素來傲視乾坤，有濟世之態，所謂「雖身不滿七尺，而心雄萬無」，欲以布衣而取卿相，這正是盛唐時許多有才華的人所共有的想法。但李白鬱鬱不得志，四十二歲後才應詔做一個翰林供奉這樣的閒職，玄宗只把他當一個御用文來使喚，加上李白性格傲岸「草介王侯」，因此終被趕出長安，一生大才不遇，大志難酬，遂以詩酒為伴，散髮江湖。只有酒才解脫心中的悲憤與鬱悶，也就成就了「酒仙」的令名。

李白「長醉不願醒」，比之晉代劉伶的一醉千日以避禍，性質是相反的。一個是憤世嫉俗懷才不遇，借酒消愁，一個是抗拒司馬氏的徵詔，不願與惡勢力為伍，借酒醉裝瘋以避殺身之禍。雖然不同，但都是一種人生的悲劇。

在很大程度上，李白的愛酒很容易引起歷代懷才不遇者的共鳴。

醉中的詩人是可親可愛也讓人同情與不平的，失意的士子喜歡醉中的李白，老百姓同樣愛著他們的詩仙與酒仙。

所以李白不僅活在詩中，也活在酒中，活在老百姓的心中。

之二：月影裡的李白

李白一生有三種心愛之物：詩、酒和明月。

李白是中國歷代詩人作家中最愛月的。一生詩作，幾乎首首有月；五筆型飄泊，幾乎總在月下徘徊。所謂「我歌月徘徊，我舞影零亂」，所謂「舉杯邀明白，對影成三人」，所謂「我寄然心與明白」……前人說他是「錦心繡口，明白肺腸」，明月，在李白看來，是皎潔率真的象徵，遺世獨立，高潔不染纖塵，與世上的污濁與庸俗恰成對照。青空寒碧，一輪如洗，「永結無情遊，相期邈雲漢」，只有與明月為伴，他的心才安妥寧靜。李白的愛月，正如陶潛的愛菊一樣，既是他的性情使然，也是他思想與情懷的一種寄託。

李白在「吟詩作賦西窗裡，萬言不值一杯水」驊騮拳跼不能食，蹇驢得志鳴春風的處境中，往往只能痛飲狂歌擲流光了。酒是銷愁腸，而月是撫慰靈魂的，那裡沒有污點和黑暗，只有透明的乳白的光流靜靜照在人間。月光裡淒清的，它彷彿是詩人的心境，透明而又寂寥呵。

李白說：「小時不識月，呼作白玉盤。又疑瑤臺鏡，飛在青雲端。」他從小長在四川江油的山水間，蜀地的月光是如此迷人，它帶給詩人以美麗的遐想與奇異的心情。他仗劍出川後還憶起蜀地故鄉的月色：「月出峨嵋照滄海，與人萬里長相隨。」見明月而思故鄉，見明月而生出寂寞心境，李白自許臥龍、管仲，而鬱鬱不得志，這種寂寞，只有明月可以寄託的。人間少知音，李白許多時候把月亮人格化了，他對月亮寄寓了那麼多的深情，月亮成為他傾訴心靈的對象。

如〈把酒問月〉：

「青天有月來幾時？我今停杯一問之！人攀明月不可得，月行卻與人相隨。皎如飛鏡臨丹闕，綠煙滅盡清輝發。但見月從海上來，寧和曉向雲間沒！白兔搗藥秋復春，嫦娥孤棲與誰鄰？今人不見古明月，今月曾經照古人。古人今人若流水，共看明月皆如此。唯願當歌對酒時，月光長照金樽裡。」

在李白，月與酒幾乎是永不可分的。醉眼望月，幽思無限，想月的皎潔與清淨，他神往這樣高潔的世界。空中明月，俯照古今眾生，雖也淒清，卻也永恆，人間的功名富貴是如此短暫，世道人心是如此污濁，一人獨醒，一人獨清，這種感懷，是很痛苦的。

李白愛月可以說到了極點。他的妹妹叫月圓，他的孩子叫明月奴，玻璃，都是純淨透明的寓意。而最能說明他愛月的，還是那個水中捉月而死的傳說。在中國，李白是最熱愛月亮並寫月亮寫得最多的人，他把一生壯志付與酒，將一生情懷付與月。天上那輪萬古不滅的明月，寄託了他多少愁緒與詩情！

曾見喬仲常繪有《李白中月圖》，一派寒江，山石森然，醉中的李白從船上俯身水中，月影沉江。蔡圭在上面題詩說：「寒江覓得釣魚船，月影江心月在天。世人不能容此老，畫圖常看水中仙。」水中捉月而死的傳說，正是李白一生愛月如癡生化出來的，因為當時的社會不能容納這位藐視權貴與禮法天才，他才會對明月寄託如此深情，明月是理想與人格的象徵。李白曾說：「我本不棄世，世人自棄我。」一生理想化作水底月鏡中花，倒不如乘醉入水與明月融為一體了。痛哉！

在中國，也恐怕只有李白才配有水中捉月而死的傳說了。曹學詮在〈萬里西山太白祠堂記〉中說這個傳說：「事在有無，語類不經；人心愛之，李詡為真。」只因老百姓熱愛他，才有了關於他的這麼美而淒清的傳說。李白是謫仙，他是不死的，他要駕一輪明月，回到絕塵的長天了。

之三：在朝的李白

李白的詩才天下稱絕，何況又「學究天人」。李白善末劍善論兵，還為打抱不平「手刃數人」；李白善鼓琴，手揮五弦，「風歌笑孔丘」；李白善書法，至今留有「上陽臺帖」，黃山谷說其書「大美其詩」，豪邁超逸；李白善飲酒又極有辯才，時人稱為「祭花之論」。李白生得「眸子煙然，哆如餓虎」，氣宇豪雄，是一個文武全才。所以李白有「天生我材必有用」的自信與「安能摧眉折腰事權貴」的傲骨。

然而，李白要以布衣而取卿相，然後學范的功成身退，地是難於上青天。在他四十二歲以前，他從家鄉四川仗劍遠遊，遍干諸侯，企望能以自己的詩賦文章取得濟世的臺階。這從他留下來的一些書信就可以略窺一二。

在〈為宋中丞自薦表〉中有「懷經濟之才，抗巢由之節。文可以變風俗，學可以究天人，一命不沾，四海稱屈」。他不求小官，只以「當世之務自負」，他放棄了科舉入仕，而想通過自己的才能在社會上樹立聲譽，以實現濟蒼生的宏願。他曾高冠雄劍去拜訪荊州長史韓朝宗，並有〈上韓荊州書〉，希望能讓這位地方官提拔引薦，使他「揚眉吐氣，激昂青雲」。又有〈上安州裴長史書〉、〈上李邕〉等自薦書，遺憾的是，這些韓長史、裴長史、李長史之流都只是當時的州佐官吏，非顯赫人物，從後來的結果看，他們非但沒有引薦賞識他，可能還使李白感到了一種進退維谷甚至恐招迫害的尷尬與危險。難怪洪邁在《容齋四筆》中曾為此歎息不已：「大賢不偶，神龍困於螻蟻，可勝歎哉！」

李白在為自己樹立聲名，希望得到別人援引的活動中顯然受了許多挫折，弄得「悲歌自憐」。李白「不屈己，不幹人」的性格終於使他從碰壁中清醒，那些上書中雖對自己的才華品格廣告宣傳之，但畢竟要違心地將對方吹捧一番，這與摧眉折腰相去不遠，李白的心裡自然是十分難受的，後來他在回憶這段生活時說：「少年落魄楚漢間，風塵蕭瑟多苦顏。自言管葛竟誰許？長吁莫錯學閉關！」受人歧視，屢遭挫折，遂在安陸、太原、齊魯、江蘇、安徽、浙江等地漫遊。四十二歲時，在浙江會稽與道士吳筠共居判中，玄宗臺吳入京，這位道士把李白推薦給了皇帝，同時，玄宗的妹妹玉真公主也聽過李白的名聲，希望他來長安。這玉真公主是個出家的道姑，號持盈法師，在長安築玉真觀以居。

李白在一位道士與一位道姑的引薦下，終於被天子三詔入朝：「仰天大筆出門去，我輩豈是蓬蒿人！」他遍干諸侯，枉費力費物，且受盡奚落，被視為怪物，怪就怪在，道士道姑的一句自豪感竟讓他實現夙願，也可悲可笑了。

李廣難封

閒來又讀〈滕王閣序〉，到「馮唐易老，李廣難封」句，忽然就生出一些感慨來。李廣是很有名的歷史人物，史籍和詩文中都有過他的傳和不平之鳴，可以說他是一位不得志的名人。歷史上這種不得志的名人極多，但李廣更具有典型性。

李廣是西漢戰功赫的名將，十四歲從軍，抗擊外族入侵（匈奴）凡四十餘年，歷經七十餘戰，為漢文帝、景帝、武帝三朝立下卓著功勳。按常理，封侯是綽綽有餘的，因為當時的周亞夫、衛青、霍去病甚至他的弟弟李蔡這些功勞比他小、資歷比他淺（周亞夫除外）的人都封了侯。然而怪就怪在，他不僅未能封侯，連爵邑都沒有得到。當時有兩種說法，一是漢文帝：「子不遇時，如令子當高帝時，萬戶侯豈足道哉！」這是講他生不逢時的。二是相士說的：李廣臉上「殺怨之氣」太重，有損陰德，故不能得極大的富貴。這兩種說法顯然是很荒唐的，文帝若要封李廣做萬戶侯，一句話就可以了，未必硬要遇上高帝才能給他封侯的，不過托詞而已；若說殺怨之氣太重，沒有哪個大將不殺人的，「一將功成萬骨枯」，況當時周亞夫、衛青、霍去病都是靠浴血廝殺才搏來的功名。這更是欺人之談了。曾有人撰文言及李廣難封的原因是因為他不能巧言投機。根據司馬遷《史記》中曾說：「余諸李將軍，悛悛如人，口不能道辭。」口舌木訥，不善言詞，升官進爵就遠不如那些巧言令色、投機鑽營、溜鬚拍馬者神速，「桃李不言，下自成蹊」之說，不過後人的看法罷了。就算你立了天大的功勳，如果不會「誇功諉過」，不會宣傳，那也白搭，倘若有後世曾國藩把「屢戰屢敗」改為「屢敗屢戰」的高明，封侯又「豈只道哉」！倘若有當時那個文臣公孫弘的巧言令色，位列三公又「豈足道哉」！李廣難封，結令千古有不平之歎。

李廣不僅難封，而且在花甲之年隨衛青北上抗擊匈奴，茫茫大漠之中忽失嚮導誤了戰機，自刎而死，結果甚為不堪，因而更令後人扼腕長歎。

李廣其人，可謂千古以來最不時運者之一，不封侯也罷，戰死也罷，飛將軍盛名動天地，卻落個自刎，這是從何說起。當年他的晚輩衛青與霍去病功成名就後世傳揚，「匈奴未滅，何以為家」成為保家衛國的千古名言。相比之下，李廣一生事功與結局愈加顯出悲劇的震撼力來。以我的淺見，李廣的悲劇，不在天意而在人事，用今天的說法，是政治體制的問題。倘若封侯拜相或封爵進邑有統一標準，而不是由一人的好惡來決定；倘若兩千多年前實行的不是家天下，不是實行人治的話，李廣再不善言詞，不會宣傳，有那些赫赫戰功擺著，封侯也是順理成章的事，可見李廣的確是生不逢時。一個國家如果實行人治，就基本上無法可循，李廣難封的現象也就不足為怪了。

岳飛與李廣一樣，都是抗擊外族入侵的民族英雄，而岳飛的遭遇比之李廣尤慘。曾去杭州岳王廟拜謁，見鐵鑄的秦檜夫婦跪在地上供遊人捧擊，當時非常感慨。岳飛抗金，精忠報國，名著天下，風波亭裡「莫須有」糊塗而死，雖是奸臣陷害，卻更是皇帝昏庸。秦檜固然罪大惡極，而皇帝又焉能脫得了干係！所以愚忠如岳飛這類人，或一木訥如李廣這類人，在家天下的時代是很難有好結局的，雖然後世也推薦敬仰，卻總免不了為之扼腕生憤，這是歷史的遺憾，也是歷史的尷尬。

就是那些幸而封侯拜相的，許多人也免不了難堪的結局，「杯酒釋岳權」或是兔死狗烹的事是經常發生。政治體制如此，何怪之有哉?!只有學春秋時的范蠡進可以出將入相，位極人臣，退可以處江湖之遠，扁舟載酒。如此則可全身而退，修成人生的正果，如果明知不可而強為，就很難說得了。

曾國藩曾被時人稱為聖人，事功富貴極一代之盛，且可壽終正寢。但曾氏的處世，每能以退為進，洞透官場把戲與為臣為人之道，步步小心，唯恐出錯，一生熬血煮心，才勉強得以善終。若依我的看法，曾氏處事勝李廣則多，而比之古之范蠡灑脫卻差了十萬八千里。春秋時多國並存，人才的選擇性大、存活率高，非一人而大統四海，人們還是講進退自由的，也就是自己給自己作主的機會多些，成則退，退則得大自在，不像李廣、岳飛和曾國藩所處的時代，皇帝一人斷你生死榮辱，而皇帝又多為昏庸之輩或奸所乘，畢竟像唐李世民那樣「以人為鏡」的皇帝還是很少的。所以李廣難封侯，非命裡註定或木訥難言引起，而是客觀原因造成的，正如岳飛的冤死一樣。

中國人喜歡以古為鏡。當今的用人與提拔，並不比幾千年前好多少，那些巧言令色和買官跪官者永遠比只會幹事不會權術的人上得快、官兒做得大。況且太平世界，雖口法治，而用人體制則主要還是人治，一切都是軟指標，「說你行不行也行，說你不行行也少行」民謠是世風與官風的鏡子，這是自古至今皆然的。又云：「撐死膽大的，餓死膽小的。」官場腐敗，官心不古，官風日下，為民作主的官只在歷史書上或電視古裝戲裡才能看到。真正德才兼備又甘為公僕的，大抵難成氣候，很難做大官，比之李廣又心有戚戚焉。所以現在有一些人很羡慕古人可以風雲際會，羡慕老革命前輩可以出生入死建不世之功。古代帝王雖然家天下，不免血風腥雨，實行高壓，但對自己有用的人才還是很重用的，能幫他打天下，治國強民，就是股肱之臣，無論怎麼昏庸的皇帝，他為自己家族的江山社稷作想，就像一個法人代表或責任承包人一樣，真正經緯大才他是要重用的，不封侯拜相，也要封疆重寄。當然，你有大才而心生異謀或頭上長角，就難免要誅族、充軍、謫貶，此種例子甚多。一到「黃鐘毀棄，瓦釜雷鳴」的時候，只有奸惡之結才能得道升天了。皇帝偏聽則暗，所以有讒臣奸吏出，所以大功不能封，大忠不能活。

其實李廣不封侯也沒有怨恨心，還常常僅省自己可能殺伐太過，雖然後代人替他不平，這也是後人的事。世事如棋，用與不用，又能如何？莊子曾與弟子論及有用與無用，認為山上俊撥挺秀之材總為樵夫與鋸匠伐去，而無用之木則可吭雨露流霞，保千歲之壽。可見世間之事，都是辯證的。

不可深入的大地奧區

這裡已是海拔一千六百米的山谷。在大醉之中，我聽到無垠的峽谷與原始次生林的深處傳來訇然的水聲，而且交織著風與野獸的吼叫。

我就這樣茫然若失地站在這峽谷的入口處，頭腦裡一片渾沌。眼前是岩峰，突兀起落，或斷裂孤峭，或連綿磅礴。風夾裹著碩大無朋的黃葉在石壁間飛揚呼嘯，如某種巨靈的呼吸。那些裸露的古岩峰，排成詭異的神秘的陣容，如人或巨獸的骨架深入到無邊的歲月深處與雲霧的深處，保持亙古不變的沉默的蒼赭顏色。它們凌空數百米，生根湍急的峽水邊緣，與那些已經碳化的萬古枯林融為一種色調。峽谷裡的急流拍打著參差錯列的崖根訇然而去，帶著令人驚悸的聲響。在岩峰以及峽水之間，那些不知已有多少年歲的巨大老蟒蛇一樣拱動盤錯的根塊一齊從亂石與盈尺的敗葉苔蘚間裸現出來，織成大地上最壯碩頑強的生命網路，封鎖著這峽谷入口。

我知道，循著峽水的流向，一定是不可深入的大地奧區。

為什麼，人與自然總有著不可解的隔閡，總是有著生疏？其實人與自然原來是一體的，人本質上就是自然之物，人的終極歸宿是自然，肉體常常容易與之融合，而心靈卻總是它的叛逆者，不肯回歸本位。也許，心靈是另一種結構的世界，在迷亂中無所皈依，彷彿蒼穹中漂泊不息的雲彩。可是，人的肉體和靈魂總歸是一個整體，許多時候總是要合而為一的，那麼，當我們的身心在莽闊的大自然面前有了一種陌生的震撼與莫名的驚懼、疑惑時，只有冥冥中神的諭示才是燈盞，如古木上忽現的奇花。

面對詭異深密的原始森林和雲深處無數孤峭莫名的岩峰，面對碎金一樣夕陽下寒冽的峽水，我的肉體的深處有一個聲音在厲聲勸阻；停下來！裡面是不可知的世界，潛伏著無形的殺機！你很可能不會再返令你著迷的紅塵世界。是的，即使是在大醉之中，我也能預知，大地的奧區也即是另一種生命場的禁區。但是另一種神秘的聲音提示我：人與萬物的阻隔都來自心靈，深奧的自然許多時候是可以融通的。物我相通的時候，就可以進入別一種陌生而強大的生命場了。

我的雙眼開始迷離，景物模糊了，除了清晰的峽谷水聲和敗葉上滑行的某種聲響，一切似乎都在眼前消失，我的肉體幾乎不存在，飄飄忽忽，惟有一樓似散如聚的靈光牽引著我，沿著流水漸漸向不可知的前方深入。我感到有一股無形的大力向我擠壓而來。我知道，我已進入到那萬古凝成的生生不息的生命場的邊緣了。我只是一縷陌生的、強行闖入的生命資訊，帶著污垢與邪氣，那個強大的陌生的生命場在竭力地排斥著我的進入，它無法接納外來的侵犯。

腳下湍急寒冽的水流在桌面大的黑色或白色的大石間急行，斷裂的老樹樁在細碎的陽光的水面橫空出世，已炭化成石骨，它們堅逾金鋼。頭頂是摩雲巨崖和原始老林闊大無垠的陰影，濃郁地籠罩一切，彷彿空氣被凍結，令人鳥窒息。谷中紛亂的黑白大石，有如天地間的棋子，凸現著陰陽，圍困著靈魂，絞殺著無形的人的精神，我不知道此時自己是不是一顆被圍的棋子——在這碩大的無有際涯的生命的棋盤上。

我知道世間有許多令人著迷的石頭，但絕不是峽水中的這種，它們只是宇宙的遺存物，或許是這生命場中散落的晶體。幾萬年了，歲月在它們身上顯得毫無意義，只永遠保持著一種古怪的沉默的禪意——是生命之外的另一種靈性物，如世間的舍利子一樣，沒有哪一種人間的智慧可以讀懂它們。

那些閃爍著青銅光澤的黑石頭，那些閃爍著羊脂玉光澤的白石頭，凸現在映著夕光的清涼的水中，彷彿是一些不朽的骨髓，沒有陰陽界限，沒有生也沒有死，與天地同壽，一如深奧的自然留下的不可解讀的書卷，把世界所有的謎底和宇宙的謎語全部封存在它們的內心和紋理中。我知道世間有許多奇石，如田黃石雞血石夜光石端石玉石以及寶石，金鋼石也是石，景文石也是石，山川日月精髓都濃縮在石中，靈氣勃郁，令世人癡迷深愛，價比連城。世間曾有一塊最著名的石頭叫和氏璧，琢為傳國璽，演繹出幾千年烽煙血火，慘烈莫名。可是無論哪種奇石異寶，卻都沾滿紅塵污垢，而這峽谷中滿地黑白大石，卻永遠是一種超然的姿勢，非人間物，這種隔，卻含著無上玄機。

但是天地間的事物往往互為消長、互為鏈條的，如果這滿眼的黑白大石不與流水合為一體，那又將何等孤淒落寞呢。人間的禪境雖是孤寞的，但自然的禪境卻永遠是生動的。水與石，花與露，人與巢，雲與天，樹與山，都是不可分割的。石是水的骨，水是石的血，精血充盈的自然是不死的。水，清洌的水，婉轉流動的水，暢達無礙的水，哀豔淒迷的水，在大雪或秋陽下抒寫著滿腹心事的水，在黑白大石間低徊往復，映了鳥影和花影，於歲月中急行。水是匆迫的，永遠在大地上行走；石是靜止的，永遠保持不變的姿勢。就在這莽闊的動與靜之間，世界產生了，哲學和詩產生了。

風，掠過水和石的表面，暢意無比地學著水的流瀉，浪聲清越，鳥聲朦朧，葉聲歘然，風與水的旋律令人沉醉，水與石的和鳴令人愉悅，哦，這是怎樣寧靜深密的大地奧區啊，心靈與萬物融通，一切都如光的閃爍，花的綻放。

峽谷，你是大地留在歲月裡的一道令人驚訝的眉批嗎？水是它湧動的意緒，石是它冷峻的標點啊。

二

我躺在這遠離人間的深深峽谷中，流水濯著我的足，圓潤的大石枕著我的頭。看不知名的碩大的花蕾佈滿崖根，看雲霧間鳥影斜斜，看絕崖頂上某棵形狀奇怪的矮樹，看碎金一樣的陽光密不透風的樹葉間漏下來，照了那些顏色斑駁的大蝶和苔類植被，心裡充滿了一種莫名的傷感。

人是多麼渺小，生命又是多麼短促，心中的塊壘凝成堅硬的苦澀的核。人永遠沒有蝶和鳥的自在，更沒有樹與石的恆久，有的只是如樹根一樣的糾纏扭曲和雲霧般不可測的人心，爭奪著陽光，設置著陷阱，充斥著欺詐和偽善。這叢林裡有一種叫厚臉皮的植物，剝開那層厚而且硬的樹皮，我們見到的是黑的桿莖。這種植物可改名厚黑樹，因為離此已遙遠的塵世正暢行著某個宗師的厚黑學。在深密的峽谷中段，我終於感覺到靜謐的可怖，這是一種令人難以忍耐的籠罩，它讓靈魂感受著重壓，卻又無所依傍。在崖腳水邊，我奮力攀援著糾結成團的胳膊粗的藤蔓，尋找著向前深入的路徑。莽蒼蒼的闊葉林和針葉林完全連綴起天和地，彷彿一個碩大無朋的生的磁場，吸納著生命又吁吐著生命的糟粕，不斷地壯大著自身，同時也不斷地排斥著異類——如人這種活物。在這片莽林中絕沒有人類的蹤痕，只有那些被人類不斷殺著的走獸的爪印，這是人類之外一切生命的搖籃和奧區，連同那些腐蝕已久的死亡的氣息，也絕非人間所有：神秘、濃烈。

我的目光無法穿越這生命的互聯網，但我已驚慄於某種強大的資訊的流通，厚重的幾乎是凝滯的湧動。分割成七零八落的空間裡佈滿濃烈的異香、各種草和苔蘚的氣息以及肥沃的泥土的腥味。菌類、蛇蟲類、飛行類……無法辨識的氣息，在交融，在湧動，在迴旋，惟獨人身上的氣味是陌生的，游離在這種在湧動之外。人作為異類，被深深地湮滅了。不安的靈魂，強烈地要求逃離。可是，理智總是冷酷地指令：絕不能停止，停止就預示著終結。

路是沒有的。在茫然若失中，有飛鳥唳叫著從密密葉層中衝向無垠的遠空。那彷彿就是一種神諭，一道智慧的閃電。天空是無路可循的，無路可循的天空卻是鳥和雲的故鄉，因為無路才有了那種妙絕人寰的美麗的飛翔。腳下的峽水流向遙不可及的歸宿，人或許也是有歸宿的吧，水是流動的路，沿水而行，就是生命的指歸了。不敢片刻停留，我必須按神靈的指引深入，作為一種過程，我的肉體必須背叛顫慄著的靈魂。所有有形的物體都在空中扭結著、絞殺著、裂變著，在無聲無息中做殊死的搏殺。樹與樹擠拍著，葉與葉重疊著，根與根盤錯著，有的已經死亡了許多年，有的卻更加壯碩；有的正在衰朽直至腐爛，而在衰朽的物質上卻怒放著花朵；藤原來弱小，卻附著在巨木上，經過落葉一樣多的日子，藤終於吸乾了樹的血汁而垂蔭匝地，樹已死去，藤是叢林中以柔克剛的真正殺手。巨大的朽木橫斜在空中，彷彿大自然的墓碑，在夕陽照裡長出令人驚怖的陰影。猛禽歇在它的頂端，如一動不動的黑色石頭。蛇在叢林中居心叵測的沼澤地，殺機四伏。我顫慄前行，彷彿一粒孤星。我震撼於這莽闊深邃的原始森林中生與死、榮與枯、生與克的無聲有形的糾纏，歲月裡映現著慘烈的影像，這影像彷彿只有人間才有。我曾十分憎厭人類的惡行和醜行，是邪惡的慾望與虛妄、偏狹才演繹出慘烈的場景，我曾因渴望著逃離人間的醜惡並且期盼與自然萬物融通一體才毅然深入這不可知的宇宙奧區，可我終於被眼前的影像所驚怖，我感到一種無處可逃的痛苦。這彷彿是一種宿命，逃避永遠不是真正的智者的抉擇。

在森林的邊緣，我發現了兩種奇怪的事物。斷崖之畔，黑色巨石之上，生著一株合抱的長柄葉樹，樹幹呈現血紅的顏色，長葉如箭閃爍著雜駁的光斑。我的心時辰充滿死亡的恐懼：一隻不知名的鳥兒在不經意地掠過它的葉面時，竟無聲地墜落下來！那鳥兒已經死亡。在瞬間的傷悼中，我驀然記起某本植物專著上有過這樣的記載：簡明毒樹，被稱為森要要裡的魔鬼樹，人和鳥獸只要靠近它，會見血封喉！這是怎樣的一種樹啊，它遠遠勝過世間許多毒物，但卻比不上某些歹毒的人心。魔鬼樹，三丈之內殺生於無形！箭毒樹下枉死的飛鳥，完全是無辜的，無辜的死亡，在這世間誰知道又有多少？弱小的生命在飛翔時是那麼的優美，卻不知死亡的陰影已觸及它炫目的彩翎。

而目光可及的一另一塊黑石上，就在那清流的潺裡，碩大的變色龍正吐出它醜惡的紅信，如果不是它的長舌在躍進動，幾乎無法發現它的存在；它身上的顏色變幻著，漸漸接近那種石頭的顏色，黑而且光澤。這種可怕的怪物，活動在叢林和澤地，時刻變幻著身上的色彩，與周圍的石頭、樹葉或別的什麼混為一體，這保護色令它永遠立於不敗之地，再炯厲的眼神也會被它的善變騙過去。偽君子以道貌岸然的面孔出現，幹的往往是骯髒勾當，可以欺世盜名博個「大師」高帽，卻隨時可以污人妻女、告人陰狀；要以自命清高，表面視名利如糞土，打的是以假清高博小虛名的主意，圖的是財色二字。世間偽君子的本事，或許有不及原始森林裡變色龍的地方，而善變者卻往往握有奇技，秘訣無非厚黑兩字。善變之道在占盡便宜，活得遊刃有餘。黑石上的變色龍，被清淨的流水照出醜陋，然而，在這無涯的谷地和叢林行走，稍不留心，就會踩著這種令人憎厭的活物，那後果簡直不堪設想。所以無論這世上何處，你總能感受到意想不到的殺機。這種悲哀，或許不僅僅限於可憐的人類的。

碎金一樣的夕輝在所有的樹葉、水面和岩石上閃爍著夢幻般光亮，薄如蟬翼的水霧升起來，除了水聲，鳥翅劃動空氣的響動以及莫名的蛇蟲滑行的聲息，一切都籠罩在濃得化不開揮不去的闃寂之中了。好沉重的靜謐啊。

三

這些樹木，這些斷峰，這些怪石，以及一切凸現或隱匿在大地上的活物，都在歲月的某次失憶中定格。風，翻動大地的書頁，山川日月恍如一行行耀動的不滅的方塊字，令人生出無限惆悵。

人類總在遠離著自然，假想著某種輝煌的文明，這文明是從血與死亡的腐殖質上長出的絢麗花朵。人類如一棵精血充盈的大樹，在無窮的歲月裡榮枯、茁壯。把自以為不朽的思想和成功刻畫在崖石上，刻畫在青銅或瓷器上，刻畫在簡牘羊皮上。可天地吁吐出來的風、雨、雷、電以及地震、洪水、火和人類發動的戰爭，把一切有形的東西毀滅，只有人類無形的智慧才可以與自然同在，而智慧，又是如此飄渺，恍如這峽間不可捉摸的水霧，人類的面孔在霧中已是模糊。激情是一道湍流，穿越砂粒一樣多的日子，穿越荒寂的峽谷，在星月光輝中急管繁弦地演奏著一種天籟之音，讓人類久久癡迷和震撼。正如峽谷中的急流，永遠沒有消竭時。

在愈來愈深、愈來愈險的原始谷地，我的心在呼喚著遙遠的時間源頭也許曾經存在過的我的先人魂魄。那些巨無霸一樣的大樹，那些幽深的石穴，應該是我的叫做「巢民」的先人的家園。可此時，只有薄如蟬翼的水霧裡深密的樹、石以及孤寞詭異的斷崖在無聲中與我對峙，我無法與它們對話。一切彷彿遙遠，一切都已死寂。我只是這博大裡一粒微塵，一個漂移的苦痛的幽魂。

也許，這大地上有許多不屬於我們所謂文明範疇的奧區，它凸現在時光中，有如不可解的一團謎語，包蘊著人類之外的另一種無上的智慧和昭示。我們永遠走不近它們的核心。

在這谷地，赭色或黛色的絕壁連綿遠去，滿眼凸突的峰柱與凹陷的石窪形成一種神秘的陰陽對應。我想起日與月的對應，天與地的對應，晝與夜的對應，雄與雌的對應。陰陽合則生萬物，萬物不滅，世界因此生生不息。我再一次震撼於我置身其中的這天地間最大的生命場；所有大地上的峽谷和洞穴都是子宮體，滿山野水窪中映現的太陽和月亮都如游動的光亮的精子啊。在可怖的靜寂中，我的心反而安妥下來，正如飛倦的鳥重又回歸巢中。闔上眼簾，靜聽自然的簫聲，我感到天地間佈滿樹葉和花朵的清香。人，永遠不可解，而自然，也是永遠不可解的。為什麼要去徒勞地解讀一切？鳥飛過天空，水流過山谷，樹長在水邊，蝶戲弄著花兒，這一切就是自然之道，自在之道。自然而然就是大美，大美無言，為什麼人總要試圖深入它的內核？生命，不是這世間的唯一，可生命之外，我們還企求什麼呢？

在冥想中，驀然傳來訇然的瀑聲，這聲音我曾把它忽略了，此時卻令我身心一振。在這麼深密的自然的腹地，不可能沒有瀑布的，它一定有著非人間的壯觀。

當湍急的峽水在黑白大石與參差的崖根排空而去時，我就預感到它一定有一次最壯麗的跌落。山谷起伏，崖峰早已裂開一道深不可測的豁口，急奔而來的水流措手不及地俯下空中——所有銀白的浪花瞬間從崖頂開向崖根，絕壁在浪沫紛飛中搖動，數百米落差造成一道生命的驚雷。我立在崖谷邊，在一陣驚悸中聽見無法目及的深谷裡沉雷一樣滾動的巨石相撞的聲音，我開始感到昏眩，急急逃離崖邊，站在遠處吁一口長氣，地無法抑制心的狂跳。四圍的絕崖峙立半空，不可思議的巨木橫貫崖岸兩邊。終於感到一種不可抗拒的有形的壓抑，令人窒息。人的渺小和脆弱，真的無法與自然的力量相抗衡。

我已經完全失去了繼續深入的力量和勇氣，我此時絕望地祈禱著能重回我的紅塵世界去。層層地再瞥一眼那些摩空的巨樹與絕崖，瞥一眼崖頂轟然而墜的遠處的瀑布，我忽然發現一個奇蹟：那些碩大無比的銀白浪花重重疊疊開滿了幾百米高的岩壁，生動而詭秘。我想起，這峽谷永不衰竭的急流就如一棵生命的大樹，在它的樹冠，陡然開滿了不凋謝的巨大的白色花蕾。這是一種難言的美麗。

絕壁上的瀑布，白色水鳥一樣滿谷紛飛，在不可逆轉的時空裡定格成永恆的景觀。夢想已經遠去，人類已經遠去，白色的花蕾或者白色的水鳥，在螟煙中若有所待。

我終於疲憊不堪地回到原來的起點，這裡是紅塵與自然的分野。我站在分野裡，站在紅塵與大自然愈來愈濃重的陰影中，生命彷彿只是一種奇怪的符號。

在不可深入的大地奧區，我絕望而返。記起歌德在那部不朽的《浮士德》中曾經說過：「不要停下來，停下就是死！」在自然面前停下步履的那一刻，我的靈魂已經死去，肉體不停地走回到紅塵的世界，哪一天停下了，肉體也就消失。可是，我知道，無論在紅塵或自然的面前，整個人類不會停步，恍如一道生命的激流，直流向不可預知的未來。

山中夜雨

山中夜宿，寂然無夢無歌。風翻動滿山樹葉，攪了一山幽夢，也亂了一山的陣腳。

昏朦的月暈下，主人去了山那廂的守山棚。這小小竹樓裡只留下我，還有那野豔的山妹子。泡了一壺茶，山妹子也去了，只留下無言的巧笑讓我慢慢品呷。

枯坐無味，便擎了野豬油瓦燈，去照那竹壁上黑色的獵槍和寒光熠熠的鋼叉，使我想起這土家族主人當年狩獵時的驚險及赤膊搏殺老狼的智勇。末了便默然，彷彿有難耐的寂寥夜霧般襲來。山中夜，真渴望有滿滿一碗「包穀燒」。

忽然有一種異樣的聲音從竹窗外傳來，窸窸窣窣，連綿不斷。那聲音極輕極柔，有一種十分空靈的韻致，靜聽又不是風的吹拂。想是什麼幼小的野物踏了落葉悄然潛至？也不去深想，挑燈細讀線裝的《聊齋志異》，不知不覺被那些孤仙花妖的美麗善良與哀婉所感動，便認定窗外異樣的聲音，有許多妙不可言的深意。

窗外窸窸窣窣的聲響漸漸地分明、清晰起來。把手伸出窗口始覺有濕濕的清涼，撫一下竹樓邊肥大的芭蕉葉子居然掛滿雨珠。舉了瓦燈去照窗口外面那片夜空，果然滿眼是淒迷的雨意，那雨線很模糊，絲絲片片如夢幻般碎落下來。彷彿是霧又彷彿是碎細的雪花，沾在木葉上，沾在岩楞上，抑或沾在那些無名的野花上，如寂寞，拂也拂不去。

山雨，就是這樣悄無聲息地來了，又將悄無聲息地去了麼？我不禁有幾分失望。才一瞬間，雨卻真的大了起來。起先是點點滴滴地下，不一會便「嘩啦、嘩啦」地自遠而近，且夾著晚秋勁烈的山風洶洶然逼來。那雨，彷彿無數急驟的山靈的腳，踏過屋瓦，潑向溪谷，灑向灌木。耳朵裡滿是沉甸甸的雨聲，悶了一山，嗓了一山。念著崖畔初放的野菊，幼小的走獸與朦朧在巢中的雛鳥，一定在暴雨中索索顫慄；念著明晨起來，滿山的殘枝碎葉花骨朵，滿溪谷在山洪裡狂走的石頭，便覺這場豪雨倒是不下的好。

夜，如一幅淋漓厚重的潑墨，把天地造化融為和諧默契的一統。山、竹樓都已睡去，惟寨中的竹梆聲沉沉地敲了三下，深山裡凝重又歡快的歲月，在敲梆人的手指上滑落，如一支過山謠。我想，此時山妹一定也醒著，正如我一樣，在這山雨漸稀的三更時分。

石頭上睜開的眼睛——憑弔一個在急流與絕壁上驀然失蹤的部落

循著絕壁上那些永不闔上的眼睛去追尋一個古老部落失蹤的謎底。這個世界上樹葉一樣多的人群和砂粒一樣多的種族以及星星一樣閃爍過的城堡，在昨天的風中都忽然失去蹤跡，它們彷彿不曾存在這過。這是一種怎樣的殘梧與悲哀呵！當我們穿越生命的急流劃向花香襲人的彼岸，回望人類昨天，心中是怎樣的不堪又是怎樣的酸楚。那些突然消逝了的景象：人、城堡以及種族，成為凸現在我們背後永遠難解的寂寞而神秘的謎團，它們總是很快地被這個世界所遺忘。

當我們的遊船進入到小三峽的龍門峽後，兩邊逼仄的巨大石壁彷彿無聲地朝我們擠壓而來，窄狹的湍流在崖根下摔出空洞的嚇人的巨響，船和人恍如進入了幽空可怖的時光隧道。絕壁與驚濤構成令人窒息的魔幻時空，太陽離我們太遙遠，我們只是乘獨木舟的巴人在洪荒的陰影裡危行。在一片驚濤聲中，半空絕崖上俯下古老蒼勁的唳叫聲，如幽靈擲落頭頂的石子，令人心驚。絕壁上懸垂的斷石如風化的骷髏，那些骷髏縫裡長著怪獸般的古藤，藤上棲著拳著大的猴子或者化石樣的呆鳥。船上的人都咬著發白的嘴唇，他們被驀然逼來的攫人心魄的氛圍籠罩，意識已經模糊。

船溯行在時光的急流上。絕壁彷彿沒有盡頭。石頭一樣發藍的魚出沒在波濤裡。崖邊已經碳化的樹樁閃頭青銅的光。我忽然發現了一樁古怪的事：在左邊凌空的綿延遠去的石壁上，竟然有一排深深的洞眼！那就是傳說中巴人留下的古棧道的殘跡麼？石壁半腰每隔兩尺左右都露出茶碗大小的坑孔，有的還殘留著已朽的木楔，那都是青銅或鐵器打鑿出來的——永遠睜開在石頭上的眼睛。

在這百十里的摩空絕壁和隱急的湍流之上，一個古老的民族或者說是一個古老的部落，忽然就在某一天神秘地失蹤了！這真的是一個難解的千古之謎：只有急流邊上險絕人寰的石壁上，留下了這些不可思議的古棧道痕跡。這是怎樣的人間奇蹟呵！百十里絕壁上究竟由多少這樣的石眼才能連成一條有如此險絕悲愴得令人心顫令人驚駭莫名呢？所有的石眼都孤懸在石壁半腰，十數米之下是急可斷增的湍流，上面是詭秘可怖連鳥連無法立足的黑紅石壁，這個奇怪的民族在兩千多年前究竟靠什麼辦法，用多少時間才建成了如此險絕的棧道？我彷彿看到灰藍的頭頂奇怪的車馬和巴人正揚起一片濃重的塵土在棧道上悄然而過。為什麼要隱居在這麼深密得令人心悸的急流峽谷之中？一個如此強悍而充滿神秘意味的民族完全隱蔽在深山大川內，讓塵世上的人類永遠只可作無望的遐想。他們是人類中的一群，但他們卻遠遠地避開了他們的同類，深入到大地的奧區，彷彿不存在，為什麼要遠避這個世界？是厭惡了同類的刀光血影與險惡奸許，還是為了潔自身自好保全一個種族的純粹與完美？我在凝望絕壁上古棧道的殘跡時，生出無數推想，但我可以肯定，這個已經消逝了的民族隱居大川莽穀的原因絕不應該也絕對不會是因畏懼更大更強悍的民族。是的，他們的血管裡流動的絕不會有懦弱，一個能在無法生存的環境裡依然可以生存，在百里絕壁上憑空開出生死路的民族，該是何等的頑強悍勇和百折不撓呵，他們神秘地生活在人跡罕至、蟲獸出沒的莽谷之中，不與外界往還，神龍見首不見尾。而在千年前的某一天他們卻忽然在這個世界上失蹤，沒有人知道他們是怎樣消逝的。一個民族，怎麼會突然地集體消逝呢？是一次外來民族致命的圍剿或戰爭？還是沿著河流遷徒到了這個古國以外的土地？抑或是一場駭人的瘟疫讓這個深山大谷中的古老部落滅絕？如果是戰爭的原因使其覆滅，則必然是一場慘烈的殊死之戰，以他們的悍勇與頑強，必然是戰鬥到最後一兵一卒才甘休的。我想像，在面臨滅族的隱急之際，他們一定是含著悲憤的淚水放火燒掉了這條長達九十餘里的棧道，阻斷蜂湧而來的追兵。人類歷史上曾有許多強大過的部落和種族，都因為自身的原因與外界的原因最終在地球上滅絕，成為一種帶有神秘意味的歷史現象上讓後世猜想。後人會在碧波底下考校出一個奇怪的古族最終的謎底。

在小三峽的出口，船停了下來，長江在眼前豁然開朗，朝東奔騰遠去。龍門峽像一道奇險的屏障把百里小三峽深深掩蔽，古巴人的遺地漸漸遠去，消失在一片迷霧之中。小三峽之上是小小三峽，它是巴人集居的延續之地，更加深深詭譎而險壯，巴人棲居在大地的玄奧之區，像生著翅膀的一些大鳥，隱藏得好深好寂寞也好神秘。人其實只不過是一些活動的靈長類，居於平原或居於大穴，又有什麼區別呢？消逝了或繁衍下來了，意義真有什麼特別的不同嗎？這也許是哲學家的題目，我已無法思索。在離開小三峽的這段日子裡，我的夢中常常出現那些石壁上悄不肯闔上的石頭的眼睛，讓人好生心情。

岸碑

無論然斷崖之上，抑或古木森然的纖道邊，還是細雨黃昏的灘塗，那些碑都默立在岸上，凝望腳下溜溜下逝的碧綠波濤。碑上有一種奇怪的文字，筆工是入石數分，那字形介於象形與小篆之間，讀之令人茫然。江水浩渺，有白鳥從水霧中悄然滑過，停落在沉默的大碑上，如綻開的白花。那碑那鳥，無形中便平添一種難以言喻的意味，令行人止步踟躕。

那些碑，不知立於何年何月，只在風雨歲月裡漸漸消瘦，竹纖的纖繩一次次從碑石上勒過，碑上便留下數不清的深痕，層層疊疊把那些神秘的文字一點點磨滅。最後文字被纖痕覆蓋。碑上的文字是屬於縴夫與船家的，外人讀不懂。但縴夫與船家卻都不願提起岸上的碑文。有人考證這些即將被纖痕徹底湮滅的文字，認為是記載路程與某處灘塗情況的，說這種碑只是普通的纖石。

在紫藍的暮靄裡，我走上江岸。那些岸碑正棲伏著許多斂翅的水鳥。灘水轟響著，流向蒼茫的遠方。碑上的字，已無法辨認了。

在一片然斷岸之下，亮動一束幽藍的火焰。一位老婦人正彎曲著身子，半跪在地上，正如這碑這岸崖，沉靜得令人心悸。

這樣的夕暮這樣的斷岸，我覺得一種闊大深密的寂寥正顫過我的神經末梢。老婦人轉過身極驚訝地盯著我，石刻般的臉上那雙眼睛恍如幽藍火光。我發現，她的前面是一塊青石的大碑，那上面有新刻的蝌蚪似的文字。紙錢正閃閃跳跳地燃燒，泛起夢幻般的光輝。「我兒死了，十天前沉進這片灘水裡去了。」她看著我低低道。「那碑上寫的什麼呢？」我問她。「這是水祭碑，碑上寫著我兒子和在這灘上死去的人的名字。」老婦人撥了一個紙灰，火苗陡地竄起，青色岸碑籠在一片幽暗的夜色裡。於是，我默然。

在故鄉的灘塗上，也不知曾經有過多少這樣的碑石，幾千幾百年年了，岸崩把它們掩埋了，又會長出新的水祭碑，刻上新的名字，雖然讀也讀不懂。於今沿河岸邊已沒有了縴道，縴夫們都已老去，亦很少再有新的岸碑，歲月裡存留的那些也已逐漸風化，或許不久的將來它們都會一一消失，連同那些不忍卒讀的故事。而後輩人，也將不知水祭碑為何物了。然而我想，曲折流水上的故事雖已逝去，但生者對死者的懷念，用一種非人間的文字刻在碑石上，並非毫無意義。故鄉古老的流水哺育了花朵和五穀，生長著一切美好的事物，當然也應有獨屬於生命的一縷懷戀與悲哀。碑石無言，卻祭奠著曾經征服了驚濤駭浪的剽悍人生。

岸碑隱去，只有灘聲，滔滔在天地間：只有然的斷岸，恍發中深沉的夢幻。

劃出許多分野，弄出許多條條框框，然後爾虞我詐，你死我活。山外人無法想像從生到死純淨到只打漁和捕獵度日的生存狀態應該是何種情景。只能推想著他們的神秘和種種不可思議，把他們想像成世外桃源中人的樣子。山外人可能永遠不會明白，這些人的獵槍不只是用來打麅子和野兔，更用來射殺入侵的敵人，他們世代用血與槍捍衛著這片神奇的國土，捍衛著他們賴以生存的家園。他們的血管裡流淌著快樂和愛，但也流著對侵略者的仇恨。他們像愛自己眼珠一樣愛著這條大河和無盡的群山，愛著，並把骨肉植入這片土地直至長出一個國家的尊嚴。在莽闊的大江上他們像魚鷹一樣生活，在蒼茫的原始森林他們像山鷹一樣生活。森林與河流賦予了他們粗獷堅硬的性格和意志，也養成了他們闊大的胸襟氣魄。他們的祖先經歷過入侵者的血洗與蹂躪，經歷過饑餓與災荒，他們自己經受過興安嶺大火的慘烈洗禮。但他們依然快樂地在江上打漁，在土地裡種莊稼，快樂地在零下四十度的冰雪中飛馬馳騁，並且飲著烈酒，唱著歌謠。自由而豪壯地活著，像山神一樣活著。

我是過客，就靜靜地坐在暮色四合的江岸，我不認識這裡任何一個人，但心裡確有一種巨大的感動。我似乎很久以前就已經愛著這條大河、這莽莽群山和這兒的人。河水在漸次暗下去的北極天光下疾奔，急管繁弦的浪濤拍打著河岸，群山呈現一派靜謐的灰黑色，只有離我不遠的那些鄂倫春人的木板屋亮著燈光，一座木板屋就是一顆亮著的星星，串成一片，在我背後閃爍著神秘且美麗的光芒。忽然想起郭沫若在〈天上的街市〉裡的一句詩：「遠遠的街燈明瞭，好像閃爍著無數的星星；天上的明星顯了，好像點著無數的街燈。」坐在河岸，望了對岸的山河，有了一種異樣的感覺。那邊分明是我的國土，沃野千里，叢林紛批，我們曾在那裡生活得安樂富足，我們把汗水和希望都曾播種在那些肥得流油的黑土地裡，收穫自己的快樂。那裡也曾有樺木板屋，有天上的街市樣美麗的燈火。但此時，我卻只能隔著這條大河作一次深深的凝望。就是腳下的這條河，也被一分為二了，河中央隱約浮著國界的標誌，船過河道中央便算越過國界了。一條完整的河流，劈做兩半，人是可以不越過中間線的，但魚卻不會分國界，水的世界就是牠們的世界，人如果變成一條魚該有多好，此時一定會游過河中央，到那邊的河岸去吃肥美的青草，那原本就是屬於自己的食物。莊子說：子非魚，焉知魚之樂？此刻我卻明白，魚比人更快樂些罷？

仰望星空，蒼穹一派晶藍，顯出不可捉摸的深邃，北斗星大如卵石，照耀這夢裡山河，照著我這從遠方跋涉而來的默坐的過客。涼意襲來，夏夜的北極，靜謐得令人惆悵。

夜已深，終於抵不住涼意（此時我南方的家鄉正酷暑難耐），沿麻石鋪就的小路返回農家旅舍。四周寧靜極了，只有蟲聲和夜遊的動物偶爾踩出的聲響，猜想屋邊的樹林草叢一些精靈還醒著，心裡就有了溫暖，不讓寂寞來襲我的清夢。

旅舍的主人是一位鄂倫春族的青年女子，健碩而美麗，善飲酒，愛唱歌。可能我的腳步聲驚動了她，白裙飄飄來為我開門。我道一聲打擾，她笑著忽然問我：「南方離這兒有多遠？」我說不太清楚，一萬里吧？你去過南方嗎？她說沒有去過的，聽說南方很美，四季分明呢。我說南方春天遍野花開，夏天熱烈，秋天山清水瘦，冬天溫暖呢。她露出嚮往的神情：南方真好。我說北極更美呵，有大森林、大河流，春夏碧綠，秋天火紅，冬天銀白，像畫呢。女孩立馬笑出聲來：「客人好有情致啊，我們這兒秋天最美了，白樺林無邊無際，葉子都紅了，真的像油畫，不過，誰又畫得出呢？漫山遍野，那種紅色，分明現出淡紅、深紅、紅黃、紅褐、紅紫、紅中帶綠，一眼望去都是一種紅色，但每片葉子都有不一樣的紅，那是豐富生動的紅，熱烈的紅，讓人心醉的紅，不俗氣、不炫耀、沉著寧靜，有一種震撼心靈的美呢。」我問她：那你是不是最喜歡這裡的秋天？她說冬天更迷人。雖然很冷，但天地間都結著冰凌，世界像玻璃似的透明。房子被冰包裹著，森林被冰包裹著，龍江被冰包裹著，船、道路都被冰包裹著，人們就在被冰包裹著的屋子裡烤烤麅子肉，喝喝酒，拉呱些家長裡短，或者唱唱歌，或者聽屋外落雪吹風的聲音，挺快樂也挺自在的。我告訴她，我看到過一些照片，那上面有北極嚴冬的一些場景，比如有一個畫面是鄂倫春人在冰天雪地的叢林旁搭了一個人字形小帳篷，獵人在收拾著打來的獐子和麅子，老舊的獵槍倚在人字帳篷門邊上，情景很讓人聯想，也很有詩意。女主人笑著為我添上茶水：「那是很多年前的事了，過去我們鄂倫春人靠打獵、捕魚為生，不知道種莊稼，後來很少打獵了，學會了種莊稼，還成為了林業工人，不需要靠打獵為生了。不過，我們捕魚的傳統卻沒有變，黑龍江裡魚多，大的上百斤，小的十幾斤，取之不盡呢。一到冬天，河流結了厚厚的堅冰，人在冰上鑿開一個窟窿，用長柄網兜伸到冰水裡就可以抓到魚。許多時候，白天在河上多鑿開幾個冰窟窿，魚便自己跳出來，排隊似的，有時抓不過來，那些魚便很快凍在了冰上，用鑿子鑿才取得出來呢。」見我聽得入神，女孩子很乖巧地邀我：「這樣吧，明年冬天你再來，還住我的小屋，到時一起去鑿冰捕魚，怎樣呢？」我想都沒想就答道：一定來，這麼神奇美好的場面我怎能錯過呢！

當女孩悄然離去，我依然沉浸在冰上取魚的想像之中，心裡充滿了快樂，也充滿了惆悵。

涼爽的風從小窗吹入，屋裡散發著一種特有的樺木的清香。這座房子全用樺木修造，圓的柱，扁的板，室內樑柱上斜掛著一杆老槍和一張新的漁網，完全有別於我居住過的南方村舍。陌生但讓人生出幾分感動。小木房既是旅舍，又是家居，這種感受很奇妙。想起白天乘車所見群山起伏、林海茫茫和黑龍江上船飄國界、濤聲入耳的情形，想起這深山老林裡的人間城廓，忽然就有了置身夢幻的感覺。

當就著一枕清涼沉沉睡去，我真不知道是我在夢裡，還是山河在夢裡。只有天上的北斗，獨自照耀這夢裡河山和夢裡的心事，不肯睡去也不願睡去。

夜的南嶽

野浴

從山麓至半山亭，十五華里。把那些鐵瓦石牆的古寺與森然大石一一閱過，已是暮色四合。迭嶂間嫋嫋地漫起煙霞，野鳥磔磔於山樹。當此之際，唯聞山中人語而不見人走動。至麻姑仙境，見半畝石坡之上，有清澈水簾倒掛於蒼碧枝柯上，水聲清脫，風亦爽然，而石坡瑩瑩潔淨無倫。白天炎陽直照，加之手攀足氏，已然汗氣四溢，衣沾肉上。陡見淨水，爽然竹絲竹聲，心中便生出野浴的念頭。況空山林靜，空無一人，真是難得如此舒展一次。遂脫去短褂，從行囊中取出手巾香皂，躍入那晶瑩水簾。水從肌膚滑落，那種快意與刺激真是難以言喻。默坐石上，任跳珠幻起五色虹彩，人便如入夢幻。想這天地之間，有片刻坐化為石為非生命，實是莫大幸福，不思不語，任命之不柔柔地清涼地撫遍肉體與靈魂，疲憊的人生有寧靜閒散如斯，夫復何求。見水從綠柯上跳落，復從身上跳落，最後泄散在瑩瑩石坡上如水銀一般月色一般，才覺出自己晚成為這一風水韻律中一段靜默旋律，與造化合二為一。是我融入自然，抑或是自然融化為我，真是不得而知。山中寂寂無聲，唯水打石鏡，倏忽流遠，便想起這山中歲月原來潔淨得太過闃寞，無始無終，繁複輪迴又單純剔透的。人之靈性乃於這境界裡得以盡情演繹，消除瑣碎俗念，雖不能成佛，卻也可以頓悟平生。其時山樹空濛，鋼青色山嶺那邊已有一線銀白光流洩出，想必將臨山高月小之境了。而風聲水聲譜成幽美愴涼韻調，幾至寒氣從石上、水中、樹葉上漸漸逼來，野浴便只得告終，而身心猶疑在夢幻中。

山月

夜宿山中人家。初，主人殺雞擺酒，在禾場上設了小桌，話些山裡人事。酒至半酣，忽見屋邊數塊光源如大境躍入眼簾。細察之，原是數丘巴掌大小山田映了初升山樑的月光現一片構幻光輝。主人信口念一山謠：「岩砣房子大，山田巴掌大，蛤蟆擂缽大，月亮籮筐大。」山中土語，這野謠念起來竟十分動聽，唱歌似的，頗具蒼涼意韻。忽然想起一句古詩：「袖裡乾坤大，壺中日月長。」醉中觀遠近山嶺，已大非日裡境界，似煙似雲，欲飛未飛，迷濛處偶爾跳出幾粒燈火，甚顯詭秘，令人怦然心跳。山中日月於酒杯中怡然游曳如美麗蝌蚪，不覺是倏忽無蹤。大喜大悲或清清淡淡的日子俱從石、水聲、木梢中寂遠逝。遙想古時隱者大逸，終老林泉，對酒當歌或月下清嘯，其中跌宕心境又有誰識得。至於山中土著，於那高崖峽谷伐樵種粟，披綠箬而荷彎刀，雲間星底來去，亦如野鶴閒雲，雖有許多艱苦，然坦蕩悠怡卻也有的。

月亮果然圓大無匹。東邊那一極險極高峻的斷崖之上，晃眼的大月正籠著一巨大月暈，那暈，彷彿神秘而遙遠的圓。獨坐深山之中，對著寂無聲息的月，人便渾然化入虛空中去，除血管中有奔突之聲如遠處瀑聲，生命恍如不存在，完全稀釋、幻化。月下或許有野謠有樵語有晚籟有風流水走之韻，然而此時的世界幾成空濛一片，無色無聲。有雀鳥疾速地劃著美麗的大弧掠過月影。忽然想起故鄉也曾有過這樣的月，這樣神秘的巨大月暈。二十年後，坐在蒼莽大山中，才驀然發現，頭頂上靜默的月暈，是一幅古老的木枷。

只餘一片山高月小的境界。誰說得清楚，因月軬引出難耐的鄉愁，山樹和人不知，月亦不知，這樣的境界裡，我畢竟是我，難以超凡脫俗，天目未開，永遠做不了隱士的。

天風

爬完三十華里陡峻山道，投宿山巔高臺寺。夜半，披衣讀貝葉伽難，覺菩提樹下的頓悟及徹悟，實屬不易。悟道與悟禪畢竟需大智慧。我輩俗念過重，至於那大空靈與大糊塗的境界，永難企及。其時，上封寺木魚鐘鼓之聲隱約傳來，極頂之夜，風聲如濤似浪拍窗穿石而至，一種難以言喻的氛圍令人顫慄。

坐不住，便步出森然寺門，躦行隱入怪石深樹中的山道，至上封寺。星月的微光裡，便見有斷牆數垛，鐵爐數尊，愴然默立。廟堂幽邃，若有神鬼山妖笑行其間，心生恐怖，不敢深入，獨自折往望日臺盤膝默坐。石上寒氣直逼入血脈裡去。

風浩蕩而來。由於山勢走向的緣故，山之陽剛則風聲沉雄如長河泄落深潭，轟然震撼天地之間，濁重、宏闊、猛烈。人坐石上，彷如陡落深灘，氣為之短促，曹然如臨滅頂之災。山之陰，天風削過然高崖，颳過古寺鐵瓦，旋動拳頭大小的山石。風聲怪厲神秘，半空裡發出鋸刮金之聲，尖銳刺耳，令人兩股戰戰，脊背之上如有鬼怪用鐵爪撕扯。

神秘、恐怖、剛猛，巨大山石如沉重花瓣似可在頃刻之間被洶洶大風吹落滿地。想這天地間滋生的威懾之力，足可令一切生命與智慧匍匐顫慄。夜，深沉如晦，人被浩蕩天風所吹動，恍如小小草芥。

終於抵不住自然界這種深不可測的巨大逼迫，在風的旋動嘯叫與月的沉靜深遠中，匆匆攀石附草而下，身上一襲大衣，已不知何時被風從身上揭走，茫茫大夜，已杳不可尋矣。四圍有大寒冷破空而來。而此時季候，正是孟夏。

沅水

藍幽比，明晃晃，冷森森，沉甸甸，無所不在，無時不在，整整三千年者，沅水。這條水系，是古「五溪」之一，因有「五溪蠻」遷徒、生息於此，兩岸存留的歷史，已深深嵌入那些礁岩斷岸，付與月影嗚簫。在放舟沅浦白鳥間的三個日夜裡，讓我苦苦尋覓和懷念的屈原詞賦中，常常出現的「沅芷澧蘭」已杳不可得。但見兩岸秋林索索，黃葉如蝶，峭崖間點綴絲紅花白藤，洲渚上停落些寒鴉夙禽而已。先人的蹤跡已無處可覓，月色無邊裡，唯可感知許多碎落如血的詩魂。那些青青峽澗與落寞板橋、擱岸老船，都令人遙想起互答漁樵、孤淒旅跡。循岸纖歌與蒼灰色木樓，融為一種古久悠闊的意境和氛圍，那是唐詩宋詞境界所無法企及的。

沒有看到沅水上的龍舟與銅鼓，因此便無法想像這最富情調的客地端午，在憑弔先人時究是一種怎樣深沉悲愴的格局在沅水兩岸，我卻聽到了比鼓聲更動人心魄的縴歌。那種蒼勁而無詞無曲的古歌，彷彿永遠的存在，與這方神秘的水域和永恆的峰巒，默契為深刻可感的時空，震撼在水波之上峰嶂之上，鷹翅與命運之上。這在我的旅途中，平添了具有哲學和史學的具體而微的智慧、痛苦與靈悟。

如果照錄那在水上震盪不已的單音節，錄下被烈酒燒熾的喉嚨所見出來的悲壯的長歌短調，那將是一種愚不可及的行為。在一派秋山秋水的陡窄縴道上，我們只需想像四肢叩地的拉縴者，在陽光下艱難移動的古銅色脊背，只需想像長縴在水浪、岸石上，顫動、起伏、張馳的情景。在沒有親臨那種如裂帛如灘風如劈石船的縴歌氛圍中時，靜默的畫面或許更能撼動心靈。在沅水泛舟的三天時間裡，我不能不震驚於水與人類共同創造的種種景觀，如果說水創造了關於人的硌，倒不如說是人用生命與意志寫下關於水的銘文。淼淼大水之上，眾生如花開落，智者陋者勇者層者臨水而居，均與水產生默契，並且在水邊留下他們至深的眷戀和痕跡。這種人讓自然證明，或者自然被人證明的關係，令人感動而無言。

在沅水一些極險惡的水域兩岸我看見許多粗礪堅硬的大石上，縱橫密佈的條條刻痕，那些刻痕粗大深刻，溝痕中石質盡成粉末。被水波激蕩、蠶蝕之後，痕愈深愈闊，滿眼如慘切的人務痕。這些巨石之上的傷痕，是舟排繫纜時勒出的「纜子印」。這種纜子印獨目驚心，彷彿是人類用一代代的生命之鞭，在大自然身上留下的無語長文，令人不忍卒讀。刻在無生命岩石上的傷痕，必以有生命的人類作雙倍傷創為代價。而歲月將其中所有的細節和開始都省略，只留下結果讓人用別樣滋味去演繹，且這些留下的結語，亦將被匆迫的歲月風雨悄然抹去。但這並非人的悲劇。能創造第一條岩上傷痕的沅水船工，他們同樣會用另一種形式讓自然證明的人存在。

除了「纜子印」之外，在沅水丹崖霜渚間，我發現了另一種獨特的悲愴的事物，那就是篙眼石。在辰洲灘、父子灘等湍急獰惡的水邊山腳，矗立著許多黑色大石，這些石頭多係萬古凝鑄的砂石岩，其堅如鐵。在它們身上密佈著蜂窩般酒蠱大小的洞眼，淺者三寸許，深者盈尺。是什麼神秘的力量將它們戳出萬千坑眼？賀船的老翁告訴我：「這些石上的坑眼，是竹篙撐出來的。」這使我驚訝不已。想那些大水之上疾漂如電的舟排和舟排上手握丈二青籬的漢子，是怎樣在轟響的灘聲是城，在命運懸於一瞬的時刻，長篙疾點，篙嘴與巨石撞出螳然大響，憑了這一撐一緩之力，乃得以定生死於眨眼之間，思之悚然而驚。那些漂走灘塗的船工，誰也不敢說哪一隻篙眼是自己戳出來的，因為一個人的一生時間不可能戳出一隻篙眼。每一隻篙眼，都深刻著戰勝苦難的意志和力量，迴盪著世代的篙聲。而這些石頭的眼睛，只有在大雪融化時才會流出淚水。這水與石與人共同完成的愴然韻律，該是一種怎樣不朽的人與自然的默契呢。

還有一種即將消逝的「寡婦鏈」。在沅水中段甕子洞等一些峭崖下，那種巨大沉重的鐵鍊，在秋天的陽光下閃爍出冷寒的光芒，粗如小圓桌的鐵環，串成綿延河岸數裡的巨大鎖鏈，穿入鐵青色的岩壁，又穿入鐵青色的岩壁，沉甸甸地垂下河灘。那些桐油船、篷船和大排，全繫纜在鐵鍊上，每綳得鐵鍊當當作響，而深嵌岩石的巨鏈，千百年間依然牢固如磐。這種「寡婦鏈」是沅水獨有的，它最先出現於岸崖之上並非拴纜，乃是岸上的女人們祈求做水上營生的丈夫，平安歸來的一種近乎巫的迷信符咒。但沅水太險惡，死於水興的船上漢子太多，這岸上的鐵我便改叫寡婦鏈了。寡婦鏈，你是無聲的祈求還是沉重的悲愴？你鎖不住一瀉如注的蒼茫逝水，拴不住天地玄黃的生命之蕊、往事之蕊。沅水兩岸，很多東西都永存著，而寡婦鏈，卻一處處地消失了，在那些臨水的高岸上，只留下依稀的印痕，彷彿提示逝去的往昔歲月，它的失去應該讓人欣慰。

纜子印、篙眼石、寡婦鏈，組成沅水獨特的美麗悲愴。在它遍岸的紅葉樹和鷹鷲的唳聲裡，我感到血脈裡有種重如鉛質的湧動，而沅水是我的異地。那些古老的塔、寺和吊腳樓，那些雞犬之聲相聞的巴掌大小的粒粒山鎮，以及那岸邊、水上的人和事，於我都極陌生。當我的小船悠悠地流向蒼茫的山水夕照中去，我感到這宇宙間，充滿了一種痛徹的靈性與默契，這種超升無極的境界，源於這派碧藍的流水。這水，生長哀愁，也生長一切美好的事物。

在驚險處獨行

也許，人生就是一種行走的過程。

天上沒有路，鳥卻飛翔得快樂；水上沒有路，魚卻悠游自在。大地上的道路血管一樣縱橫在歲月深處，人心卻感受著疲累。道路總在用它的長度衡量生命的短促，用它的跌岩崎嶇顯現世事的蹇澀與艱難。其實，一個人的路很短也很驚險，許多的關卡和緊要之處，你註定了只能獨行，過去了是你的僥倖，過不去也並非你獨有的不幸。既然驚險處只能獨行，你不妨就做一人上不羈的冒險家，懷了始終不變的一種快樂心情，在寂寞和無助的時候，學一點飛鳥與游魚的瀟灑，感受生命的大歡喜，讓一種生命以外的頓悟擊是你的心坎。

我把腳印留在了許多鮮為人知的地方，那些地方的水很陌生，人與物很陌生，我於陌生處獲得一種獨行的大快樂，於大快樂中享受一種鬧市中久違了的大寂寞，又於大寂寞中經歷一次又一次冒險的大刺激。在充分享受過現代科技帶來的交通便利之後，我嚮往一種接近原臺和自然狀態下的行走方式。比方我很喜歡紹興那種烏篷船的代步方式。紹興的烏篷船與故鄉小河上的划子相似，船篷通常分為六至八道，一半固定，一半可以移動，篷架以竹午為拱，中夾竹箬，既堅固又別緻。坐在船中，可以飲綠茶，聽船姑用很溫軟的吳音拉家常，若是遇上下雨或落雪，就可以坐聽雨聲或雪聲打在船篷之上輕輕重重、斷斷續續、忽疏忽密的天籟之音了。你在獨行，那麼你彷彿有一種極輕柔的東西忽然觸到內心的某處，在麻麻癢癢中生出一份快樂遐想，恨不能請故去許多年的周作人或沈從文這樣平和而有詩意的雅人，陪你聽聽旅途中的雨聲、雪聲。這種境界很平和閒靜，它最多只能算獨行中的意外片段，許多時候，獨行者總是處在一種陌生的挑戰與冒險之中。

在我決定深入怒江獨龍族生活地域的時候，我曾零星閱讀過一些有關的資料，選定最富有冒險性的溜索開始自己的獨行。在我的想像裡，怒江上的溜索應該讓人有一種飛翔的快感。設想獨龍族世世代代就像鳥兒一樣從驚濤駭浪之上疾速滑行的姿勢，以至於我從嚮導的小木樓裡負了鼓鼓的行囊大步邁向怒江邊那道駭人的竹織溜索橋時，依然充滿著一種久違了的激動與興奮。按著嚮導的指點，這道長達四十二米的溜索，因為使用時間較長，中段低垂江面，如遇五級以上的風就不宜過橋，否則會有極大危險。另外，溜索對岸地勢較高，要想過江，靠的是體力，嚮導勸我：你是城裡人，人又胖，最好不要冒這個險。

到達江邊，忽然颳起了風，也下起了雨，春夏之交了，居然有一抹寒意襲遍全身，望腳了奔騰怒吼的大江和大江上隱約一線竹索，就生出幾分猶豫和心悸。但想起曾在嚮導面前自己眉飛色舞的拍了胸脯，便咬了咬牙，將一根粗大的麻繩繫牢在木製的溜梆上，再用這麻繩將自己從根至臂捆個結實，雙手抓緊溜梆奮力前撐，兩腳後蹬，整個人便如一粒草芥擲向濤聲和風雨聲中。我平時有「恐水症」，蓋因不會游泳之故。此時身懸溜索，下臨驚濤，大風颳過，溜索劇烈搖晃，便在心膽俱裂中緊閉雙眼，知道此刻生死由不得自己了。大約已滑到江心，溜索忽然下墜得厲害，似乎感覺腳上已被被浪濺濕，若再下墜，必葬身魚腹了。幸而在驚魂未定時竹索卻向上斜去，遂渾身精神一振，奮力抓住粗大的竹綜在空中搖搖擺擺挪向前去。

離對岸大約十幾米的樣子，問題來了：愈近岸處溜索愈陡，而我已經冷汗淋漓，接近虛脫。心裡想著，在失去知覺之前一定要拼了命向上攀移，否則又會滑回去，那就真的死得輕如鴻毛了。渾身的力氣似乎已隨汗水揮發乾淨，抓索的手開始發抖，我真正體會到了什麼叫力不從心，也體會到了無助與恐懼。掙扎著一點一點向前移動，想著遠在千里的妻兒，意志萬不能崩潰，生死只在一念之間了。也不知過了多我主，我在意識朦朧中感到左膝忽然被撞得一陣劇疼。睜開被汗水和雨水封住的雙眼，終於看到岸上的一塊巨岩像父親的巨掌一樣伸向我——大難不死，我終於抵達對岸了！

令人膽寒的溜索在我的身後秋千索一樣晃蕩在大江之上，死神在上面打著秋千，彷彿一種誘惑。我癱軟在岩石上，心裡充滿了大歡喜：活著是多麼美麗。白雲和飛鳥在空中滑行，無有聲息，永恆的、瞬間的，生或死，動或靜，一切都融為一體了。

在獨龍族生活的地方行走了兩天並生出一個陌生又讓人心裡發疼的愛情故事（那是有別於都市的那種）後，我隻身離開了那裡的大山、大河和木屋、狗、女人一個隻屬於我的夢幻，按計劃向著另一處陌生的目標——雲南永平西南的博南道進發。

我嚮往在書上讀過的博南道，因為那部曾是歷史上有名的馬幫出設之地，博南道上的累累青石之上，至今還留著一串串大如大碗公的蹄窩！那種深達兩寸、直徑近四寸多的青石上踩出的馬蹄印，可能是普天之下一道絕無僅有的人世滄桑風景。博南道上的馬蹄印，讓人彷彿回到許多年前山高月小的靜夜，蹄聲如雨，由遠而近，似寂寞的鼓點敲在心頭。

到達博南道時已經離溜索上的驚險時光相隔十餘日了。一個人獨行山邊水腳，讓寂寞子彈一樣一次次擊中自己，卻每天都新右奇著。一路上很少住酒店，單選那些農戶落腳，領略古人離鄉別井的情懷，盡情由著自己的心緒和雙腳，作自在遊。在到達博南道的當天，我向當地土著老者盡可能詳盡地打聽舊時馬幫的情形，為了多得些印象，我選了一位做過馬幫頭領的「馬哥頭」王姓老漢家住宿。王老漢養一頭騾子、一條狗，還有一個奶娃娃的孫媳婦，大約三十多歲，樣子挺媚人，說好交一百元包吃包住。夜飯後王老漢話古，說六十年代以後就沒幹馬哥頭了，因為那時已經沒有馬幫了。此前雲南馬幫有滇東、滇南、滇西三條主要運輸幹線，各處規模和行程不等，大的馬幫一百餘匹，小的十餘匹，長途則在千里之外，短途也百里以上，無非販些布匹、藥材、鹽巴或皮貨這類物事。王老漢在半個世紀前做過十年的博南道馬幫頭，據說在路上的禁忌甚多，如吃飯時桌上碗碟不得挪動，否則預示途中將有翻馱的危險；任何人不許雙手扶門檻，因為柴門與財力諧音，堵住柴門也就是賭了財門……等等。一路之上充滿艱辛與危險，山匪打劫、瘟疫、夜行深山大谷時險情萬種。王老漢在醉中唱起「趕馬調」：「石榴開花紅又紅，有女莫嫁趕馬人；吃飯好像餓死鬼，半年一載才回門。趕馬莫走夷方去，夷方路險病痛多；草地當作綠絲氈，石頭當作花枕頭。」馬蹄得得，馬鈴噹噹，餐風露宿的趕馬人，算得世間最艱辛的行者。

次日正式踏上青石零亂的博南道。這條昔日馬幫的必經之路，已歷千年歲月，於今已是荒涼冷落，山谷間迴旋的風旋吹起青石路面的敗葉，蝴蝶一般低徊在晨曦中。我獨自行走在這條看不見盡頭的山間古道上，像閱讀一部本不該忘卻的野史，心裡充滿了感喟。路中心的每一塊巨大的青石，都傷痕累累，馬蹄踏出的巨大而深隱的蹄痕，匪夷所思地呈現在我眼中，彷彿歲月的傷口，有的青石上有兩到三個大而深的蹄印，只有一個蹄窩的，則深廣得驚人，蹄窩如打磨過的一樣，居然在半個多世紀之後依然光可鑑人，可見當年無數沉重的鐵蹄是怎樣地將這充滿靈性的石頭踏出一片紛飛劑粉。我忽然生出一種敬畏心，也生出一種大寂寥，天荒地老的感覺此時竟變得具體而微了；綿延數百里的古道、淒清衰敗的傷痕遍體的古道，不就是老而又老麼，人老去，馬老去，地也老去了哦。石板縫中生著零亂的野草，瘦而倔勁，而後面的一個個大蹄窩中，已鏽出些許苔色，如遠古的青銅。我用手杖敲打那些殘石，沉沉的發出迴響。而此時，彷彿半個世紀或更久前的月下蹄聲撼地而來……

山間有野花開落。在一處山坳上，我發現一塊殘碑，這是一塊明人工天啟年間的殘碑，上面記載著一支叫青雲馬幫的馬隊，在此忽遇暴雪，路滑馬疲，昏夜墜落深谷者十二馱併六人，因為馬哥頭也不幸遇難，所以生者立碑紀念亡者，凡馬幫過此，都須祭奠。我忽然感覺著一種悲壯，俯視谷底，雲霧繚繞，這樣的絕地，馬幫已走過數百年，遇難者豈止殘碑上所記之數！生的艱險，由此可見。

無終於無法繼續走下去，這是一條似乎沒盡頭的生死路。人間或許有許多道路比它更險惡，如那些臨江峭壁上的古棧道，但於我而言，獨行的目的已經達到，我還須回到滾滾紅塵中去，與眾生一樣做名利的囚徒。獨行很美，很美的東西都是短暫的。

我是一個獨行者，不僅是旅行，精神的旅行也同樣孤獨。行走在大地上，遠離人之窩巢，年月日我曾通過鳳凰縣郊外的南方長城轉而去桑植某個叫黃蓮寨的山中絕頂，當時讓嚮導用粗繩綁了腰攀上雲霧中的十里峭壁，到在這那窮極了的寨子，驚得面如白紙，以為行路之難莫過如此。老鄉卻笑：用背簍將小牛背上寨子，此後牛便永遠無法下山，算得稀奇麼？

想起李太白的〈將進酒〉和〈蜀道難〉，想起溫庭筠的〈雞聲茅店月〉，想起江淹的〈別賦〉和王璨的〈登樓賦〉，獨行的況味，便如靜夜的月影籠在心頭。一個現代的行者，想要做的畢竟比古人容易多了，跋涉的疲累遠遠抵不上那種揮之不去的闊大無邊的別緒離愁。獨行之後，便有了一些悟，也有了一些與古人接近的感慨，這在網路時代，也算得不易了。古代的驛站，自無法比今人的星級酒店，驛站是落寞的，而落寞產生詩思，星級酒店是熱鬧的，但熱鬧的地方誕生不出李白。古人的代步工具無非舟、車，舟車勞頓，卻也可慢慢品味風景和人生情懷；現代的代步工具太多，速度太快，讓你來不及思想。想起最最繁華的大唐帝國也就二百六十所水驛與一千二百九十七所陸驛，心裡便生出一個怪念頭：一部浩如煙海的《全唐詩》就產生在這麼少而又少的驛站與驛站之間嗎？李白、杜甫……他們都是獨行者，他們的詩，彷彿遙遠的絕響，從行路難的歲月那廂，隱約傳來，驀然充盈在天地之間。

獨行可以聽雨聽風聽鳥鳴，聽歌哭聽天籟，聽無聲之弦；獨行可以看花看雲看水的形態與一切生死的形態，看那世界的另一種結構，獨行可以洗心洗耳洗眼，可以感受許多已然陌生了情懷與心緒。在異地的月下或雨雪中行走而且仰天嘯傲，沒有人懷疑你是瘋子，大家都只是過客，正如蜂蝶是花朵的過客，流雲是天宇的過客。詩意由你，傷感由你，冒險由你，棲止由你，看江山看美人由你，你只是散淡的一個且歌且竹的過客。在天地方圓之間，狂野而飄念的靈魂，如慧星般劃過時空，不著痕跡，天地依舊渾然完美，因此你的獨行便有了覺悟的大歡喜與行旅的大勞頓，這兩者只有遠離了都市才會獲得，而你是深愛著並牽掛著都市的人。

我想起漂泊

窗外壯麗如頌詩的金紅火球正向人類生命的峰巒落去。無與倫比的肅穆在紫藍的宇空瀰漫，那種神秘恢宏的令人魂天歸一的境界，世上任何一種智慧也難以企及呵。

生命，面對夕陽裡那片永遠黛綠著的沉默的巨大山影，那正變得漸次輕盈起來的大地的征帆藍天墓碑，花蕾般開放。此時，我想應該有一支蒼涼美麗古歌或者類似貝多芬《命運》的交響，向極遠處那生長著一切美好事物也生長哀愁的青山一陣陣地傾瀉，一遍遍地親撫。應該有充滿靈感的手指，伸向那片如煙的夕陽山影，去感知永恆的滋味。

而我，只能永遠滯留在這喧囂聽城市。這讓我疲憊與辛勞並讓我莫名地煩憂的人之巢穴。一隻工蜂，我只是工蜂，生命嗒然垂落在這都市黃昏的某一個不起眼的窗口，太多的感慨令翅膀沉垂。夢中的蝴蝶紛飛，停落在往事的花蕊上，那是一種關於靈魂的寫意或象徵。

我想起漂泊。那是屬於生命的一種瀟灑。完成一次孤獨的旅行，比完成愛與被愛的過程都來得完美而深刻。

然而，生命卻註定要成為一種藤狀植物。在都市四方形的空間，在桌子與椅子之間我只能長在岩石一樣微寒的辦公桌上，飲些墨水，吃些鉛安，成青青黃黃的一株，在歲月裡蜿蜒又蜿蜒。生命是一株藤狀植物，妻子和女兒是藤上開放的最美麗的花朵，而果實，已是纍纍。

我懷念漂泊，在一些夢幻般的河流上水鳥一樣滑向山深處，寧靜而悠遠的月，照在頭頂，讓靈魂變得透明。卻陌生的極地旅行，看路邊的葉子青了又黃，佇望夕輝裡孤單的火狐被落葉所驚，沒入荒野。可以聽木槳乃一聲次次擊中自己。幻想許多種奇遇，在一些陌生的風景裡發生。讓憂傷或者柔情，痙抑或孤獨，一次次撼動心靈。我想起，在某一時刻，在異鄉的旅店或草地，去際遇豔麗的多情水女，她身後的小狗作喜悅的吠聲。黃昏遂成一種久遠的迴響，逝去的美麗記憶，那種傷悼與愛意，永遠溢滿心間。

而我不是漂泊者，只能在這黃昏的陽臺上一次次默想坐在某一片故城的廢墟上，吹一支長笛，吹出滿城鄉愁。此放慢我居住的城市的上空正佈滿了牛皮癬一樣的雲朵，街樹是永遠零亂的郵戳、月亮的郵戳，交給擁擠的車廂去郵寄，從春到秋，從東直到西。活著是多麼美麗，然而我卻懷念漂泊。我知道，世間有許多人，在此時此際，在沉靜的暮靄中，在波濤圍繞的綠島上正豪飲著烈酒，哼著歌子；我知道，此際正有人在曠漠的荒野感受白雲蒼狗、人生如過客的瀟灑蒼涼；正有人在山中黃昏的野豬油燈下談鬼的故事或讀蒲松齡的《聊齋》。那是在陌生的遠處發生的事情。那些漂泊者有福了。

一腳踏入古羅馬的深冬

這是一座特殊的城市。在歐洲，甚至在地球上，它都算得上獨一無二。它的特殊，就在於它隨處可見的斷牆殘垣，以及那些斷牆殘垣帶給人視覺上、心靈上的震撼。

一腳踏入深冬的羅馬城，你彷彿在瞬間便墜落深廣無垠的歷史黑洞，你感到了一種無形的窒息與籠罩。這種時候，那些矗立、凸現、排列在現代建築物之上的古老城垣與龐大的石柱，還有那些神秘幽暗的宮殿、圓形的鬥獸場，讓你的靈魂顫慄，仰望那些歲月的殘骸和文明的遺存，你會生發出無數感喟，但這些感喟真的是滄海中微瀾，全不足道的。

在訪問義大利旅遊協會的時候，負責人以十分精確的資料證實義大利旅遊收入排歐洲第三位，在全國國民收入總和中排第一位，而羅馬城的旅遊收入又占全國旅遊業總收入的七〇%左右。我當時問了一個很感性的問題：羅馬城既然每天吸引著六十萬以上國外遊客，它的魔力究竟在什麼地方？負責人很認真地回答：羅馬城的魔力就來自遍佈城市各個角落的古老牆垣和殘堡斷柱，每一塊磚和每一塊石頭，都有三千年以上歷史，是人類文明史最輝煌的遺存物，政府每年投入鉅資來保護、維修這些古蹟，在義大利人的心中，它們不僅僅是一個國家足以驕人的瑰寶，更是一座取之不竭、用之不盡的銀行，它們是義大利人的光榮也是義大利人的財富。

我終於明白，為什麼在羅馬城，每一處斷牆、殘柱都被精心地保護起來。義大利人的聰明就體現在對自身文明的珍重與呵護上，他們絕不會愚蠢到讓那些現代建築去徹底取代祖先創造的奇蹟，也不會因為滿城都是三千年以前的古舊殘破物而厭其多。在他們眼裡，遍地斷牆殘柱有著無與倫比的美，這種美是滄桑百劫之美、深沉的歷史、人文之美。在一些古堡的遺址與兀立的殘牆之間，花草樹木蔥籠著，金髮少女嬉戲著，車流悄然湧動著，一切都如此和諧，古老文明與現代工業文明完美地融為一體，羅馬真是一座特殊的美麗的城市。

在古羅馬鬥獸場，我看到基本保存完好的巨大的圓形建築物，猶如千年老怪張開無遠弗屆的陰影。它是羅馬古城的象徵物，也是文明與野蠻搏擊的生死場。它的建築全部由巨大的石塊壘成，每塊巨石都已斑駁風化，似有累累刀劍深痕，它們訴說著二千多年前那些令人不忍卒睹的血腥場面，訴說著有關生的悲憤與死的慘酷。鬥獸場分為三層，底層為角鬥士搏擊的場所，往下俯視，猶如被山洪暴洗過的縱橫峽谷，條條狹窄幽深的殘破石巷通道，被隔成無數區間和門洞。這就是有關角鬥士與猛獸的地方，二千年後彷彿依然瀰漫著血腥、隱約傳來人與獸生死搏擊的長嚎。在那些令人驚魂的狹窄通道的四周，是石頭壘成的環形檯面，應該說留給當年那睦手執兵器、表情漠然的衛士監控角鬥士們的地方。一、二層由無數圓形的門洞組成，是供貴族們觀賞角鬥士搏擊場面的看臺。在西元前一世紀初葉，羅馬已是一個領土廣袤的奴隸制大國，在連綿不斷的對外戰爭中，元老貴族掠奪了大量的土地，並把無數戰俘變為自己的私產——奴隸。奴隸除了失去了人生自由之外，過著非人的生活須戴著沉重的腳鐐從事極重極苦的勞作，而角鬥士則又是奴隸中命運最為悲慘的。角鬥作為貴族們一種殘忍而野蠻的娛樂，興起於西元前一世紀。那時候的羅馬城，除了政府建造的弗拉維環形鬥獸場可容納五萬人之巨外，尚有大大小小的角鬥場不計其數。根據有關資料介紹，角鬥分為兩類：一類是迫使成對的角鬥士手持利劍或首相互擊殺，最初是幾對，後來發展到三百多對。在角鬥中，誰在生死之間也不敢手軟心情，因為一對中必須死一個，幸運活下來的，如未殘廢，則可獲得自由，哪怕是親兄弟也只能相互殘殺，直至對方倒地身死或雙雙浴血而亡。其殘忍可見一斑；二類是強迫角鬥士與囚籠中放出來的饑餓猛獸搏殺，獅子、老虎，這些兇猛的餓獸，在角鬥士揮舞的劍光中咆哮撕咬，十個之中，很難有一個活口，就是拼命殺死了猛獸，也決不可能全身而退，在狹窄的通道中，人獸相搏，其慘烈可想而知。奄奄一息的角鬥士最後會被衛兵扔到荒島，決難生還。

在巨大的鬥獸場的觀賞臺上，那些盛裝的貴族男女，面對腳下劍光飛血的場面，樂得開懷大笑，充分獲得嗜殺心理的滿足。在他們的心目中，奴隸其實與那些囚籠中的野獸是沒有區別的，奴隸根本就不是人。這種滅絕人性的「娛樂」，曾大行其道，這在歐洲文明史上甚至人類文明史上，應該是最黑暗的一幕。這使我想起，真正的文明或許就是從血與火中走出來的，是從最野蠻殘酷的人類行為中生發、昇華出來的。在憑弔突兀立天空下的已然殘破的巨大圓形鬥獸場後，我們不能忘記一個名字，這個名字曾震撼了整個古羅馬帝國，他就是角鬥士中最偉大的英雄——斯巴達克。他是第一個寧可為自由而戰死沙場，決不為敵人取樂而喪身角鬥場的戰俘奴隸，他領導了一場氣吞山河的奴隸大起義，幾乎摧毀羅馬奴隸主的統治。但斯巴達克最後還是血戰而死，數十萬人也全部為自由犧牲。很顯然的，斯巴達克是一位真正不朽的角鬥英雄，不是與同胞和猛獸，而是與比猛獸更為兇殘的統治者及一個龐大無比的帝國進行生死搏擊。雖死猶生，雖敗猶榮。

在羅馬城無數的巨石圓柱及斷牆廢墟之間，人們在倘徉、沉吟，或者驚呼，現代社會與上古文明除了某種傳承之外，其實是有著很深長的隔膜的。在憑弔和懷古中產生的震撼可能只是短暫的，但那些保護得十分精心的歷史遺存物，卻凸現、兀立於天地之間，一千年、兩千年，甚至一萬年，它們成為文明的殘骸，堅硬地哽堵於歲月的喉管中，時時讓人心驚。

現代化的羅馬城，作為義大利首都，它的魅力來自古代文明與現代工業文明的完美融合，它的人文內涵、歷史、藝術的氛圍，都是無與倫比的。那些殘斷柱，不僅折射出從前的輝煌，也同時是義大利甚至整個人類的金磚全柱，沒有任何東西可以取代它們，也沒有任何東西比它們如此讓人難以忘懷。

異國的鄉土——荷蘭風車村散記

中國是一個農業大國，農耕文化與農業文明在世界上顯然有著無與倫比的地方。廣袤的鄉土、田園，在滄桑百劫為沉埋著中國文化的根，田園對於中國人或中國傳統文化而言，可以說是一切情感的核心部分，是滋生、演繹一個古國關於文化、哲學、政治、經濟、歷史及人文情懷的磁場。無論陶淵明心中的田園，還是鄭板橋心中的田園，或者還是其他鄉村才子，高官隱士心中的田園，這道風景是我們幾千年來肉體與心靈的棲息、休養之所。

而中國，這樣優美的滄桑的田園，是無處不在的。

中國人是熱愛田園的一個民族。

在我的心目中，一直以為洋人對於田園的情感應該是比較淡薄的，他們除了充分享受物質文明之外，對田園之外的自然山水可能更感興趣一些。在我所涉獵到的為數不多的外國文字作品中，普希金的田園詩給我留下了很深的印象，此外，就想不起哪個國家能像中國一樣擁有汪洋如海的關於田園詠歎的文字作品了。中國從漢代以降至現代，田園詩人與田園作家的傑出代表多不勝數，這與中國是一個具有幾千年農耕文化史的國度有關。世界上其它國家除了另外三大文明古國，是很難談得上農耕文化的。因此，田園情結相當淡一些，自在情理之中。

但在荷蘭這個地中海小國，都很出人意外地一種歐洲少有的對於田園的熱愛與呵護。荷蘭人在某些個性方面，有點接近中國人。荷蘭人過去的歷史姑且不去說它，但這個國家人民的勤勞勇敢卻差不多可以與中國人相提並論。隨便舉一個例子，一道全長一百八十餘公里的巨大的造海大堤，居然可以橫穿波濤洶湧的地中海，將被海洋分裂形式的國土連成一完美的整體，不僅便利了交通，發展了經濟，而且還在大堤之右造出一個浩瀚柔美的內海，供水鳥棲息，供漁業發展。這個工程在世界上是獨一無二的，它的浩繁與艱難程度，大似幾千年前中國人修築萬里長城。一條長城建在大地上，為防禦敵人；一道長堤從驚濤滾治療的海底矗立而起，給國家帶來經濟繁榮。在不同的時空中，荷蘭人創造的奇蹟與中國人創造的奇蹟，作用完全不同。作為一個中國人，你在自豪萬里長城的同時，不能不對異國的造海大堤發出一聲由衷的驚呼。所以，荷蘭人雖然生活在極為先進的後工業文明氛圍中，與歐洲其它國家民眾相比，卻保持了一種很獨特的民族個性。荷蘭人除了勤勞勇敢與中國人相仿之外，熱愛田園，可能也是個性相似的一個方面。說荷蘭人熱愛田園，有一個有力的例證，那就是舉世聞名的風車村。

跑遍了歐洲，看了無數的教堂與古代建築，也看了不少異國情調的自然風光，但田園美景卻罕見，與同行的歷史學教授探討這個問題，教授發表了一種見解；認為歐洲幾乎談不上什麼農耕文化，更談不上田園情結，海邊上的國度，只有藍色文明。我以為，世界上任何國家和民族，都有相似的生存需求，土地和田園永遠是人類不可或缺的部分，但田園成為一種文化，成為人們情感生活中難以抹去的結，卻只有在中國。這裡面有著很深廣的歷史原因，民族發展演變的原因，生存環境，人文環境的因素及情感取向的因素。中國人的心靈長期以來是封閉式的，強調感受與內省，而外國人的心靈卻高度開放，他們的思維與情感不會拘泥於田園與土地。話雖如此，任何事務都不是絕對的，比方荷蘭人，我揣摹著在他們的情感中除了對於天空、海洋的熱愛，還一定有對於土地的珍惜與眷戀。荷蘭是瀕海小國，土地不廣，人口眾多，他們一代代人朝海洋努力擴充自己的生活空間，一些城鎮幾乎是由填海造出的，如首府阿姆斯特丹，許多建築物就建在海水之上。正是因為土地的稀缺，所以荷蘭人比其它民族對土地更重視與珍愛。我猜想他們一定嚮往恬靜優美而且富足的田園生活，嚮往有中國江南一樣充滿詩情畫意的田園。

在駛往風車村的海濱高速公路上，我一直在想：這麼著名的風車村，一定是一處極大的地方，並且一定有壯觀的風車群，也許是一百座、一千座，或者更多，否則就會是名不符實了。

很讓我驚訝的是，其實風車村真的只是很小很小的一處村落，或者就是一個小型的莊園。在它的入口處下車，遠遠望見有三、五架古舊的大風車在落日餘暉中緩慢地轉動著，附近散落著一些石拱小橋和積木一樣的小屋，腳下是一望無際的碧綠的草地，幾乎看不見一粒土和石子。我吁出一口長氣：這就是美麗得讓人憐愛的小小的古老的風車村了。

風車在微風中轉動，將心緒剪成雪花，紛紛飛落。是的，此時已下起了全歐洲的第一場瑞雪，而我的國家的東北，也正是雪滿山川的時候了。

踏上石拱橋，彷彿有一種回歸故鄉的感覺，橋下是清淺的流水與芊芊碧草。過了橋就是小木屋，木屋中有一座奶酪加工作坊，據介紹，它已有一百多年歷史了，主人是一位農夫，早已亡故。穿過木屋沿一道很美的木柵欄走幾分鐘，就看到一座中世紀的大風車臨水矗立。風車的形狀類似中國煙囪下半截，圓形，頂部裝有三支大風輪，類似中國漢代木梳。微風捲雪，柔柔飄過，落地無聲，古老的風車有如剪影，在水、草、木屋和拱橋構成的恬靜氛圍中，讓人生出一種奇異的很愉悅的感懷。這種感懷，可能是來自田園和風車，也可能來自一種真切的歷史人文的觀照。異國的田園與故鄉的田園一樣，有著相同的怡美與滄桑，同樣是供靈魂休憩的地方。

走累了，就坐在臨水的一根老樹樁上，讓同行的朋友拍照留念。然後找到一位長住風車村的荷蘭老者，在導遊的幫助下，我與他交談了二十餘分鐘。話題除了瞭解風車村的歷史及旅遊收入等情況外，還問了一個很普通的問題，那就是：荷蘭人自己很喜歡來風車村嗎？為什麼？老者的頭髮很白，眼睛很亮，滿臉發出皺摺：「荷蘭人最喜歡去兩個地方，一個是賭城，一個就是風車村了。喜歡來風車村的原因也許很簡單，他們常常隔一段時間就會來看一看，他們對它有一種牽掛，是的，是一種類似對朋友或親人的牽掛。」

老者不屬知識階層，他只是風車村裡專做木鞋的工人。他在這裡住了三十多年，他瞭解荷蘭人，「牽掛」是導遊的翻譯，我不懂荷蘭語，不管是否這翻譯符合「信、達、雅」的要求，但我以為這兩個字都表達了荷蘭人內心深處對於田園的一種深深眷戀情感。很貼切地反映了荷蘭人對古老的風車村的心態。

對於田園，不管在中國，還是在世界上其它地方，人們是真真切切懷有一種難以割捨的牽掛。當我和我的旅伴們在雪光中依依惜別這個古老的小村時，我忽然就有了一種傷感，在心裡默禱：荷蘭人百般珍愛和呵護的這方小小田園，希望它像我的祖國那些美麗的村落一樣，成為人類靈魂的天空中永不消逝的暖巢。

包穀林

（上篇）

我很驚訝於大東北平原和丘陵地帶那一望無邊的綠色，那綠，濃得化不開也斬不斷，從地角到天邊，起伏如浪，如浪般從眼前鋪排開去，漫過道路和村莊，和遠處的山巒匯合，日出和日落，都彷彿只是從綠的這頭到綠的那頭。無形有形的一切都能沉澱進去，任何東西都能浮載，就是天地日月罷，還有一切的人間興衰悲喜，它都承載得住，而且並不費力氣。那是怎樣蒼茫厚重的綠色啊，整個大東北不就是這種顏色的詮釋嗎？僅僅只需要一種色彩，就將天地人間一切的色彩和聲音覆蓋了、取代了、終結了。一種色彩是單調的，但一種色彩卻可以生化無數種色彩，智者是不會單一地解讀世界的，正如有人從花朵綻放時的聲音可以聽到陽光和露水的輕語、土地和風的呢喃以及一切生命的律動一樣。正如天空只有一種藍色、海只有一種藍色，沙漠只有一種黃色、黃土地只有一種黃色一樣。浩瀚的、永無窮盡的、生生不息的綠色，是天地間最正大陽剛的色調，真的大美無言。

而這種令人震撼的無有際涯的綠色，卻正是一種極其平凡甚至很卑微的生物─玉米。玉米！永遠都能讓饑餓的世界充滿溫暖，最賤最廉價的東西養活了天地間最寶貴的生命。它養活了一個大東北，也養活了一代代北方和南方的平民，是的，這種廣袤的綠色植物養活的是一個民族最基本最底層的人口，它曾經是也將永遠是「草根族」最易獲取的糧食，一種生存最基本的元素。東北夏日的玉米地曾被前輩詩人稱做「青紗帳」，那是詩人的淺薄和愚蠢，我感覺著在大東北無邊的綠色之下、厚土之中，沉埋著血與恨、愛與火，屈辱與悲憤！沉埋著一代代人的夢想和靈魂，沉埋著無數驚人的或平淡無奇的傳奇和歷史。以往歲月裡的一切沉埋沃土，長出堅韌而且活力充沛的根鬚，穿透阻隔，在天地間磅礴著一種無與倫比、不可阻擋的綠色，夢幻一般、童話一般。只有童話的魔指，才能把大地塗成一種色調，但這種色調卻交融著汗水和淚水，在晨風吹來時你能聽見雀鳥的歡啼，也能聽出汗珠落地的聲音，在月光把世界塗成朦朧的銀白時，能照見玉米的影子也能照見農人荷鋤歸去的影子。沒有誰能能讀懂每片葉子上刻寫著的表情。

簡單而深刻的農具，把所有細節都刻劃在泥土上，然而是一種複述，一種進退有序的歲月。洪水和旱魃作為另一種深奧的東西附加在主題之上，寫出極艱難的兩個字：「豐」或「歉」。鄉土的主題是糧食，一部手寫的中國農書，遂成為「糧食」的多種詮釋。在大東北，我感覺了綠色之外的歲月深處有難以企及的東西，成為一種磁場，將我的靈魂引向不可預知的遠方。那是關於戰爭關於死亡和家園的一些念想。一個民族的屈辱史都寫進了這片長滿綠色的沃土。松花江、鴨綠江、黑龍江，還有東海，還有漠北之比。還有圍繞東北的幾千里邊界，還有失去的一百六十多萬平方公里國土，還有黑瞎子島，甚至還有小圖門江畔一座不起眼的小山—張鼓峰！因為這座山，因為「張鼓峰事件」，竟讓倭寇封死了我們出東海打漁的路！我們只能窩在泥土裡種玉米啊！只能在「土字牌」下，種一個民族的屈辱！也許我們在心裡一次次吶喊，我們不要種玉米，我們要去東海打魚！那是我們自己的海！可是，什麼時候，我們把這無邊無際的綠色玉米地當成了東海？持鋤的農夫幾時變成了撒網的漁父？但這沒有波濤沒有海鷗，只有蟲鳴只有炊煙，只有玉米葉上滑落的一聲歎息。玉米地，大東北的玉米地，從春長到夏，從夏長到秋，從南長到北，從東長到西，從古長到今！不管長著豐收還是長著歉收，不管長著夢想還是長著屈辱，包穀林，你每一片葉子、每一棵包穀，都是心血澆成成。你是植物你是草，你是草民的命根！洶湧地生長吧，不可阻擋地生長，湮沒大東北時你也在湮沒我的心，我彷彿看見一個個村舍，恍如露珠一樣懸掛在你闊大的葉片上，我們居住在你無垠的綠色裡，蟈蟈一樣歌唱未來歌唱希望。

單一的、冗長的綠色，足以湮沒一切的綠色，綠色……綠得令人亢奮也綠得讓人惆悵。每一杆包穀都綠森森地高舉在大東北的黑土地上，彷彿斬不斷的手臂，也彷彿是不倒的旗槍……映著日光，映著月光。

（下篇）

南方的深秋山寒水瘦，但大東北的景象卻大不一樣。從長白山巔的暴雪中下到山腰，竟然秋陽如金，千山白樹紅葉，恍如仙界。東北的白樺林在此時最美，無邊無際的白的枝幹，如海如雲的血紅樹葉，色彩對比是如此強烈，彷彿趙無極的油畫，視覺衝擊力極強。從長白山下來便見一望無垠的平原和淺淺的丘陵，那平原和丘陵都是金黃色的包穀林，這一派金黃隨風搖曳湧動，直至天邊，與深秋的落日渾融交匯，金光灼目，不可逼視。在包穀林的邊緣或間歇處，便點綴著一些小小村落，鳥巢一樣，懸浮在金黃的包穀林上。有嫋嫋娜娜的炊煙升起，飄過包穀林，縈迴在山丘邊的白樺林，很有些南方村落的意味，也很有些詩的意味，竟讓人想起古人關於落日、炊煙、鄉愁的句子來，心中便有一種溫暖緩緩升起。

駕車在大東北的平原上駛過，窗外吹來秋的氣味和包穀林成熟的氣味，而目光所及之處，天地人間城廓的氣象與陣營龐大到無窮的包穀林的壯觀景象，讓人有了對鄉土的另一種感喟。沿道路兩側，是漫無邊際的熟透了的包穀林，葉黃桿翠，包穀棒子飽滿沉重，穗鬚飄曳如髯，偶爾露出白玉似的包米顆粒，野鳥飛來，剝啄有聲。地裡的蟈蟈和一些不知名的蟲子在草葉間鳴奏，伴了如絲竹般爽然的秋風，便成一種令人愉悅也令人懷想的天籟之音。北方的小村，房舍低矮，想像中應該有一個大坑，坑四周都掛滿了金黃的大包穀，透出一份充實與閒適。有老人蹲坐在房前禾坪的磨坊下，繫小布兜的光腚娃娃在追逐著小花狗，各色衣褲和尿片在晾衣繩上隨風飄搖。這些影像很容易讓人想起南方小村的生活場景，因此也便讓南邊的旅人在心裡生出一份莫名的麻麻癢癢的鄉愁。但這裡沒有小橋流水，只有老樹、夕陽。沒有斷腸人，只有悠閒地生活在平和的鄉土的老人和孩子，還有快樂中有點惆悵的旅人。

真正令人不可思議和震撼的還是路兩側剛摘下來的堆得像小山一樣的金黃色的包穀棒子。這樣金黃的包穀小山，就那麼隨意地壘放在道路兩邊，連綿起伏，路有多長，包穀小山就有多長，望不到頭更望不到尾。在巨大的包穀棒垛的後面，一般還有專門堆放包穀的小木屋，那種木屋是用橫板或圓木裝成，簡單實用，能遮風雨，但不能防盜賊。便不禁要請教隨行的東北美女：道路兩旁堆放的無數包穀白天夜晚無人看守，不怕被偷麼？美女先是愣了，再就笑倒了：南方人喜歡做賊麼？這麼多包穀你想偷也偷不完，除非你把大東北都拉回家去！種包穀的莊稼人都大方著啦，你拿一車去試試，保證不向你要錢！一車人都笑了，果然想偷也偷不完，整個大東北的秋天滿野都是熟了的包穀棒子！它們是可以養活大東北，甚至還可以養活大東北以外的人呢。想起南方老家山村也種包穀，但那都只在水邊山腳、坡地壟頭栽種，成片成山的包穀林卻少見，況且包穀做為雜糧，只是用來點綴清貧日子而已，是紅苕養活了貧困的南方山區人。不過這已是許多年前的事了。南方人吃包米，或者一家人圍坐火塘邊，將整個包穀棒子放火灰裡燒熟，分而食之，齒頰留香；或用曬乾了的玉米炒食佐茶，入口脆香，又助消化。南方山區人又常將嫩玉米粒打成粑粑，互相饋贈，討人歡喜。記得小時偷集體種在山上的包穀，和夥伴們貓腰蛇行於山徑朗月之下，饑腸轆轆，心中惴惴。現在想來，不僅遙遠，而且頗有些意味。那時包穀固然是充饑的美味，就是包穀桿也可以當甘蔗，

遲到百年

蘇州的名聲實在大。它是中國香豔文化的代名詞。「才子佳人」這四個字，彷彿只有用在蘇州，才得其所哉。蘇州多橋，多園林，多水巷，多才子，更多芳名四溢的佳人。在我未去蘇州之前，不知道已讀過多少關於蘇州的文章，在我的設想裡，蘇州，應該是胭脂氣和墨香籠罩，絲竹聲和輕歌軟語瀰漫，落花和拱橋裝點，具有古典美和浪漫氣質的一座人間罕有的城池。

我懷著一種近乎奇異的感覺來到了蘇州城。這種感覺彷彿是去幽會一位豔名遠揚女子，我彷彿就是那著古裝的才子中的一個，懷了一份難以抑止的帶點色情意味的憂傷與甜蜜，一腳踏響了這城池裡某一條鋪著青青石的古巷。我相信，這古巷中每一塊青石，都曾留下歷史上某一位美人淺淺細細的足痕，當然也留下了在飄曳的裙裾後醉意迷離的某一個或幾個男人的歪歪斜斜的腳印。香豔的、迷醉的歲月，彷彿這古城裡最耐看的一塊絲綢，完美，而且幾乎感覺不到一些皺褶和陳腐的氣息。

當我循著絲竹聲聲的古巷一直走到水邊的時候，我忽然生出一種失望。我知道我終於只是步入了一種有關文化的幻境，要尋找夢裡的蘇州，我已來遲了至少一百年。一百年的遲到，只能成為永遠的遺憾。眼前只幾座似古非古的石橋；只有幾片夾雜在水泥建築群裡滄桑百劫的小小園林；只有一些香豔的傳說在導遊的口中隨風而逝；只有幾條渾濁狹窄的水巷和泊在水上的寂寞的烏篷船。聽不到悠揚的吟哦，見不到峨冠的才子與嫣然回眸俏佳人。我眼前的蘇州全然不是書裡的蘇州。它只是一座很普通的城市，和其它的城市似乎沒有兩樣。忽然想起一些寫蘇州的話本和詩文，我感到我遲到的遺憾愈來愈細膩了。

蘇州，原本只屬於夢境和想像。

只屬於已逝的歲月。

但是，蘇州畢竟是中國香豔文化的根。

根總是埋藏得最深、伸展得最遠的。根留在無邊歲月的深處，歷史的深處；它的根鬚遠到人的想像力和情感也達不到的地方。文化永遠是一種令人傷感和遺憾的事物，只有真正敏感的心靈才能觸摸它。

但是我依然愛著蘇州。我不屬於她，我只是一位過客，在我的心中充滿了無法理喻的對蘇州的迷戀。僅僅是蘇州這兩個字就足以讓我癡迷，它彷彿芳香四溢的女人的名字，總讓人難以遏制地產生無窮的聯想和愉悅。我不知道這是否是懷古的情緒，抑或是對文化和美的一廂情願？

在蘇州，我不厭其煩地穿過它的一條條古巷和一片片園林，並且在一些小古玩店留連，這是一種不由自主，彷彿要尋覓什麼，彷彿什麼目的的沒有。只有在蘇州，我這樣一位對世情已近乎麻木的文人加半個官人，才真正有了不由自主的感覺和少有的失態。當我企圖在不經意中邂逅一位具有古典韻味的美豔蘇州女的時候，我才驀然想起，蘇州在我心中的意義，除了文化上的一種嚮往外，在潛意識裡我原來把它同時當做了一種浪漫色情意味很濃的象徵物。此時，我只是代表了一種普通男性文人對蘇州特有的情懷。

我想要盡力擺脫這種感覺。儘量去想一些關於蘇州的滄桑變故，想一些歷史上有我中的黨爭與文人們的蹇宕淒清。蘇州是一本很沉的史書。它殘存的古堞寫滿烽煙和血腥。可是，我無法揮去耳中隱約襲來的吳儂軟語與絲竹之聲，閉上眼睛，無法模糊一些著古裝的女了的倩影。我知道這是一種無可救藥的固執的蘇州情結，一種特殊的由歷史與文字衍生的情結。許多與蘇州有關的男人的名字和女人的名字，在我每一聲足音裡過電影一樣浮現出來，彷彿舉手可及。

我終於發現了余秋雨〈白髮蘇州〉這樣為世人稱道的文字所具有的虛偽性，凡文人都具有這種特性。他們不敢把內心的想法訴說給世人，他們需要為自己的名聲和身分粉飾。這是一種自我保護，也是一種悲哀。要寫蘇州，一定要寫女人；想起蘇州，一定會想起女人，為什麼不？蘇州的美女比南方的花還多，一座古老的蘇州城的文化魅力，千年以降，一多半是從女人身上生發出來的，全中國除了杭州外，還有哪個城市在歷史上產生過那麼多的名女人（那是多麼令人迷醉的美麗多情的女人啊）？可是，世上許多自認為是人物的男人（比方官人、文士之類），卻不敢公然把這種感受寫出來，他們埋藏了對蘇州美女的熱愛與衝動，他們只讚美蘇州的園林或之相關的文明。我想，假如沒有蘇州一代代絕世美豔的女人和這些女人演繹的有關文化、歷史的事件或故事，蘇州的園林與拱橋又有多少魅力呢？至少，會黯然失色的吧？蘇州的園林著名，蘇州的園林原本是與女人、詩酒密切相關的。余秋雨說，蘇州是歷史上文人和仕宦的休憩冶遊之地，我以為只說對了一半。因為蘇州不僅僅是中國文化的後園，許多時候，它是處在前沿的位置，無論它的女人與文化，歷史與人物，大抵都把它當作了冶煉人性的磨坊。淋漓盡致的人性表達、智慧表達、心計較量、家國之爭、權利之爭、財色之爭……以女人與園林作背景，以詩酒作催化劑，演繹成連綿不絕的波詭雲譎的一部滄桑史。蘇州其實也是中國歷史的縮影。

在我沉醉於蘇州的想像中時，不經意地便踱向了寒山寺。這似乎是一種冥冥中的召喚，鐘聲顯得空明悠揚，帶著很深的禪味，在月色裡顫動。我不知道我是否來尋張繼的詩意。張繼比我早生一千多年，我無法想像他的樣子，但我知道他同我一樣只是這城池的過客，他寫了那首淒清的詩，詩著名，楓橋也著名了。詩、楓橋、寒山寺，是另一種境界，與蘇州城中的氛圍原本是禪與紅塵的兩個世界的分野。它們代表著中國兩種截然不同的文化特質。我素來對寺院與和尚無多興趣，中國的寺廟大抵大同小異罷了。而且，「寒山」這兩個字，我莫名的希望它不是那個和尚的名號，於少它已了無詩意。如果「寒山」是取自李太白「寒山一帶傷心碧」詩義，那就要好多了，月下步寒山下徑且聽那悠悠的鐘磬聲，人心一定會澄明愉悅，若有所得的。

且不去寺院，繼續循了水邊青石路在月下閒閒地走去，隱隱便望見一座古城樓的輪廓。近了，便知是「鐵嶺關」遺址，在水邊月色中凸出一派蒼古。好靜穆的古城樓，好寧靜的月色，好幽邈的歲月呵！一隻鳥在隱隱的鐘聲裡穿過隱隱的城廓的影子滑向水深處，這是一隻穿過了許多山河的倦鳥吧？這是一隻穿過了唐朝、宋朝、元朝、明朝以及清朝和許多歲月的倦鳥吧？只有這保持得完美無缺的鐵嶺關古城樓，才真正是蘇州城最完整的一頁史書了。

鐵嶺關古城樓就連著那座著名的楓橋，真正的千年風霜啊。

楓橋下泊著許多美麗的烏篷船和花船，月色裡婀娜著歌聲和簫聲，船、橋、古城樓以及靜靜的石板路，組成蘇州文化的另一個段落，讓人彷彿回到歷史的源頭（當然是蘇州歷史的源頭），做了一回古人，是的，一個名副其實的古人。今月照古人，抑或古月照今人，此時此地，你是一時無法弄清的，這種錯覺，發生在特定的環境裡，讓我體會到某種玄機。

似乎蘇州城已離我遠去，蘇州城恍如一位善感的佳人恍然離我遠去，我居然沒有一點感覺。我把寒山寺、鐵嶺關、楓橋與蘇州城分割開來，一邊是香豔文化的濃縮，一邊是厚重蒼茫的歷史的顯現，正如一位美豔女子一位佈滿風霜的老人的差別。我不知道為什麼會有這種奇怪的感覺，我站在楓橋不就是置身夢一樣的蘇州城麼？我原本是尋夢而來，尋那哀豔浪漫的古老的故事，想觸摸蘇州城最內在的某個神秘部分，然而卻在不經意間做了楓橋上一幀古老的人物風景，在月下感受歲月的幽邈，心中充滿了肅穆。

或許，蘇州原本就是由肅穆端莊與浪漫香豔兩種截然不同的特質組成，文化的，歷史的，動與

為何偏愛這些石頭，春花灼灼，百鳥和鳴，不是更好上畫麼？問畫家，畫家笑一笑：「古人作畫，講究的是心靈與事物的神韻溝通，一竹、一石、一橋，皆流動著畫家的情緒與思想。」再看畫上的瘦石，似乎真有畫家所說的那種神韻，想必倪雲林畫它們時，心境定是一派清涼落寞了。忽聽艄公喊：「看，落大雪了呢。」急忙望艙外，果然有巴掌大小的雪花落在岸上蘆叢和石頭上，落在浩渺水面和船篷上，簌簌有聲。畫家說：「喝酒！」三人便圍著一鍋沸騰的肥魚，喝那極烈的白乾。喝得興起，艄公便以筷擊碗高唱，不想精獷剽悍的艄公居然也是一位雅士，難怪文化館館長要請他為我們掌篙了。畫家已有幾分醉意，凝望大雪中那片攏船的瘦石，忽取出畫筆，蘸了濃墨，在畫板上疾揮，頃刻竟有數片蒼涼瘦石凸現畫面，那石，兀立煙籠的逝波與空濛大雪之間，是南方河流與湖泊中常見的被歲月磨洗削蝕的那種，單薄，有水蝕的孔洞，卻耀動鐵黑的光澤，冷峻、堅硬、孤高，很容易讓人想起李賀「上前敲瘦骨，猶自帶銅聲」的句子。畫家在畫面的右上角用古篆寫了「石骨」兩字，擲筆舉盞，神情肅然。落雪聲，水浪聲，船篷被風推動的「啪啪」聲，岸上枯蘆的斷裂聲，如一支愴涼美麗古歌，攫人心魄。默坐艙中，對滿天鵝毛大雪，憶起李太白「燕山雪花大如席」詩句，便彷彿北地的嚴寒從遠處襲來，天地之間，一船，一棹，一畫，一盞酒，卻也可以寄託無限情懷。問畫家何以將畫取名《石骨》？畫家已醉臥榻上。

簌簌的大雪中，攏船的那片瘦嶙嶙危石，無聲兀立於夜色空濛處，推湧的水浪在它身邊碎落成泡沫。我忽然有些明白畫家將畫取名「石骨」的意義了。石本堅硬，卻往往為風雨以及波濤所削蝕，在漫長的歲月裡便只留下石之骨。這石骨在河流、湖泊中常有，在野嶺荒谷間常有，廢墟、榛莽間亦有。石骨，於天地間趺坐如佛，靜觀萬物變幻並以靈魂與宇宙對語。日出是一首歌，日落是一幅畫，石是不寂寞的。落雨時任流水洶湧而去，風來時，便把它當長笛。即使所有的景觀都改變，那石之骨依然沉沉如鐵，如黑色火焰。想起畫家講過的一個故事：畫家曾因獨喜畫長城的秦磚和圓明園的殘柱，被冠以「封建主義殘渣餘孽」關入牛棚十年，在其「認罪材料」中畫家有「秦磚、殘柱，石之骨，歷史之骨」句，受盡折辱，竟無「悔改」之意。於今畫家再不畫秦磚殘柱，獨愛畫石，畫那些山水洞穴間嶙峋、蒼古、幽獨的石之骨。世間萬物，或許都有骨，只要你感覺到了，它們就存在。

夜深雪止，艄公披了蓑衣將篷船撐往岸邊蘆叢避風處。攏船的危石已渺，偶爾有水鳥啼聲從大雪覆蓋的荒艾深處傳來。眉月在天，天地空濛，人和船，漸入雪國夢境，不再作石骨之想。

夜酌牯嶺

牯嶺之夜，霧粘人衣。秋氣從岩壁、泉瀑及樹梢逼來，頓生寒意。白天看盡了匡廬大潑墨鏡的山水，清夜例難耐寂寥。名山之中，唯廬山才有街，有街自有沽酒處。夜酌古山，必然雅致。

覓得一小酒樓，獨自點了石雞、石魚、石耳，拈了牛眼睛大小的酒盞，一人慢慢斟來。此時窗外霧氣拍崖而至，洶洶然似含泉瀑之聲。山中景物已是模糊，四周大寂靜。舉箸食「三石」，又有酒香四溢，這清夜，不致淡而無味了。

鄰座有拉二胡者，曲調間似有風聲爽然，泉瀑潺潺然，而婉曲跌宕中分明又含一種難以言說的愴涼意味。山中聽曲，另有萬壑千崖，總令人默然。片刻，又有歌白居易〈琵琶行〉者，至「……座中泣下誰最多？」令人遙想當年白香山謫九江，夜聽琵琶情景。想不到今人亦有能唱〈琵琶行〉者。停杯注目，看那歌者年不過三十，竟是一風姿綽約女子，心裡便驚訝。又聽那女子對拉二胡的白髮老者說：「教授，拉一個《二泉映月》吧？」語氣極廉恭。心想，這必是哪個音樂學院的師生了，否則這請夜何來雅興？何況，現今能唱古詩的，已是寥寥。

酒已半酣，胸中如有硬物哽塞，想起人生種種，瀟灑出塵的獨酌，已屬望外了。默誦一些關於廬山的詩句，便覺李太白、蘇東坡、白樂天諸人，果然智慧無匹，於造化之中引發萬古不朽的靈性光輝，凡人怎可比得。山中風漸大，莽蒼蒼一山木葉噪動不已，遠處泉瀑聲隱隱傳來。默想天地之間，有一顆孤的詩心明滅天高山上，遺世獨立，不甘泯於荒草。此際樓中燈火熒然，教授與女子已下樓去安歇，稀落落的留下三五飲者，猶抱杯不捨，以慰這羈旅心思。

停了酒盞，獨悟山中歲月之從容、清澈。想人生種種遭際，原本不足道的。窗外夜色雖濃，猶可用耳朵去聽風景，心靈所至，山川栩栩如活，較白天景象自大不一，有朦朧深邃之境，有靈光浮現。造化於人抑或人之於造化，是可以達深刻和諧的。無論風水之韻律與洞谷之奇譎，次第呈現心中。夜深獨酌名山，應可開天目大穴，見出世界另一種結構吧？

夜漸深，窗外霧氣不知何時已悄然逝去，下得樓來，於濕漉漉天街踽踽而行，遠處山影蒼涼，月暈籠在天際，夜空透出瑩瑩的湛藍，一種深密無比的寧靜，籠罩四方。踱向「月照松林」，近汪精衛行宮，聽風聲蕭然，林中似有精靈絮語，若非仗了酒意，真怕抵不住這自然攫人心魄的巨大寧靜了。至夜闌星稀，便有了一種羽化登仙的感覺，高山霧氣又濃，令人如墜夢幻。

夕陽的野灘

資江千里錦繡。那帆飄煙水，鳥唱層巒，蘭生沙渚，風渡野謠的情致，讓人愛煞寧想煞。不過，這夕陽裡的野灘，算不算資江的一處風景？安化家鄉人把它取名扁擔灘，多了些艱辛的意味，卻少了些野趣詩情。或許因它灘陡水險，數裡荒灘蘆蒿叢生，亂石森森的清寂、神秘？但野灘自有它獨特的韻味，讓人難以忘懷。

野鳥翩翩

野灘極少人跡，蟲魚甚多，加之水草豐茂，這裡便成了野鳥們的天堂。那些呆頭呆腦喜歡鑽草窩子的野雞野鴨，那些鬼機靈的蒿雀、黃尾白喙的沙婆子（一種野鳥的俗名），那些長腿鷺鷥，墨墨沉默的野魚鷹，小不點的鰹鳥，成百上千的鳥兒，在這片灘嬉戲、棲止、繁衍，組成一個和諧生動的世界。

當灘水金爍爍顫悠悠流進夢幻般的夕陽時，野灘頓時熱鬧起來。各種鳥聲遠遠近近，高高低低，斷斷續續地顫過來，漸漸變得激越、密集，洶洶然，浪潮一樣淹沒了這野灘。灘上胭脂色的暮空中，彩雲般織滿了野鳥的翅膀。那很笨拙地撲騰著和落霞一齊跌進蘆蒿的，一定是野鴨了，那閃電樣在夕輝裡炫耀金色翎翎的，一定是苦哇鳥了。不過，無論那些翅膀如何地帶著喜悅和炫耀地轟然的灘聲之上顫動。比起那巨翼如銀的鷺鷥的舞姿來，卻是很遜色的呢。瞧！數百隻鷺鷥正從水霧縹渺的灘塗上齊嶄嶄地飛起來，閃爍成一片晃眼的銀白，急速升上高空，漸飛漸遠，融入一種寧靜淡遠的境界裡去。

黃昏的野灘不再清寂，瀰漫著生的歡愉，你的靈魂於無意中隨了那一蹄一飛抑揚不已。

狗漁

資江上漁獵的人極多，不外乎網撈罾取。

狗漁，這種奇特的漁獵方式，如果沒有上過這野灘，你是想像不出的。

這灘水極險，無論舟、排都難於靠攏。岸上無路，只有離灘八、九里的起伏山脊上，才有被樵夫和野物踏出來的窄窄山徑，可通到這片野灘。

野灘上坑、窪、溝、沼極多，每當資水上漲，灘水便夾裹著無數的魚類漫上荒灘。有泥有岩縫可棲，有蜉蝣虻蚋水草可食，魚得其所。豈知灘水一夜間退走，那些貪吃的草魚、鯽魚，笨頭笨尾的娃娃魚、黃花魚，便只好留下來，望河興歎了。這可美了那些打魚人。

由於路不通且太遠，難攜罾網，有人便開始耐心地訓練好狗兒。灘水一退，便牽了狗，背了魚簍，走幾十里山道在夕陽裡汗涔涔地踏上野灘。

然後坐在被水洗刷得十分光潔的石頭上，燃了葉子煙，把手指含在口裡呼哨一聲，那細尾的狗兒，便閃電般射向遠處的草澤之中。夕光顫動的淺水窪裡活潑的魚兒正閃閃跳跳，十分的快樂。狗兒也很快活，狡黠地哼哼著，盯了那三兩斤重的肥魚，用尖牙極斯文地叼住，輕輕鬆要公奔向坐著抽葉子煙的漁人。狗兒在淺沼與魚簍之間來回奔跑，作喜悅的吠聲。兩頓飯的功夫，那漁人便攜了沉甸甸的魚簍，燃亮手裡的枯樹枝，緩緩地消失在漸濃的暮色中。

這野灘上的魚是捉不完的。

因為灘水每年要漲上四五次呢。

會唱歌的石頭

當夕陽漸漸淡去，夜色將來臨之際，野灘上的鳥聲忽然沉寂。一種難以言喻的清涼寂寞如絲絲縷縷的暮靄浸入肌膚。

此時，便有勁烈的灘風濕漉漉地吹動。無垠的靜寂裡，你會聽到一種很奇異的聲音在時空裡瀰漫、流淌。那是一種雜亂的合奏。有的沉悶濁重，有的尖銳短促，有的輕柔婉轉。初聽十分單調，繼而覺得動人，這便是石頭的歌了。

野灘多異石，或玲瓏如眉月，或殷紅如珊瑚，於斑斕的野花敗草間閃耀。但美麗的石頭不會唱歌，唱歌的是那些醜陋的石頭。

因長年水蝕，灘上粗笨的大石多生孔竅。細細搜尋，會發現臨水的石頭佈滿蜂窩般的小孔，風從灘上吹來，便發出「笛笛」的奏鳴，且隨風的大小而抑揚。那水中空竅極大，如瓢狀者，風流水湧，嗡嗡作響，濁重空洞，令人頓生蒼涼之感。灘上地勢稍高的地方，有一巨大水蝕岩，中空，石表外形有或長或方、圓扁不一的數十個孔竅，每當勁風一吹，便如笛如簫，似瑟似琴，嗚嗚咽咽，百音齊鳴。

這風與水創造的音響，在夕陽的野灘起伏震盪，真切而深刻地深入人心。

在野灘，石頭不是冰冷的夢境，石頭是會唱歌的呀。

緩緩讀鳳凰

鳳凰是這個世界上為數極少的幾個最美的小城之一。

鳳凰是一個平和而帶有野逸意味的邊城。

鳳凰是一個天人合一的被許多人寫過了的遙遠的城。

一個蘊涵了史學意味、美學意味、哲學意味以及文學意味的城。

它是在民歌和民俗中漸漸老去的城。

它是在杵聲和月色裡流淌著傳說、故事的城。

它是用每一朵老牆、每一塊青石板以及一些青山、一些流水、船，還有一些名人或底層人物的命運構成的一座讓人牽掛的城。

鳳凰是屬於美學範疇的，它的澄碧如練的江水，它的悠悠劃動的竹排與篷船；它的每一座無以名狀的美而奇異的山；它的排列在白雲下的古老的建築和城樓；它的吊腳樓與烏翅下的炊煙……自然的美學，人文的美學，美的極致，讓人畫不完、描摹不完的無言的大美，包含了中國繪畫、攝影中一切美學的特質。假如有一個外地人在震撼於鳳凰的美的同時，心裡很不服氣地喊一聲：「幹嘛要美成這個樣子?!」鳳凰美成了這個樣子，這正是讓鳳凰人驕傲的地方。美學範疇中的鳳凰，誕生了黃永玉這樣的繪畫大師，大師只是用彩筆稍微複述了一下家山的美學，就震驚了世人，大師在愉悅的同時，也在心中暗笑。

鳳凰是屬於文學範疇的。一個作家到了鳳凰，只有兩種結果：一種是按捺不住手發癢、胸口發緊、雙眼發澀，靈感如暴雨來襲，最後有一堆優美或蹩足的文字從心中噴出。往往是，外來和尚好念經，本土作家終因見慣不怪而痲木，外地作家則長文短制甚至寫出古城磚一樣厚的讚美鳳凰的書。一種是被無言的大美所震懾，一時變得手笨心訥，終於難成一字，雖有大遺憾，卻有大滿足。鳳凰屬於文學範疇，不只是山水人方面的原因，最重要的是在這個古老的城裡擁有一位偉大的作家。寂寞、平和、優美得無以復加的人生和文字，讓人在閱讀他的書和他的故居時，都會起一種感喟；不朽的文字就是從每一塊青石板、每一個有篷船的碼頭及流水上長出來的，自然得不需任何裝飾。

《邊城》《湘行散記》《長河》……讓我們深深地懷念，讓我們輾轉難眠。有一位外地朋友，曾在夜宿鳳凰時因無法入睡，在凌晨兩點將我喚醒，步行到從文故居門首，將門邊的老磚和石板一次次地撫摸，嘴裡呢呢喃喃，最後竟嗚咽不止，一屁股坐在涼涼的青石門礅上，天明才離去。這情景讓我很受刺激，我猜想他可能會有一篇大作誕生，誰知後來竟不見一字發表，寫信去問，只答：

「天地間最美的文字都被沈從文先生用完了，已無話可說。」鳳凰是詩，太美、太悠遠；鳳凰是散文，太深、太抒情；鳳凰是小說，太寫意、太傳奇。文學的鳳凰是朽的鳳凰。一泓流水、一城月色、一街古宅、一船鸕鷀、一塊石頭、一橋風雨、一片落霞、一群少婦、一朵老城、一首民謠、一場儺戲……都似乎是講課散文又是小說，但它們又遠遠地超出詩，小說、散文的範疇，生動在歲月裡，凸現在天空下，在懷念和想像中閃爍如星斗。我曾經在某個月夜，租了篷船，泛舟沱江。人在舟中，舟在水裡，月在天上。遠山在月影裡現出朦朧的輪廓，古城牆在霧氣中玄默如出塵的哲人。而岸邊卻忽然響起一陣陣擣衣聲，著白裙的山城女子三五成群地在洗滌著衣物，很容易讓我憶起李太白「長安一片月，萬戶擣衣聲」的名句。在船上問艄公：這些女子為什麼不用洗衣機而要到河邊洗衣？艄公說，女子們喜歡這種感覺呢。是的，這種感覺是一種久違了的關於詩的感覺。找回已經陌生了的人生詩意，這不是一種境界麼？詩意的鳳凰，月色裡的鳳凰，擣衣聲裡的鳳凰，彷彿是天地間的一個夢城、一個詩眼。讀鳳凰如讀詩，這才叫深入到了這座邊城的內核。

鳳凰是屬於史學範疇的。它的每一條青石板路都寫滿滄桑，它的每一座木石結構的清代民居，都迴響著百年前的風雨。鳳凰的古城堞和古堡，默默峙立在沱江邊與崇山峻嶺之間，那些血與火洗禮過的古建築讓人想起兵災、匪患及一些歷史的影像，想起以悍勇著稱的鎮筸軍，想起營盤、衛哨。它似乎是屬於正史範圍的，史書上關於這座城池的記載，充滿了神秘與不真實感，但是，這個古城又似乎是只屬於野史的，凸現在民謠和歲月裡的這個古城，彷彿永遠只是「蠻地」上演釋傳奇故事的一個淵藪。比方放蠱、巫術、遊俠、趕屍種種，浪漫而神奇。鳳凰於今最有名的南方長城，每天遊客如潮。門票四十五元一張，外地人都說便宜。南長城是由大歷史學家、長城研究專家羅哲文老先生命名的，據考證，明代萬曆年間為鎮壓苗民起義，朝廷一方面派猛將鄧子龍血洗苗山，一方面大修苗疆長城。從貴州銅仁經湖南鳳凰、麻陽數縣形成數百里森嚴防線，到清代嘉慶年間又增修或修復碉堡、哨卡營盤與邊城，並派兵鎮守各處。登臨巨石砌成的古堡，想見當年的血腥，劍影刀光猶在眼前。沈從文先生曾在《湘西》中專門有寫鳳凰的章節：「將那個用粗糙而堅實巨大石頭砌成的圓城作為中心，向四方展開，圍繞了邊疆僻地孤城，約有五百苗寨，各有千總守備鎮守其間。有數十屯倉……七百多座碉堡，二百左右的營汛。碉堡各用大石做成，位置在山頂上，隨了山脈蜿蜒各處。……滿清的暴政，以及因這暴政而引起的反抗，血染赤了每一條官道同每一個碉堡。」一座鳳凰城，就是一部血寫的史書，夜深人靜時讀沈先生這些文字，彷彿聞鐵蹄踏踏、殺聲隱隱從遙遠的時空襲來。鳳凰是屬於史學範疇的，不管是正史，還是野史，都深掩在它的平和優美中，卻是如此讓人心驚。

鳳凰是屬於民俗學範疇的。而鳳凰的民俗學特質，又是如此獨絕而奇異！悠遠得讓人惆悵，美得讓人心顫，它的特質深入人的骨髓與內心。在這片神奇的土地上，曾經充傳著充滿恐怖意味的趕屍傳說，死在外鄉的人，由巫師在死者額上貼上符咒，在夜空時揮動柳枝趕著殭屍穿過村過寨，攫魂鈴飄在夜空，聞者心驚。而關於放蠱，則更為怪異，這在沈從文的《湘西》裡記述得尤為詳盡，它是關於男女情事引發的一種幾近離奇的民俗，已成為遙遠的歷史了。但鳳凰的民俗，主要還是優美的一面，如苗漢雜處的風情，它的奇特的語音和歌謠；如美麗不可方物的土家織錦，又如端午的划龍船……這些民欲和為一種恆久傳承的文化，充滿了魅力和活力。而最能體現其獨絕風韻的，卻是沈從文先生為之刻骨銘心的儺舞、儺戲。儺為舊時迎神賽會，驅逐疫鬼。儺神為驅除瘟鳳的神。一九八二年沈從文先生回到闊別已久的故鄉，觀看了儺戲。根據蕭離先生的回憶，當時老人一面凝神諦聽，一面低聲隨唱，同時還情不自禁地以手擊節，口裡喃喃自語：「楚音，楚音！」他的臉上露出異樣的微笑，眼眶裡卻飽含著淚水。這是讓人十分驚奇、動情的場面：一位老人，一堂儺戲、久違的楚音。在從文先生的心中，儺戲不只是後上人懷念的民俗學的一部分，更是撥動鄉愁的一樓情弦。一位文化巨人在鳳凰的民俗學中落淚，難道這只是一種偶然麼？鳳凰是屬於哲學範疇的。鳳凰，它寧靜而安祥，表現著人與自然的同一，向人類傳達著一種永恆的精神內核，彷彿神啟。每次到鳳凰，我都會發出一種難言的心緒，在感受它平和、悠遠氛圍的同時，總是想起有關時空、永恆、清靜、遠與近、生與死的這些帶有哲學意味的東西。鳳凰向世人呈現的是一種很靜也很沖淡的自自然然的狀態，山、水、城廓、人物，都顯出沉靜平和的內質，凸突著一種自在的美。靜與動是美學範疇，但它的極致卻是哲學範疇，而沖淡就更是哲學範疇的了。如果一座城或一個地方也可以像某件作品一樣對其風格和特徵加以概括的話，我以為鳳凰所呈現的風格或特徵，就是沖淡。沖淡是一種禪，是一種道，是一種哲理。沖淡是東方哲學的精髓，比方老子的清靜無為，莊子的萬物各一，都體現的是一種沖和淡定的哲學境界。沖淡包含的境界，既有恆、靜、禪、悟，又有淡定、從容、平和、豁達、包容等要素在內。

福建泉從就有宋刻老子石像，表情有一種什麼都知道、什麼都能包容的豁達平和，很讓想起「沖淡」這兩個字，這是一尊具有哲學意味的古代石雕像，它把老子的內心世界都描劃在眉眼之間了。而我看到的鳳凰，感受到的鳳凰，就彷彿是關於「沖淡」的具體的表達，但這種表達只有心靈才能領悟。鳳凰既是大自然的傑作，也是人的傑作，天人合一的境界正是哲學的境界，這種境界呈現出「沖淡」的內涵。這就讓人想起沈從文與黃永玉，沈從文的晚年最能體現鳳凰所賦予他的特質：平和、從容與淡一，還有不爭不惑，生命中有著寂寞，寂寞中有著領悟，這是哲人的境界。而黃永玉性格與生活中所體現出來的自在、隨意、豁達，也很容易讓人想起東方智者所具有的特點。他們是鳳凰人的代表，是鳳凰人內在精神、人性表徵的代表。世人在他們身上見證了一種哲理，也見證了一種充滿智慧的人生狀態。鳳凰是一個洋溢著靈性的地方，曾經有人這麼形容它：「走在那些青石老街上，見到的是慢悠悠划動的小船和柔柔靜靜流動的河水，天上的雲散散淡淡，近處的山和橋和古城牆都顯出一種自在從容的狀態。」

鳳凰恍如一位世情洞達的長者，繁華閱盡終歸淡，它呈現的是世界另一種結構。一個「淡」字，概括了鳳凰內在的特質，沖和淡定的人文與自然特色，讓鳳凰具有了悠遠的哲學意味。

緩緩讀鳳凰。

靜靜悄悄讀鳳凰，懷著一份愉悅，也懷著一份感動。

讀鳳凰如讀民俗學。

讀鳳凰如讀美學。

讀鳳凰如讀史學。

讀鳳凰如讀東方哲學。

讀不完的鳳凰，如一部無言的大書，山川日月恍如閃耀的眉批，只有風，那萬古不歇的長風，在癡迷地翻動它厚厚的書頁。

鳳凰，是夢的巢，心的巢，永遠讓人歸依。

遙遠的，天人合一的城，鳳凰哦！鳳凰！我讀你時，你也在讀我嗎？

夕陽山影

站在南方的曠野，我感到黑土地波濤無聲地湧動——朝向遠方那美而蒼涼的夕陽。那些夕陽裡的山，錯亂地釘牢在大地上，它們無聲無息地造出那麼浩莽的不平和跌宕，而且似凝固的一張張帳，偃臥或者挺立，把它們無垠的陰影擴大開來，漸漸籠罩著生命的原野，籠罩著古和今。歲月就像蠶一樣軟軟地臥在它們的陰影裡，不動聲色。

夕陽的光亮閃閃爍爍，很不真實，在很遠的地方，又彷彿近在咫尺，那些光亮金幣一樣紛紛失落到幽深的植被裡去，漏進岩隙和土地裡去，只剩下陰影，漸漸與山影融合在一起，融合成一種亙古寂靜的意緒，無聲地瀰漫。此時山的影子和夕陽的影子正不可遏止地朝我們逼來。

我們曾那麼執著地朝山的方向和太陽的方向跋涉和尋覓。歲月像路邊的一些野草，一茬茬枯萎了又發青，我們總是走在無邊無際不動聲色的歲月裡，正如走在這連天的草莽而不覺。歲月總是那麼虛幻地逼近我們，我們每一步都踩在它的迷霧中。然而我們只感覺到了山與夕陽的誘惑。山離我們那麼遠，夕陽離我們那麼遠，但山的影子和夕陽的影子卻那麼近，我們用畢生的時間，長著去接近它們，有時甚至已站到了山和夕陽的陰影的邊緣，但我們感覺不到，是的，就在這遲疑的片刻，歲月已垂下它無處不在的長翅，籠在我們的頭頂了。

夕陽美而蒼涼，山影那麼靜謐。人的願望在那陰影的邊緣，如露水中的蝶，無法飛回。我們可憐的肉體無法接近那種誘惑。我們穿過一些陌生的客棧和田園，穿過落花季節或雪天，數那些靜默的山峰，依稀聞見季節裡的鳥叫。頭髮白了的時候，我們才忽然悟出些什麼，但已經太遲，我們的心頭罩滿了山和夕陽的陰影。

山的影子那麼美麗，夕陽的影子那麼美麗，用一生的時間走進去了，我們忽然發覺這影子根本就不存在，或許是有的，但我們已經感受不到，想起童年站在離夕陽山影很遠的地方嬉耍，我們便悵然。此時，遠處的田園和田園裡移動的牛群，彷彿不真切的剪影刻在風中。歲月像飛鳥一樣興奮地掠過我們的頭頂。我們驀然發現，只有歲月的影子才是真實的，它不在腳下就在頭頂，而且用不著去追尋。

夕陽那邊是山，山那邊是夕陽。人，站在山與夕陽之間，他覺得只有歲月離他最遠，彷彿是一種鳥聲。這只是人一生中許多錯覺中的一種？

江河的遺作

站在這峽谷與大江的交匯處，落日正懸於迭嶂的隙，布散著蒼涼的餘輝。鳥在山與河之間無聲地滑翔，被風吹斜了雙翅。薄暮裡的江河峽谷，有一種撼人的沉寂。夥伴們尤其是女子們都已駕舟歸去，去客館領會異鄉的陌生滋味，我卻固執地留在這峽谷與大河的交匯處，恍如被塵世遺下的頑石，蹭蹬於洲渚之上，領會山川的寂寞與闊大的默語。被塵世遺忘，心靈才會安妥。落日下的自然，呈著一種荒曠和原始的狀態，讓人著迷。遺忘最是不易，遺忘應是塵世間的大境界，被塵世遺忘的只有仙人和逝者，而遺忘了塵世的，仙人與大禪都難以做到，何況那已渺不可尋的隱士。只有在面對無窮盡的歲月裡的原始狀態的自然時，人才忽然忘卻了從前。峽谷、山川、落日、飛鳥，還有風，和風的默語，還有那些不在名的蟲聲，才是迷醉靈魂的幻藥。

在清涼闃寂的洲渚上，在峽谷的出口，長著壯勁的野蒿和蘆叢，稀落卻充盈著生機。繁星一樣雜亂無章的巨大石頭，被水打磨成千姿百態，呈現紅、黃、灰、白、青、紫、藍七彩色澤。那些渾圓、詭異的石頭，裸露出排列有序的石的肌理，如刨鋸後樹的年輪，敘述著歲月的久遠和自然的法則。每一顆石頭幾乎都被水波所切割，並無情地取捨，揭去粗糙醜陋的外表或華美的衣衫，露出石的本質，那些神秘而清晰的石的紋理，彷彿一本大書，難解又易解，在涼涼的落日的光裡，在滔滔不已的水聲中，最堅硬最頑鈍的石頭，已然充滿了靈性和奇異的意緒，溝通著人與自然。連結著以往和以後，江水在不遠處低吟，我讀著石頭的大書，這是江河的傑作或水的傑作，在一種純自然的美學原則下，最柔軟的水，在任何一塊石頭上者過最充滿個性的創作，揭示天地間某些最深密博大的內涵。水與石，生命與無生命，熱烈和冷漠，運動與靜止，柔弱與愚頑，蒼老和稚嫩，奇巧與粗笨，就這樣以無聲無息的狀態列陣於天地之間，成一種無與倫比的辯證哲學，令人遐想和沉迷。

有誰真正讀過或讀懂過哪些石頭的紋理呢？誰能領悟水波的創意，明瞭宇宙的大美和非人間的秘密？面對江河的遺作，我們終於懂得自己智慧的有限，紊亂的自然狀態卻包含有序和無上的哲意。江河是大手筆，完成了這些奇異的創作之後，終於婉轉退卻到遠處星月迷離的河床那邊去，而這些江河的遺作終歸交給了那無窮盡的充滿涼意的歲月。

這使我想起這地球上一些最出名的雅丹地貌，以及無數的佈滿大地的溶洞，想起張家界二百八十平方公里的砂岩大峰林，想起那奇異詭秘的元謀土林，也想起三峽的石壁和澠洲島海蝕奇觀、貴州天生橋以及許多名叫「一線天」的震攫人心的自然景觀。大地上這些壯麗詭異之景，都是江河的遺作，一代代人讀著它們，一遍遍讀著它們，在人類的心中，一次次充滿了奇異的震撼，留下永不可解讀的大地的謎團。面對大地上江河的遺作，人們充滿疑惑和迷惶，只有驚歎才是唯一的表達。

所以人類終於明白了一點：一切自然界的謎底都來自水以及水的創作，水是天地間唯一的大手筆。

唯一的不可捉摸的思想者和智者。唯一的有著不可抗拒的魔力的藝術家。這就是我們腳下最清涼美麗也最柔軟的水。

江水在暮色裡絮絮叨叨，現一抹模糊的影像，風聲已經急勁起來，不遠處喧囂的人間隱約透出溫柔的燈火，如一種誘惑。我心中忽然有一種奇異的感覺，我只是被人間遺落的一分子，此時已經被人忘卻，人間像一個夢，我立在夢的邊緣，感受夢的離奇和色彩，在佈滿石頭和天籟的峽谷與江河的交匯點，我與自然同在，是人間與自然生出的異種，一半是俗骨，一半是道骨。人間之道，自然之道，都在一個「生」字，「生」才是包蘊宇宙的大道，「生」是包羅萬象的。此時在洲諸間我不如一石，卻可以感受石與水生成的大文章，廠家天地無垠的深邃博大與歲月的古久綿延，感受人間以外的許多東西，可以遺忘塵世，消融於自然的大氛圍。我甚至可以不存在，只存在於所有的物象之中。許多時候，我們遺忘了大自然，心中充滿了惱人的人事，其時，大自然同樣遺忘了人類，成為不相關的另一種存在。而許多時候，可以說人間是大自然的遺作，大自然亦是人類的遺作，相互創作了，又相互遺忘了。此時，人間與自然的分野是如此分明，我是它們共同遺忘的異種。

忽然想志人類的遺作，如果把地球上的生命比作一條大河。把生命液體化時，才凸現出人類遺下的無數驚人影像。比如金字塔。比如大運河和長城。比如大地上無數古老的來不及倒塌的古塔和古老的宮殿。比如無數不朽的書籍和發明。比如過去的戰爭的遺留。……那都是人類在歲月中淋漓習致地張揚著個性的大創作，卻都最後要消逝，只成為一種影像，這影像就是生命的河流在大地上保存的遺作，供後人解讀和迷惶。生命是一條大河，滔滔沉吟，穿過歷史的峽谷，向自然匯合，彷佛一種紊亂的湧動，又彷佛是一種有序的流淌。

只有歲月，這種無形無聲的大手筆，在自然與人類的上空，輕輕一揮，又輕輕一揮，便讓一切都變成一種令人遺恨無窮的不可解讀的大書。

在歲月輕輕的一揮裡，自然與人間，都成為一種充滿謎團的遺作，凸現於蒼穹之下，幻射著夢一般的色彩。

山川、石頭、星月、人間，彷佛都已沉睡。

收藏者

喜歡收藏的人，往往都是能夠負重前往的人。這個世界上人人都在尋求一種輕鬆的活法，心中的負累、法世上的負累，恨不得全都拋卻了，閒閒的、清清爽爽的活在世上。而喜歡收藏的人卻總在尋覓那種即將消近的東西，竭力想保存它們，讓它們成為生命的一部分，明知是身外附加的又一種負累，卻能樂此不疲。該破碎的總在破碎，該消亡的總在消亡，可收藏者總盡力要留住它們，彷彿要留住歲月的痕印，留住這世間其實無法留住的完美。收藏者是那種癡人，是那種留住歷史、留住以往的人，他們活在一種永恆的氛圍中，這種永恆中有他們的心才能感覺，不足為外人道。

喜歡收藏的人，也是最喜歡懷舊的人。他們往往是現實中的有閒有錢階層，他們的內心十分豐富，感知這個世界的方式許多時候總是有別於周圍的人。他們對已近的一切存有強烈的眷戀情懷，對傳統文明或文化具有一種偏愛，但他們決不排斥新的文化或文明，正是因為對新的文明有著透徹的理解和清醒的瞭望，所以在行為方式上他們甚至顯得有些陳舊，他們是昨天的守護者，他們不經意地站在過去與未來之間，用一種悠閒瀟灑的姿態。當我們滿懷激情地創造著明天的文明時，我們應該感謝他們為這世界留住了根，今天的文明，就是這根上開出的絢異之花。懷舊的人總是知道珍惜已經發生過的一切，醜或美。美的炫目奪魄，醜的也一樣震撼心魂。舊的東西不一定都是過時或落伍的東西，許多舊了幾百年甚至上千年而依然完美的，那才是真正永恆的完美，它們並不因歲月推移而黯然失色，相反的，它們被歲月窖藏之後透出無與倫比的滄桑之美，那是這世間許多表層或浮華的美麗所不能匹敵的。這種美麗，只有收藏者才能心會。正如園丁對於花朵、鳥類對於蒼穹、魚對於綠水一樣心醉神迷、融通一體。

喜歡收藏的人，往往是這世上的發現家，他們總能於最破舊的東西裡發現無價之寶，於荒僻之地發現駭世的奇蹟。人間的遺存，在他們洞察秋毫的眼裡爍爍，散發出迷人的光彩。他們是歲月長河邊的淘金者，是人類中最富有鑑別力和發現精神的另一群體，因了他們的存在，我們方有幸目睹昨天的影像或文明的輪廓。

是的，在某一塊斑斕古玉裡他們能照見千年前的迷幻世界，想見皓腕明眸的風姿或碧天落葉的詩意；從某一尊唐或明的瓷瓶上，透過濃翠的青花山水或如霞如虹的釉遐想唐或明的盛衰與淒豔的人生。他們的想像充滿了無限詩意，比存在過的一切美得更加迷離。他們從青銅的殘片上推想先人的創造力，從破碎的古畫裡遙想畫者當時的心情。他們常常能聽到古亭中儒冠者的吟哦、鳥飛翔的聲響，感受寒宅孤燈、野澗古木的幽清。他們的心中深藏了另一種結構的世界，他們生活在現實中，同時也生活在夢一樣遙遠而迷人的已逝的歲月裡。

喜歡收藏的人，往往是一個參悟者。他有著這個喧囂世界所少見的從容與寧靜。他審視歷史和今天時，總是懷了一種美好的心情，同時也懷著一份難得的冷靜。從古久的遺存物中參透短暫與永恆，從殘破中領悟完美，從小巧中悟出博大，從陰柔中參破剛猛。許多時候他是一個哲人或禪者，趺坐案前，獨對古董，有了天高地邈、無古無今、無我無物的境界，有了遺世獨立的感覺。那是古瓷或青銅給予他的感受。他坐在時空裡，從夏商周到唐宋元明清，彷彿電光火石一閃而過，他是莊子或彭祖一類人物，身在紅塵，心追造化。因了與歷史接近的緣故，他的心總比旁人的要廣闊寧靜，有了一分深邃的寬容。他往往在我們忙得一塌糊塗時不經意地把握某種玄機，這是關於宇宙與文明、過去與未來的種種。他的心永遠像鳥一樣無垠的宇空優遊。

歲月的碎屑

這只是一堆北宋的碎瓷片。

在這麼幽深寂寞的山居，彷彿十年也不會有哪個陌生人來打擾。當我一腳踏進這幾乎凝止的寧靜，空氣也似乎顫抖了一下，坐在枝杈上夢著遠古的不知名的鳥，忽然睜開了眼睛一種審視的眼神將我打量。我心中生出一種歉意，我或者是不應該從紅塵中闖入這麼幽深寂寞的山居的。

可是，在這幾乎一切都凝止不動的完整的氛圍，在這山居的某個角落，一束紅豔欲滴的牽牛花正覆蓋著一堆北宋的碎瓷片。那是我在不經意間發現的，當時我的心不知為什麼驀然生出一種痛感。這種痛感散散的滲到我全身的血脈裡去。

真的，它們是一堆北宋的碎瓷片。彷彿歲月憂傷的碎屑。彷彿雪花或落花的形狀。

我把它們一一從牽牛花下拾起。

用一種近乎傷感的想像將這些歲月的殘片還原為一隻美得令人眩目的花瓶，一隻青花的有著玉質感的小小花瓶。或者一隻碗、一隻盤。不管是哪種器皿，都有一種滄桑百劫的非人間的美麗。

可是，它們永遠只能是一堆殘破的瓷片，它們什麼也不是，只是千餘年前古人的某類遺留物，那上面疊印著一種已很遙遠也很陌生的情感與智慧，我們已無法追尋。風，涼涼的掠過我的頭頂，四圍的綠色彷彿被槳櫓劃開的碧水一樣一圈圈蕩向遠處，蕩向歲月深處，漸淡漸無。瓷片在手掌上閃爍著七色寶光，輕盈如蝶，現出古狼的深邃。記起一句古玩界的行話：「宋瓷一片值千金。」在遠離紅塵的山居，它們被樹葉一樣多的日子湮沒，寂寞像一隻無形的手把完整的歲月捏成碎片，一千年的風霜雪雨中它們依然頑強地保持著如玉質般的骨體，保持著一種非凡的美質，期待著一次奇蹟般的邂逅。我無意中走來，懷著深深的憐愛與感喟，彷彿圓一個遲到了千年的約會，這是一種怎樣的玄妙的緣呵。它們曾經是很完美而且價值連城的，它們曾濃縮了一個時代的文化藝術精微，苦苦等待過，可是，在漫長年歲月中卻被粗暴地打碎了，彷彿淚的碎落、花的凋零、夢的飄散，令人有不盡的遺憾。

手掌上，受傷的蝶一樣棲息著這些斑斕的古瓷片。那彷彿是歲月的殘屑。或者某個故事的片斷。或者一曲音樂的章節⋯⋯殘缺，令人揪心的殘缺呵，有文明的遙影，有歷史的氣息。

我知道，歲月是無形的，我們卻總能感知它的存在；歲月是無情的，我們卻總能感覺到它的溫馨；歲月是紛亂破碎的，卻常常讓我們切實地愉悅或者無奈於它巨大的完整。我從掌上這些古瓷片中，辨出歲月的蹤跡，心底生出一份滄桑意緒。歲月如這鄉間的磨刀石，世間所有的事物、美或醜的東西都在這石上磨損，碎屑紛紛，如滿地雪花。瓷器在無邊且無情的歲月中破碎，生命在無邊且無情的歲月中耗損，只呈現一種無言的殘缺之美。

可是，於人生的經驗而言，某種殘損和遺憾即是無言的大美，彷彿國畫大師留下的飛白，充滿誘惑和迷人的懸念，永遠讓我們寢食難安。

山居在白雲的深處。山居地寧靜的無邊的綠的深處。山居在破信碎的歲月的深處。

瓷的碎片在掌上，彷彿花朵在樹枝上。

瓷的碎片地掌上，彷彿斑斕的蝶，要振一振翅向夢一樣的北宋飛去，向綠的深處、白雲的深處或歲月影中——飛去……

那只是一堆北宋時候被燒製過的泥土，可我真的想為北宋時我的先人們哭泣。

古瓷器

忽然一場大雪，滿城盡白，陽臺有寒雀數隻，叫聲淒清，把竹葉形爪痕印在薄薄的雪花上，煞是好看。我喜歡雪，當然就懶得去掃陽臺上的積雪了，何況有雀鳥在上面歇足，這不期而至的異類朋友，正可聊解心頭的寂寞呵。

想著要煮一壺茶或找一本董橋的小品，坐在窗前聽那簌簌的雪聲，並且可以就著熱茶或書本作一些不著邊際的遐想，心裡頓時生出一種許久都不曾有過的快樂。

卻有電話鈴聲響起。

踏雪出門，應約去朋友家看一件新獲得的古瓷器，據說是元代的青花，珍貴得了不得。

我這個人平生有幾件癖好：愛書，愛古董，愛上好綠茶，當然也愛女人。書與茶不可或缺，古董美人卻可遇不可求。朋友得了寶貝，踏雪一賞，這種樂趣，不是常常有的呢。

拍了身上雪花，朋友早將一壺極好的龍井熱騰騰捧上來，就著窗外雪聲，說他的「奇遇」：昨日去看一個鄉下親戚，無意中瞥見神龕上有一隻塵封的玉壺春瓶，取下來，用水洗刷一番，竟發現一件稀世之物！

「讓你開開眼界。」朋友的聲音有些發顫。

果然是罕見的寶貝。對了光，就見瓷釉上有寶光四射，器內接口墳起，瓶底臍眼突出，器形線條優美，油光沉亮，青花發色濃豔，是極典型的元代青花瓷。捧在手中，有覺就有些發癡。

朋友極愛收藏，卻獨喜文房四寶和古玉，對瓷器興趣不大。見我魂不守舍，忽然就動了憐憫之心：「所謂寶劍贈英雄，美酒酬知己，也罷，你用你書房裡那塊玉璧把它換回去，算你欠我一個天大的人情。」

朋友如此慷慨，倒令我不知所措了。七百年前古瓷，價值萬金，雖然至交，雖然愛得死去活來，卻也不忍如此貪心。想一想，除古玉一塊之外，另加端硯一方，以二物換一物，也算兩不虧欠。朋友聽了大喜過望，兩人在雪中忙忙換瓶而歸。正所謂各得其所，不亦樂乎。

於是用紫檀木匣盛了這件古瓷，安置在書架最顯眼的地方。心中的這份喜悅與愛憐，真是無法言喻的了。

想起瓷品是這世上最容易破碎的東西，正如許多人常掛在嘴邊的愛情一樣。眼前這件寶物，歷經數百年，在塵世上輾轉流傳，居然完美如初，也算得一樁奇蹟，於我來說，當然就算得奇遇了。人生的機緣，往往就存在於不經意間，在這樣的雪天，讀書飲酒之外，獨對一件斑斕古瓷，真是難得的享用了。

它應該誕生在某個史書上著名的瓷窯，並且凝結了某位名匠的全部藝術靈感與智慧，或許它曾經為某王公貴族擁有。可是它最後卻被人遺棄在鄉下佈滿塵埃的神龕上，不值分文。古瓷瓶的遭際，不正如世間許多人事的榮衰麼？時間是一支彩筆，把世界洽抹得面目全非，風吹過大地，一切都在消失，同時一切又在誕生，該存在的總會存在下去，誰說得清呢？

想起這世間許多奇妙的事物，如酒，由普通糧食釀造，卻生出水的外形、火的屬性，可以解憂，可以無我，一醉飄然，能生出萬種詩興與豪情。酒的奇妙，真正無有其匹。又如瓷：被火昇華的泥土，為每雙充滿靈感的手而存在，這樣的泥土不生長五穀花朵，卻能變幻出世間最美麗的造型，瓶、壺、碟、杯、洗、枕，美奐美輪的器皿，作為一種歷史或文化，千百年間一直傳了下來，完美的依然完美，殘破的，卻也閃爍著逼人的光輝。當它們以泥土的另一種形式，深入地下。許多年後又重見日，且應手而碎，永遠的歷史，竟無法還原為最初的姿勢。

瓷器，許多時候無法還原為最初的姿勢，因了它的破碎便留下無法彌補的遺撼。可是，天地間事物不常常如此麼？比方歷史，我們知道的總是它的片斷或殘缺的部分，永遠也無法明瞭它的整個狀態和本來面貌，誰能夠還原它最初的姿勢？破碎的古瓷不能，歷史更不能。這種遺撼，永遠令人感喟。而人的生命，童年階段是一種境界，壯年和暮年又是一種境界，我們永遠不可能回到童年，正如誰也不可能重新獲得生命一樣。又如愛情，一旦失去，就如落地的花朵，不可能再回歸枝頭。雖然令人遺憾，卻永遠不失為一種別樣的美麗。

窗外大雪紛飛，讓人想起張打油的詩：「江一籠統，井上黑窟窿；黃狗身上白，白狗身上腄。」我以為比許多詩人的詠雪詩都來得野性，來得生動有趣，張打油算得俗大雅呢。紫檀木匣裡的元代玉壺春瓶，完美得令人傷感，正如面對一位絕代佳人，雖然讓人喜歡之至，卻只可遠觀，讀出屬於自己的感覺，真正屬於自己，倒有點覺得有點無福消受了。未碎的古瓷是凝固了費解的歷史，我們只能讀出它表面的美麗，卻永遠無法明瞭它真正的內蘊，而它的實質，只是大地上最普通的泥土。人在閒暇時的心情，在閒暇的雪天的窗下所具有的心情，也如眼前的瓷器，往往是一種費解卻又清楚的令人遺憾和愉悅之至的存在。

雪天品茶、煮酒、賞瓷，是為人生極樂。

硯中滋味

瓦屋蕉窗之下，茅亭樓閣之間，戴儒巾，著儒服，旁有童子磨墨、紅袖撫琴。或繞室徘徊，或據案默坐。對春鳥春花而揮毫，滿紙雲煙，一管惆悵；對秋月秋聲則腸斷，臨硯涕泣，難成一字。

以上為遙想古人臨硯揮毫情景。

紅塵疲累，得失雞蟲之間，只落寞枯坐，百般無味。此際取一古硯，臨窗把玩，身心忽然如入忘川，對硯如賞山水，讀銘如晤古人。賞一佳硯，如賞一方好山水；讀一佳銘，如讀古人一段好心情。此中妙趣，不足為外人道。

以上為我輩愛硯之人賞硯心境。

初為深谷中美石，琢而成硯。或刻山水，或雕人物，或鐫流雲，或鑿日星與螭龍。或者海浪滔滔，小舟橫斜；或者老梅虬枀，隱者踏雪而來；或者漁樵互答於雨煙之間；或者蓮荷開於野塘蘆雁之畔。牧童吹笛，五蝠天來，龍游古井，虎嘯層巒。

硯不盈尺，卻如一幅宣紙，可以有中國畫的雅趣，可以有王摩諸與齊白石的意境。刀鑿往往勝過畫筆，一硯帶來畫外心情。

賞硯就等於賞畫，賞硯常能悟出畫外之意。

若硯上有銘，銘為古名人題刻，文字介於右軍與米顛之間，點如墜石，撇如驚風，豎若撐天之柱，橫擬長虹臥波，則賞玩之際，若飲醇酒，若品綠茶。先是沉醉心跳，繼而心悅神爽。賞古人硯上手澤，勝於觀明清碑貼，況且硯上之銘，或言志，或抒懷，或記朋友贈硯之情，或志收藏之意，讀之再三，忽然與古人心會，此中滋味，無有窮盡。

以硯為田，如農夫耕於煙雨壟上。春日鷓鴣聲聲，水田漠漠，一犁風一犁雨，默默只問耕耘；秋日寒風索索，草木搖落，鐮鋤動處，揮汗如雨，若中得收穫之樂。想古為讀書人寒窗之下，一燈如豆，以心為墨，以血作水，將一生從長磨到短，直至於無，硯中日月五味俱全。可以無富貴，可以無良田，卻甘守一方小小硯田，窮且益堅，以傲骨作樑，不為斗米折腰，這是今日讀書人不及古人處。

以硯為池，池雖小而有大海之勢，有包容天地人文、宇宙萬物的容量。硯池之謂，其意自深。硯與文明共生，一個民族的歷史與文化就是從這小小硯池中流淌奔湧而出的。它是文明之源，也是歷史之源，也是歷史之源，匯成一條滔滔不息的長河，穿過砂粒一樣多的歲月和群山一樣多的阻隔，曲曲折折流入歷史的深處。一個特殊的古國若離開了這特殊的傳播工具，那是不可思議的。

於那小小的池面，疊映著秦皇漢武與唐宗宋祖的尊嚴；疊映著霍去病岳飛與文天祥鄭成功的忠貞；當然更歡，忠奸成敗，儒道釋禪，詩文書畫，硯的歷史就是人的歷史。研磨揮灑之間，已然人事代謝，世局如幻了。

硯池裡流出帝王的威權；
硯池裡流出忠義者的熱血；
硯池裡流出奸佞者的罪惡；
硯池裡流出智士的思想；
硯池裡流出才子們的詩文；
硯池裡流出不朽者們的不朽；
硯池裡流來——一部悲喜交集的文明史！

怪畫怪話

貓腳印

作畫欲求驚世駭俗，必以荒誕險怪為出名捷徑。考西洋百餘年前之荒誕派，便是明證。

有一流浪畫師困窘於巴黎，街頭作畫，常年無人問津，可謂衣難遮體、食難裹腹。某日回所租小屋，正在愁腸百結之際，忽有野貓從窗外潛入覓食，畫家怒不可遏，罵那野貓：「雜種，大爺我連飯都沒得吃，哪有你偷嘴的份！」舉畫筆擲野貓，貓驚慌逃逸，不巧從地上鋪開的一張畫布上跑過，竟將顏料潑散在畫布上，且踩了一行鮮明的貓腳印。

畫家又驚又怒，十分心痛的畫布和顏料。趕走了貓，畫家坐在地上喘氣，望了滿是貓印印的畫布出神。

那一行飛動散亂的貓爪痕，竟在昏暗的燈光下幻出一種奇異的難以言狀的美麗。

一瞬間，畫家的頭腦裡竟跳出「月亮的腳蹤」這幾個怪異的字眼。

連忙取筆在畫布上寫了下來。

第一幅荒誕派的傷口產品了。

半年之後，《月亮的腳蹤》讓流浪畫師一舉成名。

若干年之後，這位流浪畫師的第一幅作品都可以賣到十萬美元或英磅，並成為荒誕派繪畫流派的開山鼻祖。

一百多年之後，有評論家撰文認為：這種天才的畫家和畫作，已在這世界上絕種了。但大風齋主說：荒誕派畫作雖然絕種了，這世界比從前則更荒誕了。

懷孕的月亮

半個世紀前，美國有一位畫家很是著名，他畫的畫，價錢是全美最高的。

可是，在他五十歲以後，他竟再也畫不出東西來了，就是勉強畫幾張，也比從前的作品差了幾個檔次，靈感再也不來光顧他了。評論界和畫壇開始對他的畫和人品進行肆意的攻擊。最客氣的是斷定他徹底江郎才盡，已是一個庸人加白癡了。

畫家十分苦悶，幾次想到自殺。他認為已無顏面對眾生。

忽然有一天，當他在蘋果樹下的籐椅上數著墜下的流星時，發現天空的月亮十分渾圓，有點像左鄰少婦的豐臂、右鄰小妹的肥乳，更像自己老婆懷孕八個月的圓肚皮。

畫家在明晃晃、涼幽幽的蘋果樹上感到了一種聯想的快意。他忽然想起要畫一幅關於月亮的畫。是的，他已長時間沒有找到繪畫的感覺和激情了。

匆匆回到畫家，揮筆在畫布上潑彩構圖，一盞咖啡的功夫，畫布上竟出現了一片晶藍的天空，和長著翅膀的圓鼓鼓的月亮，月亮還有一張少婦的臉，帶著恬靜的神秘的笑意。

畫完後，他想了一想便在左上角寫了一個畫名「懷孕的月亮」。

第二天，他將這張畫送到一個全國民生的大型美術展覽會上去參展。人們都很驚訝：這張畫要表達的到底是什麼呢？是什麼時候，奇思妙想又回到了他的筆下？

因為這張畫，美展展出的時間被延長了三個月。世界各地的畫家和美學評論家紛至沓來，美展極為轟動。

《懷孕的月亮》讓畫家獲得了前所未有的聲譽。後被一家享譽世界的博物館收藏。

大風齋主曰：走險怪一路，極易嘩眾取寵，也極易讓自己出名。因此，齋主勸那些一時出不了名或渴望出名的畫家亦不妨畫點「長人頭的狗」之類的作品，說不定就一夜成名了。

只畫器官

畢卡索是一個怪人。

他一生交歡過的女人據說是全世界畫家中最多的，但畢卡索算不得畫女人最多的畫家。畢卡索畫的女人都很怪異。不像達芬奇畫的蒙娜麗莎那麼美麗。

大風齋主在國外看過蒙娜麗莎的真跡，也參觀過畢卡索的傳世畫展。居然得出一個結論：畢卡索不懂得畫女人，只懂得畫女人的器官。

畢卡索畫了不少以情婦為模特的女人畫。她們的臉相，要麼很怪誕，要麼租用模糊，但她們身上的器官都很誇張，比方說兩個奶子。有好多畫，畫面胡亂拼湊著零亂的奶子、紅唇、眼睛和睫毛，還有豐滿的腿、臂部。這些部位都單獨分割在畫面上，色調晦暗、造像怪異，又充滿誘惑。

世人見了畢卡索的畫，大半看不懂，因此名之曰：抽象派。

抽象派的畫，能看得懂的是少數人，都看懂了，就不叫抽象派了。畢卡索是抽象派大師，凡大師的作品，你全然看不懂才對了。可笑許多繪畫者一言及畢卡索和畢卡索的作品，必會花很大篇幅去解釋推測畫意，倘若大師大世，豈非笑掉大牙。畢卡索大師在畫那些意象或女人器官時，或許根本沒有想過要表達什麼宏旨大義，只是發洩一下曖昧情緒而已，你非要說那畫有何等重要的美學意義或思想政治意義，那無非是要裝孫子，充體面罷了。這世界幹這行當的還少麼？

但要說畢卡索只是為畫女人器官而畫女人器官，那也不儘然。畢卡索作為大師級人物，他要通過那種很另類的畫面表達什麼，除非他自己著文道個明白，否則，世人是很難猜測出他真正的意圖的。那些扭曲、錯亂的人體器官和莫名其妙的線條、色塊，給人帶來強大的震撼，從視覺到心靈的震撼，而可悲的是，你又永遠捉摸不透到底是什麼讓你震撼、你震撼是為什麼。

所以，大風齋主認為，沒有什麼比畢氏筆下的人體器官和怪異的色塊更具神秘力量。那些帶給人類快感的器官，畢卡索崇拜它們，它們是他快樂的源泉，也是靈感的源泉。令人奇怪的是，這些快樂和靈感似乎不是女人們帶給畢卡索的，而只是那些器官。所以他筆下的女人臉才永遠那麼模糊或者抽象怪異。

大風齋主曰：百十年來，舉目世界畫壇，以畫女人器官而成大師者，只畢卡索一人而已；以大師身分而畫女人器官者，亦只畢卡索一人而已。

白眼

中國其實是最古怪的一個國家，因為古老而古怪。這種古老古怪的土地不生出幾個有名的怪物，那就真是古怪了。

八大山人算得上一個古怪人物。

這個怪人原為明朝宗室後裔，是江西寧獻王朱權的九世孫。十九歲時明朝滅亡，他變成國破家亡的浪子，二十三歲便做了和尚。由宗親而和尚，此一怪也。

畫畫喜歡花，花則蕭索枯殘，畫鳥則孤單落寞。但凡所繪動物雙眼，無論魚、獸、鳥，都白眼朝天，往上翻的眼珠一律不畫瞳孔，讓人看了總覺出一種難言的孤猛烈與悲憤，不免為之心寒。

世人從他筆下讀出了象徵意味。

白眼朝一在，便成了這位怪人的標誌。

某年京城一家大拍賣行拍出一件他畫的小鳥作品。畫面大片空白，中下方伶仃立一黑色醜怪小鳥，側面瞪圓一隻很大的白眼，似在凝望無窮蒼天，但細細打量，又發現牠什麼也沒有看，只是一片空洞而已。不屑一顧這骯髒世界，目中無物，白眼問天麼？

這麼一隻孤傲且醜怪的小鳥，一槌子下去，拍出四百八十萬元。一位滬上地產富豪聽了這個消息曾對大風齋主人發感慨：「什麼鳥這麼貴！畫得一點兒都不像鳥嘛。」大風齋主說：似鳥非鳥，此鳥非你心中之鳥，即是異品。若八大山人所畫之鳥如你心中之鳥，他就不是八大山人了。

畫白眼為一怪。

還有一怪，他取的名號怪到極處。五十九歲以前，他在詩畫上常見的號有「雪個」、「個山」、「驢」、「驢屋」、「人屋」等。中國文人喜歡將自己的名號取得很雅很別致，如板橋、黃鶴山樵、耕煙客、梅村等等，都講究詩情畫意，講究文氣雅氣。只有八大山人反其道而行之，把好好的自己取一些怪怪醜醜的名號，這些醜怪的名號反而引起了世人極大興趣，這好像也算一種宣傳廣告手段。拓說取「驢」的用意，是源於他做和尚的身分，常見世人罵和尚為禿驢，便乾脆自己罵自己，何況驢這東西也挺可愛的，被人套了繩索拉磨，不甘心地叫幾聲，作不平之鳴，且倔，常用後蹄子反抗鞭打它的人類。既然自號「驢」，當然所居之星便是「驢屋」了。驢屋是什麼樣子我們不知道，但比他從前的錦衣玉食與深宅大院要簡陋則是肯定的。心中憤懣不滿，合情人事理。至於後又由「驢屋」改為「人屋」，便很有幾分直抒胸臆了：「這也是人住的地方嗎?!」「人屋」定然比「驢屋」更要糟糕。

當然最怪的還是「八大山人」這個號。

他在每一幅畫上題寫這四個字時，總是直排寫出，讓人看了，似「笑」似「哭」，幾乎就是又哭又笑，哭笑不得。有人說這表達了他晚年心境：欲哭無淚，欲笑也難。

後人且不去管他笑也好哭也罷，只在乎他畫的白眼朝天的鳥和魚能賣多少價錢。他的怪能賣出天價，天價也買他的怪。

大風齋主曰：畫家不怪不窮，作畫不怪不富，作人與作畫不可同日而語。所謂畫如其人、人如其畫，謬論誤人也。

瘋子

徐渭徐青藤，齊白石十分崇拜，自刻一印，曰「青藤門下走狗」。

徐青藤是明代一位瘋子畫家，言行雖怪到極處，畫卻一點也不怪，這本身就是一件怪事。

說徐青藤是瘋子，當然有史實依據。不過，在他未瘋之前，他的書畫已有不小的名氣了。中年作浙閩總督胡宗憲幕僚，曾參與策劃抗倭及振興經濟事務，後又因胡宗憲大案，懼受牽連，精神遂至失常，瘋得十分厲害。一次，他用利錐狂刺自己雙眼，被人救而不死，數日後，又以錘猛擊雙腎，還是不死。瘋而自殘，狂怪駭俗。

然而這位徐瘋子卻在半瘋半醒狀態下畫出的花鳥蟲魚，卻異乎尋常的好，將水墨濃淡乾濕的微妙變化發揮得淋漓酣暢。觀其畫，如墨龍飛舞，狂放野怪之間又不逾規矩，氣韻縱橫，無半點塵俗之氣。

徐青藤曾說自己是「書第一，詩二，文三，畫四」。徐氏在文學史、書法史及繪畫史上都有著重要地位，這麼一位怪誕天才，在當時卻是「筆底明珠無處賣，閒拋閒擲野藤中」。性格即命運，此論確乎是放之四海而皆準的了。

徐青藤影響巨大，自不表代至現代一些大畫家，如金農、齊白石等，都極推崇他，並畢生受其影響。這位天才的瘋子畫家、書法家、文學家，留下了大量不朽之作。傳世的代表畫作如《墨葡萄圖》、《荷蟹圖》、《牡丹蕉石圖》及《山水人物》冊等等，都堪稱畫中瑰寶。

人瘋畫不瘋，畫不只不瘋，且不朽，這便是異數。

憶起已故的陝西籍畫壇巨匠石魯，也曾是一名瘋子，那是「文革」中迫害所致。石魯的畫，野怪狂放，畫山河則渾莽磅礴，畫花鳥則野逸絕俗，大筆如椽，一掃時弊，個性迥然。無論瘋與不瘋，皆能畫出驚世駭俗之作，紅高粱、黃土地、陝北少女或老人，在他筆下都被賦予了非凡的氣勢與活力。

凡百年的徐青藤與幾百年後的石魯，實在是中國繪畫史上出現的兩樁奇蹟，瘋子畫家或畫家中的瘋子，僅此兩例，令人不禁仰天長歎。

大風齋主曰：天才往前走半步便是瘋子。不瘋不狂，不癡不迷，雖有大智慧，也難成大功名。

畫水

去張家界看山，其實最耐看且最有詩意的還是幽谷泉水，畫家把它叫寒澗。春秋之際，雪濃之時，一泓清冷，映了花樹雲石，帶著雨聲鳥聲與木葉之聲，既可人畫，也可以入詩，尤共入眼入心。

水之為物，柔而生韻，清而留情，出入於山林丘埠之間，宛曲於人間煙火之外。有寒水、瘦水、濁水、死水、活水，浩淼之水、奔騰之水、潺潺之水、嗚咽之水。水生萬物，木石煙雲，人間天地，尤千景象，無水便不成世界。

看水如看畫。

蘇東坡在《畫水記》中說：「古今畫水，多作平遠細皺，其善者不過能為波頭起伏。使人至以手之，謂有窪隆，以為至妙矣。然其品格，特與印板水紙爭工拙工毫釐間耳。」東坡是一個極愛山水的人，而又精於繪事，以為古今畫家所畫之水，失其神韻活力，只堪與印板水紙爭工拙於毫釐。可見水這東西，看起來雖然簡單，畫活它卻難。水的活力，在其流動；水的神韻，在有山、石、雲、樹的襯托，與四季的變幻。古人畫水，多以墨彩勾出水紋，作漣漪之態，或者作捲紋，擬湧浪之形。形則略似，而神韻全失。

繪畫之道，畫人難，畫鬼易。人生百態百面，傳神逼真需真功夫，而鬼這種東西，只存在於人們的幻覺與想像之中，什麼人也可以按自己的想法畫它。所以西人達芬奇以先畫雞蛋若干年，然後才有蒙娜麗莎。我觀古今山水畫作，山則百變生姿，水則難脫窠臼。水之難畫，可見一斑。夫黃河之浪、長江之水、東海之波或寒谷之泉，天下之水，其姿態動靜，盡不相同，滿紙雲煙之間，眾水濺珠、波浪生霞，難摹難描。蘇東坡「亂石穿空，捲起千堆雪」是一種境界；王維「明月松間照，清泉石上流」是一種境界；「野渡無人舟自橫」及「煙波江上使人愁」也是一種境界。

蘇東坡在〈畫水記〉裡對唐代的處士孫位（號會稽山人，有道術）畫的奔湍巨浪是欣賞，說他所畫之水，能夠「與山石曲折，隨物賦形，盡水之變」。因此，他畫的水稱得上有神逸之韻。但東坡以為，真正把水畫活了的，還要算蜀人孫知微。這個孫知微似乎沒有什麼作品傳下來，如果不是東坡這篇文章中提到，恐怕真要湮沒無聞了。

蘇東坡給我們講了這麼一個故事：孫知微一直想在大慈寺壽寧院的白粉牆壁上作湖灘水石四幅巨畫，可是住在寺中經年，卻終不肯落筆揮毫。某天，孫知微忽然倉皇入寺，索筆墨甚急。爾後奮袖如風，走筆似電，須臾畫成四幅。東坡說孫知微在牆上所畫之水，「作湍瀉跳蹙之勢，洶洶欲崩屋也。」水浪洶湧，如聞堂闥大響，崩屋呼嘯而來。這樣的水，自然是形神生動了。孫知微死後，有個酒癲蒲永，也是畫水的高手，他最恨權貴，對有權勢的人，巨金不受，絕不畫半紙相送。但對蘇東坡卻很客氣，曾為其畫過二十四幅山水，東坡把他的畫掛在高堂索壁之上，雖盛夏之際，也覺陰風襲人，毛髮為立。可見此人所繪之水，還真是活水，否則也絕不會達到一望而覺「陰風襲人、毛髮為立」的境界了。

曾讀清代張志鈖所論畫水之技，說宋代董羽所畫之水，每每洶洶瀾翻，望之若臨煙江絕島間，咫尺汗漫，無有際涯。所謂「回眸陡覺三山近，滿目晉驚六月寒」。這就與東坡先生說孫知微畫水很近了。除了這幾位，歷史上善畫水的其實還有不少，至少還有一個曹仁希與一個孫白就是很有境界與個性的。孫白其人，喜歡畫平波細流，忽然決泄奔騰，全出人意料之外。張志鈖說他能夠「不假山石為激躍而自成迅流，不借灘瀨為湍油而自成沖塊」，「索紆曲直，隨流蕩羡自然，長文細絡，有序不亂。」他畫的水是「真水」。而曹仁希喜畫驚濤駭浪，萬流曲折，「以至輕波細流於一筆，自分淺深之勢。」張氏認為此人所畫之水今古無人能及。筆者偶於圖錄中見曹仁希山水畫一幅，山則煙霞明滅，層巒疊嶂，水則奔號嘯叫於盤谷老岩之間，聲勢頗為驚人。但若說今古無人能及，似嫌過譽。

畫水之道，在狀其變化生動之形，也在於將畫家心中所感通過水來傳給繪畫的人。只有神形兼備了，才算真正把造化中那種充滿靈性與誘惑力的東西移到尺幅宣紙之上了。身處高樓林立的鬧市之中，若能於雅室素壁上掛一二張清流寒澗圖，必可生出許多靈感與智慧，暢懷愜意。自然山水離人群愈遠，心便愈生渴想之情，這也是很令人感喟的。

臥雪

平生最愛雪。昔日居於山區，每到寒冬，便見四野風吹雪花、雪借風勢，頓時林木、屋宇、田園、拱橋、篷船滿眼皆白，盈野是簌簌的雪聲。雪一落下，天地便靜謐，景物更模糊，鄉間的板橋上便要留下雞犬走過的爪痕，一如梅花竹葉圖案。而且人們就有了閒暇圍爐飲酒，高興了便要將張打油的詠雪詩吟上一遍：「江上一籠統，井上黑窟窿；黃狗身上白，白狗身上腫。」那情景很是動人。

後來布衣入城，念了不少亂七八糟的書，且玩起了亂七八糟的古董，收了許多真真假假的古字畫，古畫中又留心收取雪景的一類，細細數來，忽然就有了十餘幅畫雪的，宋代的有，明代的有，清代的亦有，卻多為無名之輩，畢竟差了檔次。因此就遍覓古今圖譜中畫雪之作，從名家畫意中獲得一份愜意與遐想，以此來消磨有限的青春歲月。人生憂煩之事常有，每思及世道之艱與人心之險，心中不免要受煎熬。難平心火，便看古人臥雪或踏雪圖，比服用牛黃解毒刃靈驗得多了。

曾見古人論畫雪時，說王維畫《袁安臥雪圖》，有雪裡芭蕉。前人都說芭蕉不可能生長在雪天，因此說王摩詰此畫大悖生活常識，殊為荒謬。此論引起我好奇，千方百計將袁安臥雪圖的圖片找來仔細揣摩，發現這幅被歷代論家非議的畫雪之作，實在是高妙得難以言傳。雪景歷歷在目，臥雪的地吸安神韻高豔，凡疑神仙中人。雪中有怪石芭蕉，望之如白玉中翡翠，非神馳意迷，難到此境界。憶起南方鄉居情景，芭蕉植於芭屋簷下，春發嫩芽；夏則亭亭如綠雲，上棲一二蟈蟈，鳴聲悠長；秋則聽雨聲嘀瀝於蕉葉之間；臨冬則翠色漸淡，若山區早寒，一夜間雪滿林樹，蕉葉佇立雪中，愈見玲瓏中愛。可見王摩詰雪裡畫芭蕉，並非隨心所欲，亦非有違生活常識。世間事物，變化萬千，有識之士，不可以模式套之，正如善者不一定真善，君子不定就不是小人一樣，我們的認識水準，永遠是有限的。所以筆者不免要為千年前的古人作幾行翻案文章，以證雪裡芭蕉之不謬也。

清代張志鈐《畫雪論》中說：「張洵嘗畫雪峰危棧圖，極工。南唐解處中善畫雪竹，有冒寒之意，其間多作禽鳥，或群聚或孤立，如畏凜冽。」雪峰危棧這類題材，筆者見過數幅，已記不起何代何人之作。大抵山勢峻險，壁立千仞之間有古棧道橫貫其上，蹇驢疲旅，雪意深濃。古棧下作長河急湍，孤舟橫斜。以空白寫雪景，現淒朦寒意。望之如置身雪窖，雖炎夏之際，亦感奇寒襲人。余所收藏雪畫中有清代無名氏一幅雪竹，雪壓瘦竹，枝葉如弓，葉間棲雀鳥三兩隻。雪中寒竹數株，旁有大石孤兀，近有一板橋，有人撐傘顫顫從橋上過，遠山模糊只現空濛輪廓。畫境幽清寒砌，令人起故園之思。此畫雖係無名氏所作，卻也見出藝術的功力與體察事物的匠心，每於悲憤難耐之際，便展畫觀之，心緒便可平復，因此珍愛異常。

見湘省收藏家王樵先生藏有宋代范寬雪山寒林圖軸，畫長152cm，寬72cm，絹質。畫面是一派山水雪景，疏林漠漠，寒石森森，峰巒渾厚。可謂氣象蕭疏，寫景清曠，對悛前人評范寬山水「骨法」第一。此畫是清末民初時，王樵生之父旅居琉璃廠十年間偶然從宮中太監手中買得，後悉收收藏，輾轉城鄉戚友間，三十年前始歸樵生先生秘藏。畫幅上有鑑藏印二十八顆，內有董其昌、乾隆皇帝、翁同龢諸人印。讀清人論范寬畫雪景：「好畫冒雪出雲之勢，瑞雪滿山，動遠千里，寒林孤秀，物態嚴凝，儼然三冬在目。」（張志鈐《畫類舉要》）觀王樵王此軸，此評算得確當。

歷代山水畫家，大抵都喜作雪中景物，可謂各有千秋。或渾茫寒闊，或寂歷蕭索，或丘谷或林木，或屋舍或雲霧。雪景可賞，雪意可畫。范寬的雪景山水，傳世的尚有《雪山蕭寺圖》，山體突兀渾厚，以點染法畫出雪景，十分幽闊孤寒。宋代還有郭熙與許道要，畫的關山雪景，亦頗具有氣勢與意境。郭熙有《關山春雪圖》傳世，許道寧有《關山密雪圖》傳世，以我的陋見，許氏的體雖厚而骨輕，而郭氏的大抵體、骨相當，應勝許氏幾分。後世畫雪景者多如牛毛，名畫家輩出，然我只愛宋人畫品，喜其古，喜其罕，喜其神韻合乎我在鄉間居人鄉間居地時所見雪景爾。

殘荷蘆雁

以我的陋見，秋景勝過春景淵日林疏煙淡，天高地遠，於微涼的風中心情便舒展爽朗，塊壘盡消。我觀古人畫景，獨喜畫秋天的蕭索，人生的死生聚散，盡在秋風卷帙之中。

秋山秋水固然是別離愁怨場，而瘦竹古橋也算得淒迷人生段落的點綴。古人是如此認為，今人卻已茫然了。在情感的寄寓方法上，古人與今人的差異在於：古人將自然尤物視為有靈性之物，是心靈可以傾訴的受眾，所以人間情懷完全可以用山水花鳥風雨木石為表達、完成。今人的宣洩方式太多，主要以物資的形式來表現。承傳古人餘脈的，今人中也只有少數畫家與文人了。

古人畫的秋山秋水於我已很遙遠，而宣紙、綾絹之下留下來的殘荷蘆雁，卻很令我迷醉。去歲仲秋間，我於長沙寶南街古玩市場一老農手中買得殘荷聽雨圖一幅，當時並未在意，因價極廉也。數月後京城兩位藏家來寒舍，於書架上取下數卷古字畫同觀，忽見此幅殘荷聽雨圖，認定是清代周銓之作。畫面上寒塘一方，塘中殘荷老梗全以枯墨寫出，參差蒼古，頹然交錯，殘荷半幅之上停一蘆雀，神情落寞，荷下風襲微波，涼意頓生。畫境幽清，技法精絕，只是破損多處，幸未傷畫意。

考周銓為清代著名花鳥畫家，前人說他：「工花鳥，尤長荷鷺，人號周荷。」「周荷」的雅號自然不會是虛譽，正如齊白石的蝦、徐悲鴻的馬一樣，非獨步當時，難當此譽。我觀此幅，雖不見得就是一幅畫殘荷的絕品，卻也望之有大家氣象，不僅庸手難以為此，就是後世張大千的殘荷，也只在伯仲間。

古人畫殘荷著名的，如宋代馮大有、于清言（世號「于荷」），明代朱月鑑及清代周銓、周況、周覽兄弟等等。大抵花鳥畫家一路，一般都喜畫荷之殘景，許多作品堪足傳世，但專畫荷且著名的就不見得多。寫殘荷，是為寫秋景，發胸中種種感喟，都講究情與景的融通。藝術要求有獨特的個性與超絕的表達手法，所以寫秋日情懷，不僅殘荷，不僅疏林寒水，不僅蘆花孤雁，而且一草一木，一石一鳥，都可以抒懷達意。

曾見清代邊壽民所畫《蘆雁圖》軸，畫面疏疏的幾莖老荷，四圍是漸枯的蘆叢，蘆叢荷梗下，有大小兩隻鴻雁梟於水中，似在覓食。半空中有一鳥斜飛，風聲在耳，現出一派秋的輕寒與寂寞。畫上動景與靜景和諧得妙到毫巔。

我坐秋日的窗下，想起遠離這喧囂的都市的山野間，有著邊壽民與周銓筆下的蘆雁殘荷，有著別樣的人生狀態與生活的真實，心裡便釋然了。在我看來，塵世不過是一個馬蜂窩，你作一名觀眾容易，但不幸的是這世上每一個人都做不了觀眾，你會身不由己地生活在馬蜂窩中，一不小心就碰了它，你難免要渾身傷痕。許多時候，你會發覺，醜惡陰暗、偏狹自私的人心就是無聲無形的帶毒的馬蜂。只有案幾個供養的古人畫幅以及秋日的殘荷與蘆雁，那才是療治心中傷痛的良藥。

秋風爽爽中，隨手翻看古人的畫論，知道宋代的崔白、高燾、胡奇諸輩，都是畫蘆雁的高手，而明代史旦、瞿杲、錢祖，又是畫蘆雁的大家；陳應麟、邊壽民潑墨作蘆雁，幾成絕藝。可見蘆花鳧雁，構成的不僅是畫境、藝術境，不僅表達的是秋景與心境，而且也是人生中永恆的那一部分：「慘澹經營下筆難，畫成不似卷中看；知君連夜江湖夢，折葦蕭蕭沙水寒。」人在江湖，身心常倦，而夢想卻常存胸臆間。雖也孤寒，卻也有「橫絕宇內」的時候。所以蘆中之雁，畢竟是雲中客也。

殘荷也罷，蘆雁也罷，紙上畫幅終究有限得很，人吸這天地人間的長卷，才是不朽的一幅傑作！畫裡畫外，風生水起，歲月的筆是常畫常新了。

壟上野驢

起初只知北方多叫驢，裹白頭帕的漢子與繫紅兜肚的女人在信天遊裡牽著或騎著蹄聲踏蹭的毛驢，在黃土高原行走，一切彷彿都是慢板，也很單調。後來知道南方人其實也養驢的，養驢拉獨輪車，也拉石磨。對中國人來說，驢子是一種挺通人性的「工具」。北方的驢子吼出秦腔，南方的驢子踏出落花煙雨般的詩意，所以我總感覺驢子是好東西。

驢子生活在人間煙火裡，卻也常常生活在我們的神話中，多數時候，還生活在詩中與畫中。做一頭驢子，有時是比做一個人要幸福的。

說是在神話中吧，張果老就騎驢，所以有些仙氣；說是在詩中吧，賈島、杜甫以及無數的已逝的詩人墨客大抵都是常用驢代步的，況且古人的詩中寫驢的也不少，比方「騎驢過小橋」即是一句。而中國繪畫，涉及到到驢子的，就更多，正如鶴、雁、牛、馬等等，可謂常畫常新。宋代劉浩最喜畫雪驢水磨，往往雪裡一頭黑驢，拉大石磨於水邊，意境清寒，看了總讓人能以忘懷。明代的錢世莊畫驢子很有名氣，據說此人為了畫好驢子，不僅常常往返於驢馬市肆，後來乾脆自己院子裡養了幾頭壯驢，日日觀察其神態動靜，所以此人所畫之驢，能夠「色態飛動如生」。這恐怕也就是與宋代文與可畫竹一樣「胸有成竹」的意思，錢世莊畫驢一定是「胸中有驢」了。足見「藝術源於生活」，所言不虛。

我讀古人之畫，多喜從情趣與境界兩處著想，生動傳神則生情趣，張揚藝術個性與思想才有境界。畫驢子除要有情趣之外，我以為也應講求境界的。曾見清代尹小野所畫之壟上野驢，令我驚喜良久，背景大抵為南方春天的鄉間，遠山凝綠，近水籠煙。一大一小兩隻野性十足的黑驢散漫地行走在一大片莽麥壟頭，大驢回首關注小驢，雙耳豎起，神態柔和，似在傾聽小驢的叫聲，也彷彿在對小驢說些悄悄話；而那頭揚蹄撒歡的頑皮小驢子，正在用嘴去嗅停在蕎麥花上的一隻漂亮蝴蝶。畫面左側現出茅簷數椽與板橋一座，顯出一種悠閒平和的寧靜與美麗。這種景象，我在鄉間生活時常見，也覺平常，一到畫家筆下，竟然充滿了詩意與情味，可見生活與藝術畢竟又有著明顯的差異。這種差異一定是與畫家筆下所凝注的情感及欣賞者的心情有著關聯。

這位尹小野，在清代被人以「尹驢」雅號呼之。可見其畫驢藝術是很有些名聲的。後來我在讀清代張志鈞《畫類舉要》時，才知道這位「尹驢」的父親也「以畫驢聞，人呼尹驢。至小野能世其業，而人亦以尹驢呼之。」原來是兩頭驢子，難怪畫得「曲盡形態」，也曲盡其妙。一個畫家如果集畢生的心血與智慧專畫一物，一定是有所成就的，正如吳道子的神仙、韓幹的馬、戴嵩的牛、板橋的蘭、竹與齊白石的蝦。世間萬物，人間萬情，畫家擇其一端，日日揣摩描劃，必能窮盡其中微妙，所以尹小野畫的蘢上野驢或別的什麼驢，自能出類拔萃，獨步當時。

今人中有畫驢名家黃胄，一生畫驢無數，一驢一樣，窮天下驢子動靜之態。據說此公曾在激情奔湧之時，可一夜於宣紙之上畫驢二百頭，每頭驢子的神態居然各不相同，絕少敗筆，可算得畫驢聖手。筆者所見黃氏的驢畫甚多，大多形態憨厚頑皮，十分可愛，既有生活的情味，也有藝術的境界，堪稱獨步古今。黃胄的驢子，神態活現地穿過北方的信天遊、南方的山歌調，馱著北方的漢子與婆姨。馱著南方的鄉野和村舍，蹄聲蹭踏走進我們的視野和夢鄉。無處無驢，亦無處無畫境，這就是黃胄的世界。

看畫上的驢，大抵比看蘢頭活生生的大叫驢要有美感。畫上的驢充滿情味也充滿詩意，現實中的驢未免蠢倔而且悲苦。我們把驢子搬到畫上去生活，這是人類的悲憫心所至，當然也是善意的美化。生活是需要籠上一層詩意的，如果我們不小心把這可憐的詩意給揭去了，那生活便只是一種無盡的苦役了。

驢子佇立在南方落花紛飛的河岸，也佇立在歲月的煙霞中。我們揮一揮鞭子，便聽一聲長嘶穿過迢遙的風雨，如一種人間的異響呵！

雨意可畫

雨景可賞可聽，而雨意可畫。

論春雨則一川芳草梅子黃時雨，淒迷中現出落花虹影。春雨一到，滿世界瘋長出詩情、潑灑出畫境，大地都做了巨幅的宣紙，一片空濛，也一片迷離。有酒香有花香有青草的香味，有鳥聲有雨有醺然的耳語與絲管之聲。春雨是催發靈感的酒，淅瀝中百感萌生。

論秋雨秋風秋雨愁煞人，離不開一個「愁」字。別離是愁，憶往也愁，孤獨失意是愁，漂泊無依是愁。瀟瀟秋雨，清清寒寒，讓人生出許多愁緒，似乎好沒來由。寒夜聽雨打芭蕉，雨打梧葉，雨落殘荷、雨敲篷船，對景生情，情如秋雨，絲絲難斷難消。文人如此，淑女如此，官場人如此，商旅如此。如此這般，天地一籠統，秋雨不可聽，聽則令腸斷；秋雨不可賞，賞則生閒愁。

雨中景物，忽然比平日多了一種迷濛，船在水上飄渺，樓在雨中籠上煙靄，樹在雨中婆娑，遠山近水，似真如幻，空蒙中現出畫意。雨景有近景遠景，動景靜景，愁景怨景，樂景妙景，可以入詩，可以入畫。描雨中之景易，繪雨中之意難。

宋之董兆苑、僧巨然均曾繪風雨圖，前者寫春雨中景，後者寫夏雨欲來景。論其氣勢，以巨然的渾闊。王可訓甚喜畫雨景，傳世本有《瀟湘夜雨圖》，畫的似乎是遠景，楚山湘水，煙雨孤舟，筆墨濃重，境亦疏闊，透出一派清冷闃寂意境，瀟湘夜雨，歷代畫家多有根據個人的想像將其表現在定理紙上或絹片上的，景則差矣，而意趣與個人性則不足觀。其實這種大幅山水雨景，是很可以當一篇抒情長文來讀的，畫中若讀不出思想與情感，山水樓亭，必失了靈運氣韻與生氣。

元代倪雲林有一幅《惠泉聽雨圖》，畫中水石亭閣都具朦朧之美，人物則透出肅穆靜的神情，不僅「畫中有詩，詩中有畫」，且能讓人讀出一種與畫中人相同的落寞與閒愁。倪雲林最善畫水畫石頭，石則蒼古寒瘦，水則朦朧百變。「聽雨圖」能寫出心中雨意，也算此中妙手了。又見明代戴進一幅《風雨歸舟圖》，以三分之二畫面畫山巒樹石，並以枯墨大筆斜掃畫面，一種大風雨的氣勢與勁烈迷披呼之欲出。大雨滂沱如潑，山谷間暴起一片晃眼的濃濃雨濛，樹木搖撼，山雞谷應，聲勢奪人。而畫之下部突出一葉孤舟，艄公著蓑衣，長篙斜握手中，似乎站立不穩。近有一橋橫水上，橋中間有人用力斜撐著雨傘，正在進退兩能之際。這幅風雨圖，應該說是極寫意極入神的。觀畫之人一見它，便立刻如身臨其境，似聞風雨咆哮之聲，令人心震神驚。觀古人畫雨的畫，戴進此幅，無疑算得神品。它帶給我們似曾相識的自然景觀之外，更帶給我們一種少有的緊張亢奮心情。

宋畫如小令

平生最喜歡看宋人畫的山水，總覺得看宋畫如讀小令，很難體現詩中有畫、畫中有詩的美學精神。宋人中米芾與米友仁父子的「米家山水」，呈現著一派煙雨濛濛的景象，見米家山水如見江南景物，有一種空靈溫潤之感，似可聞煙雨中隱約傳來的鷓鴣與落花流水聲、耕於壟上的吆喝聲。米家山水具有濃重的雨意與詩意，崇尚的是天真渾融境界，有文人情趣，讓人想起白居易《憶江南》的上令。米氏父子之外還有一個李成，這個人很喜歡畫寒林荒曠之境，落筆蕭疏，畫心孤寞，善用淡墨、山水樹木現一派清寒虛曠的意緒，具有層次感和空間感，抒發的是一種寂靜孤荒的心態。他的這種畫風，深深影響了元四家之一的倪雲林。倪雲林的畫，山則荒曠，水則寒瘦，林則疏落，石則蒼石，讀倪雲林的畫，胸臆意彷彿棲滿寒蟬。李成開山水畫的荒曠之境，以山水寫心意，最接近宋詞的境界，也最能體現文人士大夫心態與審美內質。

宋人的小幅花鳥是詞，也是小令，諸如一些無款的楷杷小鳥、荷、桃花等，不僅極盡視感之美，更體現著宋人在詞章佈局與詞意上的精緻安排。一幅畫就是一首詞，這是遠比他們的前人高明也遠比他們的後人抒情的地方。我曾反覆賞玩過宋人中馬遠與夏圭這兩個文人畫家存世極罕的真品及圖錄，覺得前人稱馬遠為「馬一角」、稱夏圭為「夏半邊」，真是妙不可言。馬遠的一幅《梅石溪鳧圖》，畫面上梅枝斜出石岸，煙水中有數只鳧雁浮動，類似今天攝影家的鏡頭，把山水最具有詩意的一角移來紙上，別出心裁，構思新巧，完全是寫詞的手法。「馬一角」的特點，細畫史上評語說得好：「峭峰其上而不見頂，絕壁直下而不見腳；近山參天，遠山則低；孤舟泛月，一人獨坐。」體現的是一種美麗幽遠而且寧靜的氛圍與心境，畫技則妙到毫巔，大別於範寬等人的大辟山水、雄奇造化。「馬一角」之外尚有那位「夏半邊」，也實在高明得很，凡畫山水，取山水一半、水之一涯，落筆蒼古淋漓，剪裁山水如剪裁衣服，佈局既妙，設計又巧，信手拈畫，渾厚蒼潤，景為僻靜奇異之景，境為出塵清幽之境，文字難抒其情，難描其態。故宮博物院所藏夏圭的《雪堂客話圖》，取雪中山景之半，畫出一種野逸與美麗，畫出一種天地人親密無間的意境，看似殘水剩山，但卻設色淡雅，用筆含蓄曲折，遠近疏密渾然天成，尤其雪、水、山、樹、草房，畫得神韻悠然，雖王維之筆亦不能至此境界。

宋人中還有一個馬和之，他乾脆去畫《詩經》中自己最喜歡的詩，這是他的創造，詩意圖最能體現文人畫的精神境界，馬和之是始作俑者，也是最成功者。宋人之畫本來就傾向於詩畫交融的審美情趣，而馬和之獨闢蹊徑，不同於「馬一角」與「夏半邊」，也不同於李成，他用畫來表現《詩經》中的意境與悠遠的詩情，他畫《唐風・蟋蟀》，也畫《唐風・葛生》，同時也畫《周頌》……馬和之是宋代畫家中的一個「異類」，他讓後代的許多文人畫家追隨著他的背景，畫出李白、杜甫這些大詩人的詩意圖，並且流傳千古。

米氏父子、李成、夏圭、馬遠、馬和之以及一些有名和佚名的宋人畫家，他們的畫是植根、生發於宋詞的境界與意緒中的。讀宋人的詞或看宋人的畫，你永遠也忘不了那種刻骨銘心的人生智慧與對於詩意的迷戀，那才是真正的藝術創造。

宋人的酒趣

唐人的舞與詩，離不開酒，這是頗有定論的。然而唐之前如商紂王便有「酒池肉林」，魏晉之際有「竹林七賢」，其中尤以劉伶為酒中之仙，一醉三年。而唐人中有杜甫寫的「酒中八仙」，李太白斗酒詩百篇。飲酒到了宋代，便喝出些花樣與奇聞逸事，與宋詞一樣流傳下來。我在披閱若干史籍之後，便有了一個宋人好飲的印象。自古詩文發達鼎盛之際，酒文化也必定發達。唐代不用說，宋代亦是明證。據《宋會要稿》記載，北京熙寧年間東京城每年需糯米三十萬擔來釀酒，而宮廷內用以釀酒的糯米也在八萬擔左右。酒之於世，上自晉紳，下達閭里，文人墨客，漁夫樵父，無一日可缺此君。宋代有一著名的宰相叫薛居正，「飲酒數斗不亂」，而宋真宗也有豪飲三斗不醉的海量。至於一般文人墨客與市井中好飲者，銘得上酒聖或酒仙檔次的，也就不勝枚舉了。

宋代的人好飲，因此所釀製的名牌美酒就極多，有記載的酒名就有二、三百種。其中以宋代最大最有名的酒樓——樊樓（亦名豐樂樓）所釀之「和旨」酒與「眉壽」酒頗享盛名。宮廷名酒中有「薔薇露」與「流香」，這種酒口感極佳，柔和芳香，民間不可能喝得到。每個州府都有地方品牌，如臨安市場暢銷的中和堂、雪醅、皇都春、和酒，揚州暢銷的瓊花露，湖州暢銷的六客堂，鎮江的浮玉春、錦波春，南京的秦淮春，溫州的蒙泉等等，地方名酒遍地都是，若非宋人好飲，酒業豈能如此發達！

飲酒被當作宋人的一種生活方式和生存樂趣，更被當作雅士名流獨立特行的標誌。《宋史》中載有號稱天下飲酒第一的大名士大曼卿的飲酒行狀，可謂古人中「酒怪」或酒鬼。石曼卿作詩填詞以險怪奇峭稱於世，而他飲酒的作派，更可以說是驚世駭俗，創意奇特，在當時已讓他酒國享名，若放到傳媒發達的今天，定能炒出一個天外飛仙的大新聞來。史書上說，此人飲酒，有四種飲法，這四種飲法全是他自己的創造：一種稱之為「龜飲」，用鄉間稻草將自己全身捆綁，只露出半個腦袋，然後用大斗盛上美酒，伸頸狂飲，飲完三、五斗後將頭縮進稻草捆中沉醉山野或室外，不令家人扶歸。一種稱之為「囚飲」，怪就怪在，此人飲酒之前自己戴上大枷，赤了雙腳，披散了頭髮，然後讓人用大斗裝了酒一陣狂灌，大有唱飲頭酒的悲壯和氣氛，據說在這種狀況下飲酒，能體會到平生無法體會的一種境界，所以此法飲酒常用。一種稱之為「巢飲」。石氏學鳥獸盤踞於大樹上，枝椏上吊著盛酒的大木桶，底上鑿一圓孔，張嘴就之，酒如噴泉，汩汩入喉，直到桶中酒盡，才興意闌珊。緣樹幹而下，健如老猿。還有一種飲法稱之為「默飲」，這種默飲近乎鬥酒，必邀一高手與之比拼。《宋史》上說，石曼卿任海州通判時曾遇另一超級酒鬼劉潛，結為酒中知己，後在東京城王姓酒店比拼默飲，「終日不交一言，至夕，無酒色，相揖而去。明日，都不傳玉氏酒樓有二仙來飲」。拼了一天酒，一言不發一聲不響，兩人棋逢對手將遇良材，竟「無酒色」，可見是難分勝負了。

石曼卿在宋代作為文人，名聲並非顯著，文學成就也無法望蘇（東坡）、歐（陽修）項背，此人的詩名與酒名綜合起來，卻很是可觀了。當年歐陽修作為文壇領袖也是一位飲中豪傑，〈醉翁亭記〉寫的就是他自己與文人雅士聚會酣飲的事情，所謂「醉翁之意不在酒」，蓋文人托詞爾。而天才的蘇東坡，不僅善飲，且善釀，所釀之酒大異於市井品牌，介乎果酒與黃酒之間，酒度不高，極為養生。東坡對自己的發明十分得意，不僅遍邀好友共飲，且著文記之以廣傳播。

宋代飲酒成風，酒業發達，因此製酒家都頗有廣告意識，用各種手段推銷自家產品，常見的是「高懸酒幟」或懸掛招牌、牌匾，但也有創意新奇的大手筆，如遊竹宣傳。史載南宋時臨安（現杭州）市有十三家官辦的酒廠，因為至相競爭，便紛紛組織遊行隊伍走上大街以助行銷。隊伍以鼓樂為核心，後跟著豔妝的騎馬妓女，隊伍前頭則有風流少年挑著美酒，鬧騰騰喜洋洋穿市而過。還有講究的，則在妓女隊後安排「八仙」飲酒表演。因此宋代的酒與宋代的飲者，就是在這種快樂的廣告宣傳攻勢之下，盛極古今的。大小酒店林立都市與村寨，各類酒仙酒聖酒怪沈醉於街頭地角。酒風之盛，歷代以宋朝為最。

宋人好酒，所以宋代不僅出酒中英豪，也出了不起的詩家詞客。酒與詩文，永遠是連城一體的。李太白詩云：「人生三萬六千日，一日須傾三百杯！」「古來聖賢多寂寞，唯有飲者留其名！」

醉舞大唐風

唐人好酒成風，無論村夫俗子，還是文士達官，一年三百六十日，杯中酒常滿。好飲酒的唐人中，最著名的可能是「酒中八仙」，而「八仙」中最著名的，肯定要算李太白，杜甫在〈酒中八仙〉中寫道：「李白斗酒詩百篇，長安市上酒家眠。天子呼來不上船，自稱臣是酒中仙。」李白自稱「謫仙人」，杜甫說他是「酒中仙」，作為詩仙加酒仙的李白，從仗劍出蜀到遍干諸侯、再到採石磯醉中捉月而死，他在漂泊中完成了浪漫的詩酒人生。李白一生與詩酒結緣，醉得傲岸，醉得悲壯，醉得詩意盎然。他在醉中讓高力士脫靴、楊國忠研墨，醉出一代詩仙藐視權貴的錚錚傲骨；他在醉中舉杯邀月，起舞徘徊，醉出人生的失意與快意；他在醉中草就嚇蠻書，醉出大唐帝國的威亞與寬容。「人生三萬六千日，一日須傾三百杯」，李白的豪飲，其實折射出唐人好飲的一面，與他相厚的賀知章，與他同為酒仙的其他七仙，在當時都很著名，身分不同、年齡不同、個性不同，但相同的是他們都喜豪飲，一日數醉，一刻也離不得杯中之物。對唐代的文士達官來說，酒就是快樂的源泉，酒就是心靈的甘露，酒就是生命中不可或缺的元素。在詩與酒中沉醉的大唐帝國，絕以地是強盛的、恢宏的、多彩的。

酒是療心的藥，酒是最讓人割捨不下的東西，是液體的火焰。唐人好酒，因此釀酒業就非常發達，當時的名酒多不勝數，據說唐穆宗長慶年間就有我中酒十四種，郢州「富州」、烏程「若下」、「劍南」燒春、河北「干和葡萄」、「波斯」、「三勒漿」……中國的和外國的，都極受酒客們的歡迎。據說唐代的酒，較之現代，酒精度要低得多，否則，李太白再有海量，也決不至於一日須傾三百杯的，就是後來武松喝十八碗酒在景陽崗打虎，那酒也絕對是低度酒，若是高度白酒，喝過十八碗之後，恐怕不僅打不死白額吊睛猛虎，連自己也會醉死。在長慶年間的十四種名酒中，幹和葡萄就是葡萄酒，也就是王翰在詩中讚美過的「葡萄美酒」。而「三勒漿」據專家考證為波斯所產的甜酒，釀造工藝複雜，味於甘美，飲之醉人。唐代多美酒，因而便盛產詩人，無酒不成詩，無酒不成宴，一杯在手，一醉解千愁，醉裡乾坤大，醉是人生的最佳狀態。

唐人愛酒，連楊貴妃也常現出嬌憨的醉態，因此有《貴妃醉酒》那樣膾炙人口的國粹流傳。唐人在飲酒中表現出來的奪目風姿與豪邁，當然還離不開舞蹈，而舞蹈又最好是「胡舞」，這樣才能淋漓盡致地揮酒歡快與激情。胡舞從兆齊開始盛行，到唐代便已蔚然成風，唐代胡舞中最流行的又是健舞、軟舞、字舞、花舞與馬舞。而健舞中的胡旋舞與胡騰舞最具西域風格，都是那種節奏極快、十分奔放的勁舞。白居易說那些跳胡旋舞的胡姬：「左旋右旋不知疲，千匝萬周無已時。」劉禹錫說：「鼓催殘拍腰身軟，汗透羅衣雨點花。」在美酒勁舞中，唐人的個性與人性得以盡情張揚，開放的情感與心智，讓唐人有了一份獨特的魅力。胡旋舞與胡騰舞在城市中流行，而回波樂、垂手羅、霓裳舞、綠腰棕樣輕盈綺妮的樂舞，同樣大受歡迎。李太白就特別喜歡在飲酒時觀賞胡姬的輕歌曼舞；「胡姬貌如花，當爐笑春風。笑春風，舞羅衣，君今不醉將安歸？」胡姬是來自中亞、西亞和歐洲的年輕女子，不僅善歌舞，而且善飲酒，在長安酒肆中「胡姬招素手，延客醉金樽」，她們招攬生意，每一個秋波，每一個笑魘，都充滿了異國情趣，她們的著裝，她們的美豔，她們的舞技以及她們謎一樣的身世，都是令好飲的男人入學和沉醉的地方。未飲心先醉，陪舞陪飲的胡姬，是造成唐代城市中男人好飲、善飲、豪飲的一個主要誘因。不僅酒仙的李白念念不忘胡姬，多情的大唐的男人，誰也忘不了胡姬。胡姬如酒，醉了一個帝國也醉了一個時代；胡舞如酒，詩化了一個帝國也詩化了一個時代。

悲欣交集

弘一法師臨終之際，作四字謁語：「悲欣交集。」弘一留在世間的最後墨寶，令我猜度了許久，「悲欣交集」或許是這位塵世的才子、佛門的大德對於生死的瞬間參悟吧。在泉州清涼山弘一法師墓廬附近的石頭上，摹刻了這四個字，書法樸拙，有意無意之間得自然之妙，近樸歸真之境。

以「悲欣交集」悟生死，這是高僧的智慧。這四個字卻讓我想起生死以外的東西，比方舊時的科舉故事。用「悲欣交集」來形容金榜題名與名落孫山，真是再貼切不過的。十年寒窗，一旦考中，金榜題名天下知，那種欣喜、驚喜、狂喜，是無法用言語形容的。如范進中舉，喜極而瘋；又如孟郊〈登科後〉詩：「春風得意馬蹄疾，一日看遍長安花」這樣的得意與喜鑒。所謂人生兩大快事：「洞房花燭夜，金榜題名時。」中國最後一個狀元劉春霖曾自刻一印：「第一人中最後人」，自得之情溢於言表。中國科舉從隋代開皇年間到清代光緒三十一年約一千三百多年，有文字記載的，僅狀元就有六百四十八名；余秋雨曾說有十萬進士，此資料是否精確暫且不論，卻也可以看出考中的進士實在是一支龐大的隊伍。古代的讀書人，唯一奮鬥中目標就是通過科舉走入仕途，實現自己齊家治國平天下的抱負或榮華富貴光宗耀祖的夢想。天下英雄，盡入皇家之彀中（唐太宗語），這是科舉的妙處。多少士子，三更燈火五更雞，衣帶漸寬終不悔。考中了固然是欣喜若狂，從此有了飛黃騰達的階梯；而一旦落榜，未免就心如死灰，無顏見江東父老了。悲欣交集，正是參加科舉的士子們心態的寫照。

我在閒暇時曾留意過唐代的科舉情況，翻檢過這方面的一些史料，對於那些記載落第士子悲慘境史的文字，印象很深。從他們的身上，我體味到人生的況味與夢想幻滅後的痛切。

那些戴破帽，騎蹇驢跋山涉水來到京城長安的舉子，一旦高中，曲江飲宴、雁塔題名，無止榮耀。而比起那引起及第的幸運兒，名落孫山的舉子們卻陷入了失落的悲慘境地。孫樵在〈寓居對〉中，這樣寫落第士子的悲怪境況與心情：「翠如凍灰，臒如槁柴，志枯氣索，悒悒不樂。長日猛赤，餓腸火迫，滿眼花黑，脯西方食。暮雪嚴冽，入夜斷骨，穴敗褐，到曉方活。」落第的窮舉子，一般都會羈留京城，過著「朝叩富兒門，暮逐肥馬塵」的半乞討生活，潦倒下層，身棲破廟，生活十分淒苦。羈留異鄉的原因，大抵是盤纏短缺，羞於還鄉或待時再考這三種。溫庭筠之子溫憲曾有詩云：「十年溝隍待一身，半年千里絕音塵。鬢毛如雪心如死，猶作長安下第人。」長安為天下最繁華之地，所謂「富貴逼人」，豪門大宅，達官貴人，香車寶馬，肥羊美酒，樣樣誘人，可憐羈留京城的麻衣士子，在饑寒交迫、心灰意冷中苦捱日月，死守長安，一年年掙扎著出入於森嚴的考場，十年不中，二年不中，甚而三十年不中，終於死難瞑目。有乞討凍餓而死的，有貧病交加老境淒涼客死京城的，有下第多次之後忽然中風失語的，有最後返鄉卒死道旁無人收屍的，也有沿途乞討終被凍死或落水而亡的。種種悲苦之狀，不能盡述。

詩人韓信考了十年，李商隱考了十年，黃滔考了二十三年，孟考了三十多年，這些人最後還是考取了。有一個叫劉德仁的舉子流落長安考了三十年，臨死也未能及第，一位朋友寫詩祭他：「忽苦為詩來到此，冰魂雪魄已難招。直教桂子落墳上，生得一枚冤始消。」生不能蟾宮折桂，死了希望有桂子落於墳上長出一枝，一腔悲怨才能消解，這真是人間悲歌了。

落第士子的悲劇，還在於二與父兄妻子音塵隔斷之後，求仕十年二十年而不得，已為家人疑作他鄉鬼物了，自己潦倒悲苦且不說，多少家庭也同時毀了。所以科舉雖然讓不少出身寒微的才子走上中國的政治、文化、軍事舞臺，並因而改變和推進了一個民族的文明，卻也讓無數讀書人陷身苦海、萬劫不復，匯成一部血淚交融的士子悲歌錄。

寂寞秋風蟋蟀鳴——漫說鬥蟋蟀及蟋蟀罐

一

秋風起處，斷牆殘面之間，便有唧唧之聲傳來，入於耳，動於心，這樣的天籁，古人愛聽，令人亦愛聽；鄉間人愛聽，異鄉的遊子更愛聽，各人聽出各人的心情。

記起《爾雅》中有「蟋蟀生野中，好吟於土石磚瓦之下，鬥則鳴，其聲如織，故幽州謂之促織也。」蟋蟀為極普通的草蟲，與油葫蘆、蟈蟈、金鐘一樣，鳴聲幽清，秋風起處，不分南北，有草石處便有它們的鳴奏，是真正的令人忽忽有懷的秋聲了。四川詩人流沙河曾與海峽那邊的一位詩人以〈蟋蟀〉為題，寫去國懷鄉之思，曾廣傳人口，之聲在詩人聽來，幾乎就是無比親切的鄉音了。可見小小草蟲，抑揚起伏的自在悠然之鳴，是很能撩動人間不勝感喟的思緒與情懷的。所以姑某種意義上而言，又絕非尋常的草蟲可比了。

聽蟋蟀能聽出不同的心情，這似乎是無可非議的。《開元天寶遺事》上，曾有這這樣的描述：「宮中嬪妃，竟以小金籠盛之，置之枕函畔，夜聽其聲。」深宮寂寞，美人用金絲小籠蓄了這會叫的精靈，渡那漫漫長夜。這種情形，是很讓人感慨的。唐代宮中的蟋蟀籠，小巧雅致，或圓或方，極為講究，北京琉璃廠曾在民國年間出現過一隻楊貴妃養蟋蟀的金絲籠，據說形狀為橢圓形，有梁有底有鉤，約五兩重，籠底刻有「天寶」年號和御制詩，其中有「貴紀纖怨；而鄉間的樵夫與牧童，必可聽出快樂與無憂；遊子聽出鄉音，劍客聽出蕭殺，隱士聽出玄機，畫家聽出活潑。蟋蟀輕吟，真的驚心動魄。」西窗獨暗坐，滿耳新恐聲，這是白居易的詩，詩中有況味，這也是只能意會的。

二

我居鄉音時，年紀尚幼，每於秋日與二三童子去村東祠堂殘牆亂草間逮蛐蛐兒。蛐蛐當然就是蟋蟀，這種小蟲最喜歡陰濕之地，磚縫石隙，溝邊草洞，非常適宜蟋蟀滋生。村東祠堂側有荒塚，塚間多亂石，此間生一種青殼長腿的蟋蟀，叫聲極清越，且善鬥，將其置於破瓦罐內，兩蟲相峙，鳴聲蕭殺，以草根撩撥，便高叫振翅，以利齒相向而鬥，往往兩敗俱傷。鄉人懼於荒塚的陰森，常不准小兒輩去提蟋蟀，說那裡的蟋蟀有鬼氣。這是很久以前的職了。歲月倏忽，荒塚早坍，祠堂亦已不存，唯蛐蛐在秋風中唧唧，把往事叫得近了。

倘見有關資料，說蟋蟀在北方稱促織，一是蒲松齡的《聊齋》中有〈促織〉一文，二是本文開頭引用過的《爾雅》中有此說。促織在北方有幾個地方出名種，一是北京南下窪子與陶然亭圓園園，所產之物叫「伏地蛐蛐兒」。「伏地」之謂，其義難明；二是山東寧陽、洛靈一帶所產，名「山蛐蛐兒」，據說壽命長，挺能鬥，有青、黃、紫等顏色。南方的各種見於文字記載的似乎只有杭州，名曰「杭牙」，長得好看之外，霸悍好鬥。

蟋蟀除了關在籠中聽其鳴叫聲之外，最大的用途就是鬥。蟋蟀鬥自古成風，南北朝已蔚然成風，唐朝大盛，宋明之際接近瘋狂，清代餘風尤烈。古人蟋蟀，人至帝王將相，中至文人大賈，下至布衣百姓，風氣所至欲生欲死，這真是一種難以理解的怪事。這可能是一個好鬥、尤其是喜歡窩裡鬥的民族有特有的嗜好了。

據一些史籍的記載，三國時的鬥蟋蟀之戲是十分講究排場和規模的，所謂「鬥之有場，盛之有器，必大小相配。」鬥蟋蟀一為娛樂，再是為賭輸贏，輸家往往一樣千金而不悔。而鬥敗三隻蟋蟀以上所向無敵的，則必冠以「大將軍」頭銜，若「大將軍」一旦死去，須以「金棺盛之」，葬於「原得之所。」而唐代天寶年間，則每逢陰曆七月，在長安一帶便展大規模宏在在的鬥場，賭輸贏。唐時繁華，鬥雞青狗與鬥蟋蟀，蹋球，成為等級最高貴的娛樂活動，可見當時社會風氣是很奢侈糜爛的。

很值得一提的是幾位蟋蟀皇帝與蟋蟀天子的故事。第一位是南宋偏安一隅的度宗皇帝，此人在位時，蒙古大軍鐵騎所過之處所向披靡，宋軍連連大敗，面臨亡國危急關口。而這位度宗皇帝競整日在宮中與妃子、宮女及宦官以鬥蟋蟀為戲，有臣子報告戰況，他竟大怒，並稱鬥蟋蟀為「軍國大事」，荒唐昏淫到了令人可笑可悲的地步，後人送他一個「蟋蟀皇帝」的雅號，真是恰到好處。

第二位是「蟋蟀天子」明代宣宗皇帝。蒲松齡在〈促織〉中說：「宣德間，宮中尚促織之戲，歲征民間。」還說「每責一頭，輒傾數家之產。」這篇文章曾選入中學語文課本中，故事大家都是很熟悉的。宣宗皇帝嗜愛鬥蟋蟀比之南宋度宗還要過之，其時蘇州民間有民諺云：「促織瞿瞿叫，宣德皇帝要。」宣宗皇帝下旨派出眾多宦官到全國各地去採辦蟋蟀，又敕地方各大小官吏協辦，征課之急前所未有，百姓苦不堪言。小兒、健夫、老翁，常常群聚草間，「側耳往來，面貌兀兀，若有所失」，尋找和捕捉蟋蟀，每令耕者廢其鋤，商者棄其業，瘋子一樣在殘磚敗草間尋尋覓覓，一聞蟋蟀之聲，則「踴身疾趨饞貓見鼠「（袁宏道〈畜促織〉）。完不成徵賦，就要家破人亡。《明朝小史》中有一個故事，說蘇州楓橋地方有一糧長，因受郡府督遣，催促所急，便只好用自己所乘的一匹駿馬換回一隻上好的蟋蟀，其妻認為以馬換蟲，蟲必奇異，乃偷視之，蟲竟一躍而出，不見了蹤影。妻子大懼，自縊身亡。其夫歸家，既傷悼妻子，又畏郡府的嚴刑，也自縊而死。

我們都知道的「況青天」況鐘，在宣宗時任蘇州知府，皇帝特旨敕諭：「比者令內官安兒、吉祥採取促織，今他所進數少，又多有細小不堪的，已敕他末後一運，自來時要一千個，敕到爾可用心協同他幹辦，不要誤了，故敕！」宣宗皇帝為了選取體大勻稱又勇健善鬥，並且「與蜈蚣同穴者」的蟋蟀，竟一反平時敕諭體例，直接把敕諭下給一個小小的蘇州知府，真也可以遺笑後人了。

可見不管是蟋蟀皇帝還是蟋蟀天子，都是荒唐透頂，以一小蟲而亂大政，以一小蟲而害民，這就是中國特色的悲劇與笑話。

在清代，王公貴族、富商巨賈、貪官污吏、或文人雅士，以擁有名貴的蟋蟀為權力與身分的象徵。每年初秋，官方織造府負責籌辦，掀起鬥蟋蟀的狂潮。圓明園、陶然亭的斷壁殘垣間，人影幢幢，到處是捕捉蟋蟀的人群。一旦得到名貴品種，可售數十金，並以賭博形式決勝負。鬥蟋蟀之初，要下請柬、定地點、選日子，並選出「掌探」（以鼠須做探子），監局（裁判）。蟋蟀要體得四厘以上才能參鬥。五公大巨作主，放安蟲王神位牌，四周以黃幡寶蓋、神用執仗等設備配之，養蟋蟀者向神位叩省，然後開鬥。一旦開始，王公巨族，達官大賈，賭以巨金，以決勝負，可以說熱鬧非凡。

解放後鬥蟋蟀一時銷聲匿跡，民間小兒中偶有之，意義僅同其它兒童遊戲。這種娛樂的消失，我以為是社會進步的表現。

三

養蟋蟀當然需要籠罐之類。

根據史料和有關古玩圖錄資料，目前發現得最早的要數楊貴妃養蟋蟀的金絲籠，它是唐代宮廷中具有代表性的工藝品。這種飼養蟋蟀的小籠，金絲細密，形體小巧，只養一隻，有專人餵養，就是寒冬深雪之時，也可於枕上聽幽幽清鳴。或謂之解寂寞良藥可也。

金絲籠之外，唐人尚有以象牙鏤雕為籠的，《負暄雜錄》上說：「鬥恐之戲，始於天寶，長安富人刻象牙籠畜之，以萬金付之一斗。」

養鬥蟋蟀的器皿，不僅十分講究，且品種甚多，陶、瓷、玉、石、雕漆、創金、漢磚等等，俱可制而為盆為罐。見得較多的是明清兩代的蟋蟀罐。

明代宣德皇帝好蟋蟀，因此其時所制之盆罐自極精美，瓷器以創金瓷盆為上選，詩人吳偉業有〈明宣宗循用創金蟋蟀盆歌〉，創金即在器物上塗漆乾涸後，以鐘刻刺圖案，再將金粉撒於刻痕中例平復如初。創金瓷罐之底部有宣德年製款，形制精美華貴。也有青花和五彩瓷罐與瓷盆，都是宮中用器。擔瓷器若是新出窯的，則火性太重，而蟋蟀性喜阻濕，因此必須將盆罐或以雨水淋沐，或浸入湖水中，或以沸茶水沖泡，去其火性，否則蟋蟀必會夭亡。最好的是以澄泥或紫砂製作的盆罐。清代澄泥制度製作名家有趙子玉，一罐值百金之數，十分難求。此外尚有張和清及楊彭年、清正齋主人、醉茗癡人。澄泥罐製作之法與澄泥硯制法相同。縫絹袋置河水中，逾年取出，袋內泥沙之極細者填滿，經過十幾道工序，製成小罐，以竹片刻劃出圖案，入火燒之。工藝繁雜，得元十分不易。趙子玉所製澄泥蛐蛐罐傳世甚少，筆者見過兩個圖錄而已。一是底外刻有「大清康熙年製」款。蓋內陽文楷書「古燕趙子玉造」款的一件綠色澄泥罐，此罐高10cm，外口徑長1109cm，色如綠豆，質地光潤細膩，十分堅致精美，據說是一件罕有的珍寶。另一件為鱔魚黃，潤澤堅實如玉，秀麗雅致，蓋內有「古燕趙子玉造」款。以澄泥製品論之，鱔魚黃十分名貴，一方明代鱔魚黃的古井澄泥硯，可以賣到三十萬元以上，而趙子玉這樣名家大師所製之罐，其價便可想而知了。從鑑藏的角度而言，這件澄泥蛐蛐罐已是世上罕有的奇寶。

楊彭年是清代紫砂壺名手，與陳曼生合作之壺，價值驚人。我所見京城某大藏家中所藏楊彭年造澄泥漆給雲龍紋蛐蛐罐，其形略作鼓形，制度底有「楊彭年造」四字方形戳記。制度身所繪刻之雲龍，氣勢雄渾，一見即為大家手筆。此制度為暗黃色，質地光潤，十分精雅，應為蟋蟀罐中上品。其價值並不比明代宣德青花、五彩瓷罐宮造用物遜色多少。

澄泥制度盆雖極佳，但製作起來要比瓷器及陶器繁難得多。宋、明、清幾朝傳下來的瓷器蛐蛐製，多有驚世絕品。近年海內外極重宣德青花瓷，蛐蛐制度中此類御用品，其價值十分驚人，筆者孤陋寡聞，僅於有關圖錄中見過三五件。清代署款「正齋主人製」的紫地粉彩歲寒三友圖蛐蛐罐及「同治製」款的五彩樹石大蛐蛐罐，都是許多目錄中屢刊不已的少數瓷質蛐蛐罐精品，式樣優雅，釉色美豔，繪工一流。還有雍正、乾隆間所製之資質精品，都顯示出那個時代鬥戲之風的盛行與講究。我們已無法略往草朝野為之瘋狂的一幕，但從傳世不多的這些小罐小籠與小盆中，卻也可以一窺歷史雲煙中透出的絲絲消息。

一聲瞿瞿唧唧，從秋風裡傳來，從古久的歲月那邊傳來，我們的心為之一動。

天圓地方　人生如棋

圍棋究竟始於何時，筆者淺陋，一時未遑考索，但至少可以斷定春秋戰國時即有了關於它的文字記錄。如《孟子・告子上》中就有「弈秋，通國之善弈者也」，並且孟子以弈秋教兩徒弟作比喻，認為專心則成，若三心二意，就不可能在棋藝上有所長進——哪怕是國手當你的師傅也不行。圍棋是小枝，但古人常把它和「修身齊家治國平天下」相比論。班固《弈旨》說：「局必方正，象地則也；道必正直，神明德也；棋有黑白，陰陽明也，駢羅列布，效天文也。四象既陳，行之在人，蓋王政也。成敗臧否，為仁由己，危之正也。圍棋的設制，我總覺得博大精深，很能見出古人以小見大的智慧來。棋圓局方，子為黑白，所謂天地陰陽，橫陳於眼前，玄思妙想，運智慧於天地之間，設伏作詐，突圍縱橫，生死瞬間，成敗鑾在瞬間，不只人生如棋，治國治兵也頗相類，所以古人的圍棋，恐怕不純粹是娛樂和競技，還有一種大的寄託在內。

古代的文人雅士，江湖隱者，甚或帝王將相，多數是精於棋藝的。文人以琴棋書畫為四種必修課，棋在第二位，有史料記載王維與蘇東坡的圍棋水準是當時國手級的。帝王中梁簡文帝以好弈著稱，曾命當朝文壇領袖沈約作《棋品》五卷，書中同時也體現了沈約的文化品格，如「入神造極之靈，經武緯文之德，故可與和樂同妙，上藝齊工」。簡文帝之外，曹操的圍棋水準是真正「棋聖」級的，在他所處的時代幾乎沒有對手。難怪偉人毛澤東對這位「一世之奸雄」十分欣賞。這個曹操，無論政治、軍事、詩文、棋藝書法、氣魄謀略，我以為都是十分了得的。

關於圍棋，還有幾則很著名的故事，不能不一提的。一個為民間的，是「爛柯山」的傳說，見於作地方（南朝梁人）的《述異記》。說晉朝有一樵夫叫王質，伐木入山，見松下二童子下棋，因吃了一顆他們給的棗核，一時忘饑，持斧坐觀。不一會，童子指其斧說：「汝斧柯爛矣！」王質回家後發現已過了一百年，已物是人非了。另一個是陳壽《三國志》中，說王粲記憶力驚人，「觀人圍棋，局壞，粲為復之。棋者不信，以蓋局，使更以他局為之，用相比較，不誤一道。」王是「建安七子」之一，能夠看一遍就可以復原棋局，也算得天才了，但不知此人棋藝如何。

最著名而且最有深意的恐怕是東晉時位至宰相的謝安圍棋故事了，謝安指揮了一場歷史上極為著名的戰爭——淝水之戰，當時他受命於危難之中，苻堅率前秦百萬大軍壓境，京師震恐，臨戰之時，他胸有成竹，安祥鎮定，地與張元下圍棋，以別墅定輸贏。張元平日棋藝遠勝謝安，可此時因心中恐懼，反而輸了。當成敗系一國興亡的大戰以「破堅（苻堅）」的捷報傳來，謝安與客人在棋枰上大戰正酣。看完捷報，「便攝放床上，了無喜色，棋如故」。客問之，徐答云：「小兒輩遂已破賊。」謝安的這次圍棋，顯示出屏乎常人的冷靜與罕見的大將風度，這等定力，諸葛亮也難望其項背的。

棋道非小技，其間自有大道。一個精於棋藝的人，一般能參透人生，社會與自然的玄機，在黑白二子的起落消長中完成「悟」的過程。明末清初文人魏禧曾作〈獨弈先生傳〉，講一個叫黃在龍的奇人，與世無爭，以獨弈為癖好，常一人閉門以左右手各執黑白子相互攻殺，或沉默或微笑或苦思，外面的人但聞棋聲「丁丁」然。某日山盜蜂起，把他抓住，問他是幹什麼的，他說他是黃在龍，群盜相顧大笑，都說：「不要驚嚇了先生。」禮送而回。這位奇人當然是一位有才德的隱士，他的愛棋，愛得癡迷且奇特，不與人爭，獨與己爭，可謂知棋道者。

班因論棋道，以為上有天地的法則，次有帝王的治政，中有五霸的權術，下有戰國的紛繁。棋藝高絕後，忘憂忘食，風姿絕世，如孔子；用心專一，明瞭韌性，陰陽相生，足可用之養性延壽，彭祖的元氣。班因是從大處論棋的。棋道玄奧，世人所悟，各個不同，我們俗人下棋，畢竟只是娛樂而已，哪能明白真正的攻守圍堵、得失生死呢！就是當世棋聖聶衛平、馬曉春之流，也只怕離古人所謂的「大道」相去甚遠的。

曾見某著名收藏家藏有一副翡翠圍棋子與一副黃金所鑄象棋。圍棋子顯見是清代中期物，打磨得粒粒晶瑩圓潤，濃翠透明，每粒棋子均鏤雕淺淺雲龍紋。白子取翡翠中潔白色者，質如凝脂，形制稍異，每粒棋子飾以微型靈芝紋。以紫檀為盒，盒作瓜葉形，雕工精絕。盒壁上有道光時兩江總督陶澍題跋，說明得棋的由來，並有「持重而廉者多得，輕易而貪者多喪；因敗而思者其勢進，戰勝而驕者其勢退。」之語，署款為「安化陶澍。」此副名貴的圍棋。曾有海外賣家出價過天價，但

飲茶的優雅

飲茶與下棋一樣，講的就是一種心境。

文徵明的曾孫文震亨曾經寫過一篇很有情味的茶文章，認為飲茶最好是在下面幾種狀況下進行：一是隱居物我上與兩三同道清談時，二是太陽初升或將落元時，心情落寞，興味索然之際；三是晴窗之下，看碑拓、閒吟詩之時；四是深夜燈下讀書時；五是與嬌妻密室中喁喁私語時；六是陰雨天氣，閉窗靜聽雨聲淅瀝時；七是或大醉初醒或蓬宿枯坐，或彈琴已過。這七種狀況下若是清茶一盞，便可舒心暢懷，得自然之道，得快樂自在。文震亨的這段文字見於他所著《長物志》第十二篇。這是有關飲茶的心情的。筆者曾作過一篇同名小文，曾引用作人一段名言：「喝茶當於瓦屋紙窗下，清泉綠茶，用素雅的陶瓷茶具，同二三人共飲，得半日之閒，可抵十年塵夢。」這是講飲茶的環境與閒適心境的，我以為正好與文震亨的看法相類，都是頗得飲茶三味的。

飲茶歷來頗講情調，不是我們平日只把它當一種生存的必需，生律解渴。文人雅士之流對飲茶大致有以下講究：一是環境與心情，如文、周兩位的看法就有代表性；二是講究茶的品位，必求上好茶葉與極佳泉水；再是需用好菜餚，以雅潔精美為佳。當然，飲茶除獨飲慢品之外，最好邀二三投機的雅友同飲。

茶葉與泉水，是非講究不可的。大文人袁枚說：「嚐嚐天下之茶，以武夷山頂所生，衝開白色者為第一。其次莫如龍井，清明前者號蓮心，太覺味淡，以多用為妙。雨前最好，旗一槍，綠如碧玉。」當然袁枚所謂嚐盡天下茶，不過井蛙見，天下好茶何其多矣，武夷、龍井不過其中兩品，明、清貢茶就有百種之多，各縣特色的。飲茶必先選擇上等綠茶，備好茶葉後就是用水了。乾隆皇帝曾御制〈玉泉山天下第一泉記〉文，他認為泉山的好壞，除清冽甘甜之外，應以水的比重來定高下：「嘗作銀斗較之，京都玉泉水重一兩，塞上伊遜之水亦重一兩，濟南珍珠泉斗重一兩二厘，揚子金山泉斗重一兩三厘，則較玉泉重二厘或三厘矣。至惠山，虎跑則各重玉泉四厘，平山重六厘，清涼山、白沙、虎邱及西山碧雲寺各重玉泉一分。然則更無輕於玉泉者乎？曰有，乃雪水也。」這簡直是天下奇文，皇帝老佛爺親自用銀斗將天下的名泉稱了一回重量，並定比重最輕的玉泉為天下第一泉，有點令人蹄笑皆非。以令人的觀點看，泉水比重輕，當然是含雜質或礦物質少些，但含礦物質略多並非就不好，否則今人也不會人人去開發礦泉水了。古人將天下泉水突出名次，以名泉烹綠茶，茶香馥郁之中，賞花看月，焚香讀書，坐而論道、聽雨，實在是悠閒優雅之至的。

飲茶能飲出好心情，飲茶能飲出純正的中國文人心態與中國特色的文化，這不能不說是茶的功勞。飲茶是日常生活之一種，卻也是文化沙龍之一種。無論是林泉幽谷之間或深宅高樓之上，還是

滄海聽琴

在這寂寞的都市的深夜，我忽然想起兩位古人，他們都是晉代的名士，一個是彈《廣陵散》絕唱的嵇康，一個是彈無弦琴的陶潛。琴這種古樂器，是古代文人必備之物，可見古代文人與今日文人比較起來，是很注重綜合素質的培養的，今日的文人能彈古琴的已是絕無僅有，遑論其它。據漢代桓譚《新論》，神農氏「始削桐為琴，練絲為弦」，又根據史料，知道東漢的蔡邕曾見吳人燃木造飯，聽灶下嗶剝之聲，知為良木，急取歸家，造出中國音樂史上第一把「焦尾琴」，至今令人遙想「閒夜扶鳴琴，惠音清且悲」的孤標逸致。所以古人總以桐木製琴，「絲桐」便成了琴的別稱。琴為七弦，並有十三個指示音節的標誌，發音優美清越，令人有出塵之思。嵇康是「竹林七賢」之一，性情剛烈，好飲酒，一表人才，山巨源曾說他「岩岩岩孤松之獨立，其醉也，巍峨若玉山之將崩」。嵇康飲酒打鐵於大樹下，不僅拒絕為司馬氏效力，而且寫下了〈與山巨源絕交書〉這樣抨擊朝廷與御用文人的千古名作，惹得司馬氏最後以莫須有的罪名將他殺掉。據史載，嵇康臨刑東市，大學生數千人強烈要求朝廷停止行刑並讓他作他們的導師，當然不會有結果。臨死之際，兄弟親族朋友們與之作生死別，嵇康「顏色不改，問其兄曰：『以來。』康取調之，奏《廣陵散》，曲終，曰：『袁孝尼嘗請學此曲，吾靳固不與，《廣陵散》於今絕矣！」嵇康稱得士子中最有骨氣與悲壯之氣的一個，奏琴赴死，何等從容慷慨！上不臣天子，下不事王侯，傲骨崢嶸，成為漫漫長夜裡一聲千古絕響，令人聞之悚然驚魂。《廣陵散》之曲，嵇康死後，遂失傳，只留下這個曲名供後人懷想，但天地之間卻有一種聲音低徊盤繞，永不消歇，與泉聲濤聲木葉之聲融為一體，《廣陵散》已化作天籟之音。

同是晉代的陶潛卻喜無弦琴，我可以肯定愛菊愛酒的五柳先生，一定是會彈琴的，但他卻寧願撥去七弦，從默然的古琴上捕捉生命的顫音，諦聽來自宇空的飄渺琴音，那是天籟與「人籟」的合聲。陶潛與嵇康比較，他的表達要曲折含蓄，但一樣的有著不事權貴的傲骨與節操，「不為五斗米折腰」就是他的宣言。陶潛的無弦琴上，奏出的是〈歸去來辭〉，奏出的是〈桃花源記〉以及孤標脫俗的清越之音。我曾在湖南省博物館見過馬王堆出土的一把西漢無弦琴，那琴通體髹黑漆，頭寬尾窄，為桐木所制，琴面有七條弦痕。面對無弦古琴，我彷彿聽見一聲憂傷的琴音從遙遠的時空驀然穿雲裂帛而來，讓心久久顫慄。我知道歷史上有許多古琴，如江蔡邕的「焦尾琴」，司馬相如的「綠綺」、宋代的「九霄環佩」及「滄海龍吟」七弦琴，它們繞樑而鳴，已在歲月的深處暗啞，但無弦琴卻讓我聽出另一種心情與志趣，它是非人間的絕響，無聲勝似有聲。陶潛遺世獨立，一人獨醒，棄官如棄履，與田園、菊酒以及無弦琴為伴。俗世污濁不堪，在無聲中持一份高潔，真的難能。然而陶潛一定是寂寞的，這是一種世上無知音的寂寞。他生活的時代沒有鍾子期，所以，去掉琴弦手撫虛空，讓心傾聽到世人無法聽到的另一種聲音。無弦琴或許只是一種象徵，正如竹、菊是一種象徵一樣。沉默中卻潛藏著仰天長嘯，無聲中卻震響著靈魂的驚雷，這就是陶靖節，這就是陶靖節的無聲琴。

當《廣陵散》成為絕唱、無弦琴已朽，晉代風流亦作塵土，卻有一把驚世駭俗、震爍今古的崩霆琴為譚嗣同所有。很奇異的是，譚嗣同讀書於瀏陽故宅的某一天，庭院中巨大的桐樹突被霹靂摧折，譚嗣同用燒焦了的桐木製作了兩把、七弦琴，其中一把名曰崩霆，從此隨他任俠京都。譚嗣同撫琴仗劍，面對亡國滅種之災，在光緒帝的支持下奮起變法維新，最後與其他五君子慘遭「后黨」誅殺，臨刑之際從容慷慨，說「各國變法從無不流血而成，今中國未聞有因變法而流血者，此國之不昌也，有之，請自嗣同始有」並有「我自橫刀向天笑，去留肝膽兩昆侖」、的絕命詩。譚嗣同的慷慨就義與嵇康臨刑的表現可以說十分相似，嵇康撫琴而奏《廣陵散》，譚嗣同雖未彈他的崩霆琴，卻賦詩言志，皆凜然有天地悲壯之氣，猶如九霄霹靂，震盪今古，令人血脈賁張。

崩霆琴現尚存瀏陽嗣同故里，上有嗣同刻銘，見其琴，想見其，依然是俠骨崢嶸，夜深之際崩霆不彈而鳴，彷彿嗣同臨刑的悲歌。山崩霆琴想起譚嗣同的愛國，由《廣陵散》想起嵇康的蔑視死亡，由無弦琴想起陶潛的高潔，這樣的琴才是不朽的，它們比之世間許多稀世名琴更具有撼人心魄的力量。但彈琴需有知音，否則也只有摔琴一歎了。

紅塵中的箏曲

在古代樂器中，我特別喜愛古箏。過去在鄉下居住，只見過二胡與笛子，根本不知道古箏為何物，更不知道世上竟有這麼好聽的樂器。後來進城讀書，很偶然地在一位教唐宋文學的女教授家中見到一架古箏，而且教授將我們在課堂上剛學過的張若虛的《春江花月夜》彈得妙到毫巔。當時我很驚訝，張若虛的詩已是脫俗的絕唱了，而古箏卻可以用音符把春夜的極靜極美與那種悠遠的哲思、情思表達得如此完美奇妙！當時我還發現古箏彈奏出的境界有時是設計院無法達到的，讀張若虛的詩必有和古箏來伴才有無盡韻味。此後我對古箏念念難忘。遺憾的是，我只是一個音盲，對於樂理知識一玩所知。儘管如此，我卻能於古樂中聽出自己的感覺，聽出一種心境，並獲得心靈的慰藉，得到某種靈啟。

在我多年的收藏活動中，最讓我愉快和迷的，就是收藏古代的樂器，樂器中除古琴之外，最愛的是古箏。讀有關樂器方面的書，知道古箏流傳至今已有兩千多年歷史，最先因秦國境內流行這種十二弦的箏，所以叫秦箏，隋唐之後箏這種樂器遍傳海內，且出現各種不同流派。魏晉時阮禹曾寫過一篇《箏賦》，他可能是中國最早把箏寫入詞賦中去的第一人。古箏十二弦到十三弦，明不表之際發展到十五弦，民國發展到十六弦，現在的箏已有二十一弦。弦數增加，共鳴體加大，發音厚度與音響效果已是極為豐富完備。古箏彈奏起來宛轉悠揚，深沉雅致，動聽至極。許多名曲如《高山流水》、《寒鴉戲水》、《梅花三弄》、《漁舟唱晚》等，就是不懂古箏的人聽了，也覺心淨如洗，情意悠長，實在是心理治療的妙藥。

很令我欣慰的是，在我的藏品中有兩架古箏，稱得上稀罕之物。一架為嘉靖年製十五弦古箏，通體髹黑漆，箏蓋為黃花梨木製作，琴馬（箏柱）象牙雕刻，整塊面板似為黃花梨木製成。箏的背面出音孔上額篆刻「流雲清響」四字，並附「皇明嘉靖仲秋維製，海樵生銘」。海樵生為明代陳鶴的號，官百戶，畫水墨花草最為超絕，詩文具美，為當時名士。這架古箏本為長沙一古董店老闆家藏之物，其父在民國時期以鑑賞聞名江南，後敗落，以不菲的價錢出讓給我，可謂物得其所。此箏與另一清晚期古箏同置我的百硯齋，有善古箏的友人來小坐，必讓其奏《寒鴉戲水》以悅耳目心靈，我在旁品茗安坐，想起鄉間見過的秋冬河岸烏鴉孤飛的情景，獨享雅音，得片刻大自在，神仙之樂亦不過如此。

因自己不善古箏，便讓小女拜師學習，以補心中遺憾。老師姓陳，師範大學音樂系講師，與之交談，文學修養頗佳，論及古箏一道，滔滔不絕。及至其即興奏張若虛《春江花月夜》，靜夜聞之，如聽江水之流，花朵之開，鳥蟲之唱；如見月影懸江，佳人俏立，無復今古，寧靜悠遠中百種感懷千種玄思，盡在彈撥間幽然流出。每月請陳老師來捨下點撥小女，我亦受教，對古箏愛之愈深。陳老師笑我是「門外聽箏者」，大樂。想世事紛紜，人心險詐，於世風一道我早已心灰意冷，孤憤時有之，不平時有之，寂寞時有之，繞室緋徊歎息之餘，惟有聽一曲古箏，才可以讓心得以平靜安妥，曲終人寂後，不悲不惱，飄然常作出塵之思。

濁世聽簫

琴、箏、琵琶，都屬於弦樂，中國文人常喜用「弦管」兩字來代稱樂器或音樂，這是很有道理的，據我所知，除了鼓、板、塤、築、編鐘等這類吹打樂器不在「弦管」範疇之外，「管」的一類如笙、簫、竽、笛、篳篥等，是古時常用樂器，所以「弦管」差不多是可以概括古樂器的大致範圍的。我們於急管繁弦之中讓靈魂得大自在，得大悲喜，得大醒悟，實在是一種活著的滋味。人類在寂寞時，便會發明樂器，在天地間與萬物對話，這種發明可以說是聰明之極，無與倫比的。許多時候，人類除了物質的嚮往外，心靈的渴望更加要緊些。

我曾寫過一篇叫〈聽塤〉的小文。塤這種東西，形制如葫蘆上半部，壁上七個音孔，吹奏出來的聲音蒼涼低沉，嗚嗚咽咽，迴環震盪，極為悲愴，可以說是宜於悲聲者。塤之外還有一種巴族人發明的青銅樂器叫虎鈕竽，屬打擊樂，這種東西中空，擊打時嗡嗡嚶嚶，沉而渾厚。想像巴人在所居的深山大谷裡擊玩於於高岩；滿谷震動，火把明滅於夜色中，著奇異服裝的巴國男女舞蹈歌唱，那情景是很神秘也很古老的。

對以上兩種奇怪的樂器，我只認為它們具有野而粗獷的美，而於貴族化的文化不一定有所裨益的，所以弦樂之外，我還很喜歡管樂，那就是簫、笛、竽。

簫以紫竹為管，正面五孔，背面一孔，單管直吹。文人雅士多喜歡簫；簫聲清越悠揚，似嫋嫋輕霧起自月色之中；簫聲低低婉曲，如風激石穴。《風俗通・聲音》中說逐年鍛造簫韶，成，有鳳凰來儀。《洞冥記》載漢武帝劉徹見雙白鵠落於高臺之上，倏忽化為兩位美麗的仙女，手持「鳳管之簫」舞於風中。所以簫又有「鳳管」與「紫玉」之別稱。簫除竹質材料外，還有玉質、瓷質、銅質的。筆者就收藏有兩支古簫，其中一支是玉屏地方的紫竹雕山水文字簫，清代康熙時傳下來的；另一支為瓷質，青花釉裡紅龍鳳紋簫，約為清中晚期物。另一朋友處藏有明代陸鐘則所製小白玉簫，工極美，可吹奏，其音清越。我聽朋友以玉簫吹過《蘇武牧羊》小段，但因其形製小巧，發音不能高遠，感覺不出竹簫吹奏時的那種淒清意境。這類玉簫一般是賞玩用，它的奇妙處在於手感極好，而且要將玉石挖空製成簫管，費力定多，稱得罕有寶貝。

古人在繪畫與詩文中常對簫有所描述。古畫中仕女或高士，多有吹簫形象。而古代詩文中「簫」字出現頻率極高，它是雅的象徵，也是表達心聲的載體。唐人張祜詠簫詩中有「杳妙和雲絕，依微向水沉」的佳句，雲水間簫聲忽高忽低，時而婉約若無，時而嗚咽如泣，真好境界。李太白有《憶秦娥》，首句即「簫聲咽，秦娥夢斷秦樓月」，傳說秦穆公女兒弄玉嫁給簫史，簫史教弄玉吹簫，簫聲如鳳唳九天。李白的詞通過這個典故寫出了閨怨離愁，而嗚咽的簫聲最令相思人斷腸。古人借簫聲抒懷發幽的，正不知其幾也。如辛棄疾有「鳳簫聲動，玉壺光轉，一夜魚龍舞」，言元夕燈市，吸引滿城男女，簫管齊鳴，十分熱鬧繁華，而忽於「燈火闌珊處」發現所愛之人，一份驚喜，一份滄桑，都通過歡快的簫聲與搖曳的燈火燒托了出來，景語即情語。清代納蘭性德〈琵琶仙‧中秋〉有句云：「一任紫玉無情，夜風吹裂」，這是情語即景語。夜裡吹簫，哪怕吹烈紫玉管，也未見知音來賞，失意之情與怨望之情油然而生。古人作詩文，很講求外象外之義，簫這類能抒情的樂器便常用來作載體與象徵，何況，古代的文人們又都是精通樂器的演奏者呢。一管紫玉簫在手，在高樓或湖山之間，在月明之際或況味落寞的旅途，一曲嫋嫋，縈繞胸臆，把人生的種種情思吹得似醉還癡，這也是一種境界。

我聽簫獨奏《蘇州牧羊》，是在一個落雪的夜晚。那時正枯坐書齋，心中乏味，在窗外簌簌的雪聲中將友人送的一盒音樂ＶＣＤ帶子插入影碟機，剛好第一支曲子就是簫獨奏《蘇武牧羊》。簫聲響起時，螢屏上便出現一片荒寒的戈壁雪景與雪裡的氈棚，馬上讓我生出一種孤寞與悲情來。簫聲嗚嗚然，似在訴說老蘇武持漢節牧群羊，遙望天之南，淚沾衣襟的苦悲。蘇武這個古人我是很敬佩的，這是一位典型的舍家愛國的氣節之士，比之歷史上那些漢奸與賣國者有天壤之別的。在一片悲愴的簫聲中，窗外雪意深濃，而我卻愈加的寂寞了。

從此我不再聽《蘇武牧羊》，而改聽《漁樵問答》。漁樵者，打漁、砍柴也，我少年時代曾專事此兩項鄉間勞役，登山則情滿於山，臨河則意溢於河，山水之間，漁夫樵子互歌忘情，不知人生之苦，亦不知歲月之匆迫，悠然寄身天地間，浪聲鳥語，舟行雲飛，水迢迢而碧，山隱隱而青。

我不懂吹簫，卻理會得簫聲之意，這不能不感謝我二十年前上山為樵夫，下水做漁父的經歷。我曾將我收藏的玉屏紫竹簫就教於湘省一位文物專家與一位大學專教古樂器的副教授，前者為之斷代，後者曾以古箏吹《紫竹調》，都愛不釋手，且欲出錢求購，我不予首肯。兩位均不解：「你不懂吹簫，留之何益？」我說：「昔陶潛愛琴，去其弦，卻能日日聽出琴心琴意，我不懂吹簫，日日置案上，與之默然相對，也能聽出我自己想聽的簫聲，其聲不在耳畔，在心中也。」玉人何處可吹簫？濁世茫茫，簫聲已殘，玉人不可復見的了，一歎。

滄桑心緒說琵琶

在讀大學時，學白居易〈琵琶行〉，對詩中描述的舟上琵琶女很有一種遐想，而且對於詩人的涙濕青衫極有同感。遙想潯陽江邊，秋風瑟瑟，白居易為好友送別，不免要想起江淹的〈別賦〉來：「黯然傷神者，唯別而已矣！」何況白氏貶為江州司馬，心中已是鬱鬱，一遇比自己更傷心的琵琶女子，難免有「同是天涯淪落人」的感慨了。詩中對琵琶聲的描述十分動人，琵琶女的一腔幽怨通過「大弦嘈嘈如急雨，小弦切切如私語」，「大珠小珠落玉盤」的彈撥之聲表達無遺。老大嫁作商人婦，商人重利輕別離，被愛情遺忘的一位孤苦的棄婦，只有秋風中一把可以怨可以歎可以恨的琵琶相伴，彈的人波流滿面，聽的人青衫濕透。白居易的〈琵琶行〉可能是以琵琶寫人的最有名也最令人傷感的琵琶詩。

琵琶是在漢代從波斯傳入我國的。「一片相思木，聲含古塞秋。琵琶是誰製？長撥別離愁。」琵琶四弦十二柱，架弦的格子多為檀木做面。琵琶發聲渾厚，繞殿穿樑，曾有人稱之為「繞殿雷」，是其聲如雷的意思。據明代陳繼儒〈珍珠船〉載：「馮疲乞子能彈琵琶，以皮為弦，世宗令彈。深善之，因號琵琶為繞殿雷。」我們當然不知道馮道子給皇帝彈的是什麼曲子，但發聲宏大、氣勢磅薄卻是肯定的，否則也不會讓皇帝想起「繞殿雷」的名字來。就我們現在可以聽到的，可能要算《十面埋伏》庶幾近之，急如狂風，怒如雷霆，有橫掃千軍之勢。有兩個傳說是與琵琶有關的：一個不見於正史，據說秦代末期百姓修長城甚苦，無以解悶，便彈琵琶以泄心頭愁怨，聲振林木，山鳴而谷應；喂則說王昭君出塞時懷抱琵琶，胡地荒蠻寂寞，彈之以解憂，而弦索時斷，令人將其改造。王昭君見了改後的琵琶，苦笑不已：說「渾不似」。後訛傳為「胡撥四」、「虎拍思」，其實說的都是琵琶。曾見揚州市博物館一九七五年出土的一件五代曲頸琵琶，四弦四柱，腰呈半提醒形，是中國出土發最早的一件實行。這件琵琶可能留有漢代的影子，它很容易讓人想起比它更早更久的王昭君所彈的琵琶的形製，簡樸而稚拙，遠沒有琴、箏這類本土樂器的精工可觀。但琵琶作為一種外來的樂器，它具有其獨特並帶異域情調的效果，蒼涼深厚，宜於表現那種悲壯激越的懷抱與幽怨的情思。北齊後主左皇后馮淑妃曾作〈感琵琶弦〉詩，詩曰：「雖蒙今日寵，猶憶昔時憐。欲知心斷絕，應看膝上弦。」詩很無奈也很幽怨，馮淑妃在後主兵亂遇害後被迫改嫁代王，《北史》載：「淑妃侍代王達，彈琵琶，因弦斷作詩。」淑妃的琵琶詩，是借斷弦喻斷腸的，一腔幽怨強作歡顏，其情可悲。另外，偶見歐陽修也有一首寫琵琶的詩，叫〈於劉功曹家見楊直講褒女奴彈琵琶戲作呈聖俞〉：「大弦聲遲小弦促，十歲嬌兒彈《啄木》。啄木不啄新生枝，唯啄槎牙枯樹腹。花繁蔽日鎖空園，樹老參天杳深谷。不見啄木鳥，但聞啄木聲，春風和緩百鳥語，山路繞確行人行。啄木飛從何處來，茶間葉底響丁丁。林空山靜啄愈響，行人舉頭飛鳥驚。嬌兒身小指拔硬，功曹聽冷弦索鳴。繁聲急節傾四座，為爾飲盡黃金觥。……嬌兒兩幅青布裙，三腳木床坐調曲。……披圖掩卷有時倦，臥聽琵琶仰看屋……」歐陽修為我們描畫了一幅士丈夫聽婢女彈琵琶的風尚圖，《啄木》為古琵琶曲名，張耒《啄木曲》詩云：「美人停停面如雪，纖手當弦金暗撥。彈成丁丁啄木聲，春林蔽日春晝晴。」張耒的詩作了一個極好的注解。可以肯定，這支琵琶古典一定已經失傳，但我們從歐陽修與張耒的詩中知道這支曲子是表現空山鳥音、春暖花開的美景以及人在此景中的愉悅心情的，大約與白居易在當陽江邊聽到的相反，更與淑妃的不同，但也有相同之處，那就是彈琵琶者都是些幽怨女子：從昭君到馮淑妃，從琵琶女到歐陽修在劉功曹家見到的十歲小丫環，她們有著不同的際遇與身世，但有著相同的心情。在男權社會，無論妃子公主與平民女，都處在從屬的地位和被玩弄的地位，所以琵琶奏出的只能是哀豔之音，既便強作歡顏，也是迫不得已的。

很遺憾的是，我只聽過《十面埋伏》與《陽春白雪》這兩支曲子，我在這峽谷支曲子中只聽出了前者洶湧的殺機與後者自然的閒適。琵琶作為一種古遠的樂器，在今人的耳裡，或許是永遠也聽不出幽怨與傷感來的。在今人的手裡，亦大抵演奏不出斷腸之音與傷時感世之音的。好在我雖也愛琵琶，卻孤陋而寡聞，能聽出些愉悅自在來，也就很足自慰的了。

曾在一九九六年的《文物》月刊上看到不可北曲陽縣五代王處直墓葬的發掘報告，對其中墓室四邊及頂部壁畫極有興趣外，令我吃驚的是繪彩漢白玉石浮雕女樂圖。這幅女樂圖共雕出十五個人物，均為站立的女性，著長裙與披帛，面豐豐腴圓潤，具有揚貴妃這類肥美人的餘風。前列居中者正在彈奏曲頸琵琶，神態專注，其餘女樂或吹橫笛或吹笙，或演奏箜篌與古箏，或敲大鼓、執拍板，是一幅五代樂器演奏圖。我對其中琵琶的形製及演奏者的神態十分在意，雖無法知道她彈奏的究竟是何曲子，但設想一定很古雅，而且也就想起王處直這位富豪加大官生前對音樂一定是十分喜愛與看重的，這幅女樂圖很可能就是他生前生活的真實場景寫照。不禁就有了感慨：五代或古代的官員生活雖也「腐化」，但大抵都是精通音樂和或熱愛音樂的（如王維、杜甫、白居易等等），講究的就是琴左右書畫與文章，文化素質是今天的善鑽營常腐敗的官員們所遠遠不及的。今天的官除了吃喝嫖賭，貪贓枉法與溜鬚拍馬的功夫超出古人外，於文化或音樂一道，恐怕是白癡多於在行（懂行）的了。

琵琶可以清心，如盛夏冷飲，這是我的愚見。又，「琵琶弦上說相思，當時明月在，曾照彩雲歸。」（晏幾道詞）這又是一種境界了，我輩不可企及而心務往之。

「解憂竹」與二胡

有兩種極其古老但又只屬於民間文化的樂器，不能不提及的。這兩種樂器，村夫乞兒均會，雖俗卻大雅，很是耐聽。

那就是二胡和笛子。

鄉間常見有人於農閒季節吹笛，其曲嗚嗚，不知名目，每於暮煙四合、新月初上時，在汪汪犬吠聲裡，笛音如水，漶漫隴頭阡陌間，很能讓人起一種「夢裡不知身是客」的感喟。古代畫家極喜歡畫田園暮歸圖，畫面必有斜坐牛背短笛橫吹的牧童，此情景可謂常畫常新。短笛無腔信口吹，鄉間的閒適自然，是很令人忘憂與豔羨的。

笛子這種樂器材料簡單，製作亦極容易，所以且不論古詩文中「玉笛」是否真有，但竹笛是最為易得的。古人曾稱笛為「象管」、「橫竹」或「橫吹」、「風笛」等等，笛子於比利時之人是散心中憂煩的工具，叫「出氣筒」或「解憂竹」。忽憶二十年前鄉居時，村內有桂叔者，一孤老也，權窮，卻酷愛吹笛。當年的村叫大隊，每個勞動日僅值一角五分，社員多餓飯。桂叔亦常餓飯，吃不飽時就坐大隊部打穀場上，對月吹笛，其聲淒厲，如鬼器，社員們在屋裡聽了，悄然歎息，有的就說：「這笛子吹得像餓鬼叫哩。」桂叔終生未娶，成份太高，似乎是地主。見人家夫妻恩愛便耐不住寂寞，對大隊的一個下鄉女知青起了相思，夜夜於知青點的對門高岩上吹出很幽怨的笛音，如泣如訴，令人不忍卒聽。後聽桂叔得病死，死時將已磨得發紅的竹笛送給其遠房侄子，侄子考上大學，笛常吹，很得城裡女孩喜歡。

住機關大院內，常聞一離休老幹部夜間吹笛，吹得極優美動聽，問他何以只在夜間吹？答：「我老家老少男女皆善吹笛，白天勞作，只有夜間才有空吹奏。受其影響，習慣了夜間坐陽臺上吹一吹，解憂而已。何況笛聲與簫聲一樣，只有夜間才能聽出味道來的。」這是深得笛中真味的高論了。「一聲清長響徹天，山猿啼月澗落泉」，萬丈紅塵中的都市，是放牧慾望的場所，燈紅酒綠與喧囂嘈雜之中，已難聞這歲月裡的清響了。

偶見晚報上百字小文，言「玉笛」是古已有之，從前的人制笛是頂講究的，每以玉管為笛，並認為「玉笛」、「玉骨」、「玉龍」這類雅稱都是由於以玉為材料生發出來的。此論我是認可的，因為隨手翻一下就在辛棄疾的詞裡看到一句：「莫向空山吹玉笛，壯懷酒醒心驚。」而且我也知道古人多有吹笛名家，如李煜、辛棄疾等等。但我還是喜歡鄉間的竹笛與信口橫吹，也喜歡把它叫「解憂竹」，這樣更接近自然之道。

笛子之外，二胡也是一種最古老也最普及的樂器，似乎把它劃到民間弦樂一類更妥當一些。二胡無論村夫，還是瞎子、乞丐，大抵是寂寞苦悶生活的窘境中形影不離的伴侶。我們常見街頭村尾那些算命的瞎子總是揣一把古舊的二胡，拉出一些零落斷續的曲子，在鄉下只要聽見二胡聲，大家就知道來了算命先生的。不僅如此，在鄉間一些茅舍的木壁上你什麼也見不到時，卻可以意外地發現掛著一把二胡，它是主人從不離棄的寶貝。二胡屬於業餘的民間藝人或普通的勞動者。可以怨，可以歌，可以樂，可以恨，弦斷了可以續起，弓斷了，可以重做。二胡是一曲幾千年都在響著的心靈的歌。

阿炳是一個了不起的瞎子，二胡一到他的手上，便天地嗚咽。《二泉映月》我聽過無數遍，我在無數次失意與愁苦的時候聽阿炳的二胡，我比阿炳先落淚。淒清，哀宛，如訴如泣，如歌如哭，聽一次，心便顫慄久久，在二胡聲中將鬱積的塊壘悄悄洗淨，默默發洩。後來聽《漢宮秋月》，覺得幽怨而美，心情沒有聽阿炳時的沉重蕭索，因此改聽此曲。中央音樂學院的趙寒陽把這支曲子奏得很完美，悠揚宛曲，但聽久了就覺得還是阿炳的《二泉映月》更撼人心魄，更能打動我心。

笛子與二胡，生命力是極頑強的，它們一點也不複雜，簡單的東西容易普及也容易流傳，但簡單的東西也往往是最豐富的東西。它們不像竽、琴、瑟、箜篌這類雅樂難學，也未必有人真將它們作為古董來收藏，但它們永遠不會失傳。反而雅的東西如竽、瑟，卻知者寥寥，真要失傳了。古人說伯牙學琴，三年乃成，可見其難。而二胡與笛子，稍為聰明的人一學就會，這是它的俗處，同時也是它的好處。

天地邈遠，人事代謝。設若人類沒有了音樂，音樂中沒有了弦管之韻，那一定是一個喑啞的世界，生命會失了歡樂也失了傾訴。沒有傾訴也沒有歡樂的生命是很快就會枯萎的，我不知道這是否是讓我完成這篇文章的動因，或者是讀者要讀完它的理由？

跋

我酷愛文字，覺得每個字都充滿魔力，它們可以組成最奇異的方陣，並穿透時空。在少年時代，我生活的環境，幾乎連有文字的紙片都很難找到，只好在砍柴的荒墳叢中讀那些已近模糊的碑文。我對於文字的酷愛，彷彿與生俱來，只要拿起筆，立馬就會有神靈附體的感覺，筆可以隔絕整個世界，讓靈魂進入一種寧靜而奇妙的境界，一切都融通無礙呈現內在的影像，心可以自在地出入於精神與現實之間。文字於我，就是一劑良藥，不僅可以療治百病，而且可以化佑眾生。倘使有一天文字消失了，那一定是天荒地老、人類滅絕了。

我相信文字的力量，正如相信這世間的良知與正義一樣，它們是可以洞穿萬丈紅塵，直抵人類內心的。當今世界，主流文化正逐漸被泡沫文化所淹沒，純淨地寫作，並持守一方精神淨土，已只是極少數人的執著。當然，文學界也頗不寂寞，作家們的娛樂精神與作秀已很普遍。我只是一個完全的我手寫我心的作家，寫作是個人行為，但作品卻是社會的。暢銷或者流傳，作家本人並不能選擇。從少年時代始，我就很追慕那些千古不朽的文學經典，我認為一個作家的作品如果不能流傳，最多只能算一個碼字匠。而對於暢銷，我一般會將古人和今人分開來看，古人的暢銷是時間的篩子留下的真金，包含了不朽與流傳。

我從不刻意寫作任何作品，只有靈感來襲，不吐不快時，才會拿起筆來，我喜歡有張力的文字，更喜歡讓筆下的文字得以永生。我的一些拙作多年來雖然已成為人教版和一些省市的中學教材及高考模擬衝擊題，也成為大學學者的研究課目，但這並不能給我流傳的自信，我對自己的期許在未來。我喜歡寂寞而快樂地寫作，寂寞但不等於被紅塵世界「埋沒」，作家作品的敵人是時間，只有戰勝了時間的作家才是真正的作家。

某天開窗作字，忽覺雲霞滿紙，那字都化作流雲、飛鳥，直入長天。

壬辰春日草於大風齋

新銳文學叢書26　PG0950

新銳文創
INDEPENDENT & UNIQUE

板橋上的鄉愁
——劉鴻伏文集

作　　者	劉鴻伏
主　　編	蔡登山
責任編輯	蔡曉雯
圖文排版	陳姿廷
封面設計	王嵩賀

出版策劃	新銳文創
發 行 人	宋政坤
法律顧問	毛國樑　律師
製作發行	秀威資訊科技股份有限公司 114 臺北市內湖區瑞光路76巷65號1樓 電話：+886-2-2796-3638　傳真：+886-2-2796-1377 服務信箱：service@showwe.com.tw http://www.showwe.com.tw
郵政劃撥	19563868　戶名：秀威資訊科技股份有限公司
展售門市	國家書店【松江門市】 104 臺北市中山區松江路209號1樓 電話：+886-2-2518-0207　傳真：+886-2-2518-0778
網路訂購	秀威網路書店：http://www.bodbooks.com.tw 國家網路書店：http://www.govbooks.com.tw

出版日期	2013年7月　BOD一版
定　　價	440元

Printed in Taiwan

國家圖書館出版品預行編目

板橋上的鄉愁：劉鴻伏文集 / 劉鴻伏著. -- 一版. -- 臺北市：新銳文創, 2013.07
面； 公分. -- (新銳文學；PG0950)
BOD版
ISBN 978-986-5915-84-1 (平裝)

855 102009678

讀者回函卡

感謝您購買本書，為提升服務品質，請填妥以下資料，將讀者回函卡直接寄回或傳真本公司，收到您的寶貴意見後，我們會收藏記錄及檢討，謝謝！

如您需要了解本公司最新出版書目、購書優惠或企劃活動，歡迎您上網查詢或下載相關資料：http:// www.showwe.com.tw

您購買的書名：________________________________

出生日期：________年________月________日

學歷：□高中（含）以下　□大專　□研究所（含）以上

職業：□製造業　□金融業　□資訊業　□軍警　□傳播業　□自由業

□服務業　□公務員　□教職　□學生　□家管　□其它_____

購書地點：□網路書店　□實體書店　□書展　□郵購　□贈閱　□其他

您從何得知本書的消息？

□網路書店　□實體書店　□網路搜尋　□電子報　□書訊　□雜誌

□傳播媒體　□親友推薦　□網站推薦　□部落格　□其他__________

您對本書的評價：（請填代號　1.非常滿意　2.滿意　3.尚可　4.再改進）

封面設計____　版面編排____　內容____　文／譯筆____　價格____

讀完書後您覺得：

□很有收穫　□有收穫　□收穫不多　□沒收穫

對我們的建議：________________________________

____

____

____

請貼
郵票

11466
台北市內湖區瑞光路 76 巷 65 號 1 樓
秀威資訊科技股份有限公司 收
BOD 數位出版事業部

(請沿線對折寄回，謝謝！)

姓　　名：________________ 年齡：________ 性別：□女　□男

郵遞區號：□□□□□

地　　址：________________________________

聯絡電話：(日)________________ (夜)________________

E-mail：________________________________